움직이는 부재

이광호 비평집
움직이는 부재

펴낸날/ 2001년 12월 5일

지은이/ 이광호
펴낸이/ 채호기
펴낸곳/ ㈜**문학과지성사**
등록번호/ 제10-918호(1993. 12. 16)

서울 마포구 서교동 363-12호 무원빌딩(121-838)
편집/ 338)7224~5 FAX 323)4180
영업/ 338)7222~3 FAX 338)7221
홈페이지/ www. moonji. com

ⓒ 이광호 2001. Printed in Seoul, Korea
ISBN 89-320-1300-4

값 10,000원

움직이는 부재

이광호 비평집

문학과지성사

2001

책머리에

이 책의 글들은 '90년대 이후'의 문학에 대한 탐구와 관련된다. 여기에는 90년대 문학을 규정하는 상투어들에 대한 반성을 포함한다. 한국 현대 문학의 주류 담론에서 이탈하는 '작고 주변적인 것' 혹은 '이질적이고 하위적인 것'에 관한 90년대 문학의 상상력은, 보다 깊게 읽혀져야 한다. 90년대 문학의 문화적인 불온성과 다원성은 존중되어야 하며, 같은 맥락에서 그것의 약화는 비판되어야 한다. '문화적인 것'은 일종의 헛것이지만, 90년대 이후 우리는 그 '헛것'의 내습으로부터 자유로울 수 없었다. 나는 문화적인 것의 압도적인 유입 앞에서의 '문학의 자율성'이라는 테제가 안고 있는 모순의 의미와 동력를 사유하려 했다. 그 연장에서 '2000년 이후'의 문학적 기획을 탐문했다. '하위 · 소수 문화'와 '열린 여성성' 등으로부터 위반과 균열의 시학을, 그 미학적 '가능성/불가능성'을 발견하고 싶었다.

'움직이는 부재'는 여성성의 시학에 붙여진 이름이다. 그 자리는 미지의 시간을 채울 수 있는 벌어진 죽음의 틈새, 죽음을 살아 있게 하는, 죽음으로서 살게 만드는 틈새이다. 그곳은 죽음을 빨아들이는 들끓는 몸의 층위이고, 죽음을 통해 무수한 존재를 낳는 몸의 영역이다. 나는 그것을 '문학'이라는 사건에 대한 비유로 생각했다. 우리 시대 문학은 근대 이후의 제도로서의 문학성을 지워나가면서, 미학적 자기 부정의 위태로운 모험을 수행하고 있다. 문학은 그렇게 자기 몸 안의 경계를 살고, 경계를 타고, 경계를 낳는다. 문학은 움직이기 때문에 부재하며, 부재하기 때문에 움직인다. 비평은 그 '문학의 부재' 혹은 '문학적 부재'의 증인이며, 동시에 그 부재의 일부이다. 당신에 대해, 내가 나의 부재의 증인인 것처럼……

어려운 상황에서도 비평집을 묶어준 문지의 채호기 사장님과 문지 식구들에게 감사한다. 『문학과사회』의 선후배들과 호명하고 싶은 얼굴(들)에게도……

2001년 11월
이광호

차례

제1부

문학은 무엇이 될 수 있는가?
—오늘의 문화 상황과 문학의 논리

1. 문학은 거품이다

제목은 '문학은 무엇을 할 수 있는가'라는 익숙한 질문법을 변형한다. 왜 '할 수 있는가'가 아니라 '될 수 있는가'인가? 이것은 오늘의 문화 상황과 문학의 존재 양식에 관한 어떤 문제 의식을 암시한다. '할 수 있다'가 의지와 기능에 관련된 성찰이라면 '될 수 있다'는 존재 전환에 관한 질문이다. 뒤의 질문은 상대적으로 수동적인 태도를 드러내는 것처럼 보인다. '할 수 있다'는 문제 틀에서 문학은 그 동일성과 자율성을 무기로 모종의 역할을 담당하지만, '될 수 있다'는 질문 방식은 문학 자체의 내적 균열과 변화 가능성을, 그러니까 징후의 존재론을 묻는다. '할 수 있다'는 명목과 수행의 차원과 관련되지만 '될 수 있다'는 존재론적 사건의 층위이다. '될 수 있는가'는 '할 수 있는가'라는 질문의 가능성을 다시 묻는 질문법이다. 그럼 이렇게 반문할 수 있겠다. 왜 더 근본적인 것은 묻지 않는가라고. 나는 여기서 문학에 대한 가장 강력한 질문법인 '문학이란 무엇인가'를 누락시켰다. 문학의 본질에 관한 규명이 하나의 특정한 문학 이념형을 내세우는 것 이외의 비평적 의미가 없다는 것은 이제 자명해졌기 때문이다.

문학의 근본적인 위기에 관한 자의식이 묻어 있기 때문에, 이러한 질문법의 이동은 우울한 사태이다. 나는 지금 문학에 관한 저 상투적인 비관론을 유포하려는 것이 아니다. 만약 비관론이 가능하다면 그것은 문학의 존재 방식에 관한 반성적 질문으로서만 의미를 가진다. 질문은 해답을 바꾸는 것이 아니라 문제를 바꾸는 것이다. 그 질문의 끝에서 어떤 문학적 실천의 기획이 다시 꿈틀거리게 될지도 모른다. 나는 지금부터 현대 문학의 근저에 있는 문학적 가치들이 변질되는 문화적 상황과 그 속에서 문학이 어떻게 자기 존재의 논리를 재구성할 수 있는가의 문제를 점검하려 한다. 그 점검을 위해 최근의 문화 상황의 배후에 관한 몇 가지 전제를 확인할 필요가 있다.

오늘의 한국 사회를 규정짓는 체제의 논리는 신자유주의 이데올로기와 구조 조정의 요구라고 할 수 있다. 외환 위기로부터 촉발한 한국의 총체적인 경제 위기는 한국적 천민자본주의의 모순이 낳은 결과임은 설명할 필요가 없다. 개발 독재 하의 경제 성장의 모순이 축적된 결과로서의 경제 위기는 그 해소 방안으로 신자유주의적 경제 합리화의 과정을 요구했다. 이 과정에서 자본 운동의 자유 보장을 최고의 가치로 놓는 신자유주의 이념이 부각되었다. 세계사적인 시야에서 말한다면 이는 전 지구를 시장화하려는 자본주의의 승리에 대한 사후 정당화의 이데올로기로 볼 수 있다. 다른 식으로 말하면 이것은 한국 사회의 '왜곡된 근대화'를 정상화하려는 경제적 · 이데올로기적 과정이다. 이 사태는 한국 사회가 그 내부에 전근대적인 비합리성의 구조를 가지고 있었음을 다시 확인시켜주었다. 그런데 이러한 상황은 이중적이다. 이 과정에서 정권 교체를 비롯한 정치적 민주화가 이루어지고 재벌 지배 체제의 개혁이 부분적으로 진행되는 등, 개발 독재의 경제적 비합리성과 정치적 비민주성이 부분적으로 해소되어가고 있다. 하지만 그것은 결국 한국 사회가 개발 독재적 특수성으로부터 벗어나 자본 운동의 전 지구적 시스템 안에 편입되어가는 과정에 불과하다. 자유주의가 인정하는 민주주의란 고작 자본 축적의 구조를 위협하지 않는 수준에서의 형식적 민주주의와 제한된 정치 변동이기 때문이다.

그렇다면 이 과정은 진보로 가는 것인가 혹은 보수로 회귀하는 것인가? 그것은 이른바 '국민의 정부'의 성격을 어떻게 규정하느냐 하는 것만큼 복잡한 문제이다. 그것은 신자유주의 논리가 과연 개발 독재와 천민자본주의의 축적된 모순들을 해결하는 유일한 방법인가 하는 문제에 대한 판단을 우선 요구한다. 노동 단체와 진보 진영은 신자유주의적 구조 조정이 대량 실업을 양산하는 등 한국적 모순의 해결책이 아니며 오히려 노동자 계급의 희생과 경제 종속을 심화할 것이라고 주장한다. 더욱이 현 정권이 이 신자유주의적 정책을 재벌 개혁 등을 통해 끝까지 밀고 나갈 수 있는지도 의심스럽다. 물론 현 정권이 추진하고 있는 남북 정상 회담 이후의 경제 교류는 이런 위기 국면을 다소 완화해줄지도 모른다. 그러나 남북 교류라는 것도 결국 시장을 확대하려는 자본의 논리와 무관하지는 않을 것이다. 한국 현대사의 궤적이 그러했던 것처럼 역사적 선택 항은 그리 많지 않고, 나는 이 문제에 대해 단언할 만한 사회과학적 전망을 갖고 있지 못하다. 내게 중요한 것은 이른바 신자유주의 이데올로기가 오늘의 문화 상황을 어떻게 규정짓느냐 하는 문제이다.

90년대 이후 본격화된 한국 자본주의의 산업 구조 개편 과정, 즉 중공업 중심의 공업 사회로부터 서비스 산업과 정보·문화 산업이 주축이 되는 지식·정보 사회로의 변화는 주지의 사실이다. 이런 상황은 자본주의가 자신에게 필연적으로 찾아오는 구조적인 위기를 극복하기 위해 시스템의 팽창과 새로운 형태의 상품 생산을 도모한다는 일반적인 입론에 부합한다. 문화 혹은 정보 상품 개발을 통한 시장 개념의 확장과 자본의 재생산 방식의 전환은 노동 형태와 생활 양식의 변화로 이어질 것이다. 이 과정에서 한국의 문화 산업은 정치 권력의 하부 구조라는 상태를 벗어나, 자본의 논리를 관철시키기 위해 스스로 시장을 확대해 나가는 자율적인 생산 기구로서 자리잡게 되었다.

이른바 개혁적 신자유주의 이념을 표방한 정부 역시 문화는 산업이고 상품이라는 관점을 적극적으로 선전한다. 현 정부는 '지식 기반 사회'를 만들어가기 위해 문화 산업을 '21세기 국가 신 기간 산업의 중추'로 설정하고 국가 정책적으로 이를 뒷받침하려 한다. 문화 논리를 경제 논리에 복속시키는 이런 발상은, 문화의 시장 경쟁력을 최우선으로 중시하는 이념형을 강화하고 이른바 '신지식인' 논의의 해프닝을 만들기도 했다. 이것은 지난 시절의 군사 독재 정권의 문화 정책과 비교해볼 때 매우 흥미롭다. 군사 정권이 문화에 대한 정치 이데올로기적 억압을 자행하면서 한편으로는 탈정치적인 보수 예술 이데올로기를 보호하려 했다면, 이제는 문화의 산업화와 상품화를 적극적으로 요구한다. 지배 이념은 이제 시장 가치를 숭배하는 문화만이 진정으로 새롭고 살아남을 수 있는 문화라고 가르친다. 문화는 문화 산업 이외에 아무 것도 아닌 것이다. 물론 이 요구는 또 다른 방식의 감시 체계를 이룬다.

문화 산업의 성장은 영상 혹은 음반 매체 영역에서 두드러지게 나타났다고 볼 수 있고, 90년대 후반 이후에는 디지털 매체에 집중되는 것이었지만, 여성 독자를 중심으로 한 문학 소비자군의 형성이 90년대 문학 시장을 확대한 것은 사실이다. 이것은 물론 출판 자본이 시장을 확대해 나가기 위해 새로운 수요를 창출하는 과정이다. 이런 상황 속에서 의욕적인 신생 출판 자본들이 출현함으로써 문학 시장은 과잉 경쟁의 모습마저 보여주었다. 신문 지면에 무차별적인 문학 도서의 광고 공세가 시작된 것도 그 즈음이다. 이런 과정에서 문학은 피할 수 없이 문화 산업의 구조 안에 편입되어갔다. 그러나 문화 산업의 논리에서 보면 문학은 어차피 고부가가치 상품으로서의 한계를 갖는다. 문학은 이미 낡은 문명에 속한 매체이기 때문에 새로운 소비 문화의 중심일 수 없고, 그 규모와 속도의 측면에서 이윤이 적극적으로 산출될 수 없기 때문이다.

시장 경쟁력의 논리에서만 말한다면 문학 자체가 거품이다. 거품은 물론 구조 조정의 대상이지만, 문학은 두 가지 측면에서 이러한 구조 조정에 저항할 명분을 얻는다. 우선 하나는 문학이 다른 문화 산업의 정보·지식의 기반을 이루는 것이기 때문에 무시될 수 없다는 것이다. 문화 자본과 정부 권력은 이 부분을 어느 정도 인정하고 있다. 그러나 여기서 문학은 그 자율적 가치로 평가되는 것이 아니라, 다른 문화 산업에 기초를 제공한다는 측면에서 평가된다. 한 문학 단체가 문학 작품의 서사들을 데이터화하고 이 사업을 정부가 지원한다는 발상은 이런 논리에서 가능해진다. 여기서 문학은 게임·영화·만화 산업의 스토리 제공자로서의 역할을 담당할 뿐이다. 두 번째는 문학은 거품이되, 시장 경쟁력 이데올로기를 비판할 수 있는 반성적 거품이라는 입장이다. 사회 구조를 바꿀 만한 효과가 즉각적으로 드러나는 것은 아니지만, 이 논리는 현대 문학의 자율성 테제가 문학의 이름으로 신자유주의 시대와 맞서는 최후의 전선이 될 것이다. 그러나 이 전선은 그렇게 평면적인 전선이 아니다. 문제는 좀 더 근본적인 차원에서 구체적으로 검토될 필요가 있다.

2. 시장의 체제와 문학의 자율성

　주지의 사실이지만, 근대 문학은 생산성 혹은 시장성의 이념과 자율성 이념의 공모 아래 탄생되었다. 생산성 혹은 시장성의 이념은 문학 작품이 하나의 상품으로 생산되고 시장을 통해 유통되기 때문에 상품 미학으로서의 가치로 평가된다는 것이다. 자율성의 이념은 문학이 중세처럼 보편 이념에 구속되지 않고 상대적인 자율성 안에서 자립적인 미적 가치를 추구하게 되었다는 것이다. 그것은 근대 세계로의 이행 과정에서의 제 가치의 분화와 전문화의 소산이며, 예술은 고립과 소외를 대가로 지불하고 그 자율성의 신화를 성취하게 되었다. 물론 이 자율성의 이념 안에는 개인 주체의 자율성이라는 부르주아적 주체성의 믿음 체계가 작동하고 있다. 이 자율성의 이념이 '미적 근대성'의 논점의 하나라는 것은 더 말하지 않겠다. 그런데 이 두 가지 이념은 상호 보족적이며 동시에 상호 모순적이다. 이 둘은 서로의 존재 조건이 되어주며 동시에 서로를 옥죈다. 문학이 보편 이념으로부터 벗어나서 나름의 자율적 가치를 추구하게 된 것은 자본주의의 발전과 부르주아 계급의 성장에 의해 시장에서 유통되었기 때문이다. 그러나 이 시장성은 거꾸로 문학의 미적 자율성을 훼손하고 상품 미학의 기준을 강요하는 조건이 된다. 현대 문학은 어떤 방식으로든 이 생산성과 자율성의 모순된 관계 안에서 존재할 수밖에 없었다. 식민지 시대와 개발 독재를 통해 파행적으로 성장한 한국 자본주의의 체제 안에서 이 모순은 좀더 악화된 형태가 될 수밖에 없다.

　그런데 90년대 이후의 상황은 보다 복합적이다. 문화 산업의 팽창이 문학의 상품 미학적 성격을 강화시키는 요인이란 것은 당연하다.

그런데 현실 사회주의의 몰락과 자본주의의 전 지구적 지배가 공고화되는 이 시기는 한국 정치의 민주화 과정과 겹쳐져 있고, 이것은 문학을 사회 변혁의 중요한 실천 기제로 생각하는 문학 이념에 타격을 가했다. 한국 근대 문학의 지배적인 특성 중의 하나인 문학에 대한 정치적 소명의 과잉과 계몽 담론의 요구는 약화될 수밖에 없었다. 80년대 문학의 두 추진력이었던 정치적 전위와 미학적 전위는 위축될 수밖에 없고, 특히 정치적 전위를 표방했던 문학 운동은 그 정점에서 불과 몇 년을 버티지 못했다. 이것은 문학에 있어서의 사회 변혁의 전망이 문학의 상대적 자율성과 미학적 비판력으로 시작된다는 전제를 무시한 결과라고 볼 수 있다. 정치적 전위의 문학이 얼마나 쉽게 미학적 보수주의와 결합되고 다시 시장의 논리 앞에 무너져갔는지를 우리는 90년대를 통해 보아왔다. 물론 미학적 전위의 움직임 역시 그 부정의 에너지를 상당 부분 소진했다. 하지만 적어도 미학적 전위의 전통은 다른 문화 경험을 가진 세대를 통해 새로운 문법으로 시험될 수 있었다.

어쨌든 90년대를 통해 한국 현대 문학은 그 어느 때보다 자율성의 이념을 좀더 자유롭게 실험할 수 있는 조건이 주어진 것처럼 보였다. 그러나 문화 산업의 팽창과 문학 상품화의 과속화는 상품 미학의 논리에 문학의 자율성이 급격하게 변질되는 과정을 동시에 밟을 수밖에 없었다. 문학이 다른 가치들로 환원될 수 없는 자신의 고유성 안으로 돌아가려 하자마자 스스로의 자율성의 신화가 텅 빈 풍문에 불과하다는 것을 깨닫게 된 것이다. 아니, 그런 게 아니다. 사태의 핵심은 문화 산업에 의해 문학의 자율성이 위축된 것이 아니라, 문화 산업이 문학의 자율성 그 자체를 상품화했다는 것이다. 신문 지면에 등장하는 문학 도서 광고 문구를 보라. 문학의 영광은 아직 형형하게 살아 있으며, 오히려 문학의 고결한 자율성은 더 많이 선전되는 축복을 누렸다. 그것은 마치 90년대 내내 개인의 복권이라는 슬로건이 울려퍼졌지만, 사실상 그 개인은 자본의 눈으로 바라본 익명적 소비 단위로서의 개인일 뿐이었다는 진실과 날카롭게 일치한다.

물론 문학이 시장의 논리로부터 자유롭지 못한 것은 근대 이후 문학의 기본적 존재 방식이다. 그러나 그 이전의 문학이 그 상품성의 숙명에도 불구하고 고립을 자초하면서까지 문학의 비판적 자율성에 대한 의지를 유지하고 있었다면, 90년대 이후의 현상 중의 하나는 상품 미학의 가치와 시장의 논리가 창작의 과정 안으로 내면화되어 갔다는 점이다. 그런데도 시장에서 유통되는 대부분의 문학 상품은 표면적으로는 여전히 '문학성'을 자신의 알리바이로 내세우는 자기 기만을 내재하고 있다. 문제의 핵심은 어쩌면 상업주의가 아니라 바로 이러한 '기만의 게임'일지도 모른다. 시장은 그러니까 다름 아닌 문학적 아우라를 상품화하고 있는 것이다. 그러나 이 역시도 단지 윤리적 비판의 대상은 아니다. 분명한 것은 한국 문학사를 통틀어 90년대처럼 생산성 이념과 자율성 이념의 모순된 관계가 적나라하게 드러난 적은 드물었다는 점이다.

3. 자율성의 논리와 신화

어떤 제안도 유보한 채 나는 다시 문제의 근저를 탐사하려 한다. 생산성·시장성의 논리만 강화되고 자율성의 이념형이 허울뿐인 상황에서 문학의 절대적인 미적 가치란 일종의 환영이다. 근본적인 의미에서 보면 문학의 자율성이라는 테제 자체가 이미 환상이었다고 할 수 있다. 그 환상은 일종의 아포리아Aporia를 품고 있다. 문학이 자신의 고유한 가치를 보존하려고 안간힘을 쓸수록 그것은 스스로를 축소시키고 또 축소시키는 형이상학적 방어 기제 안으로 숨어드는 것이 되고, 고립은 심화될 것이기 때문이다. 문학이 바깥의 '그무엇에 대해' 자율성을 고수하려 하면 할수록 사실은 '그 무엇'에 좀더 얽매이는 것이 될 수밖에 없다. 그러나 환영은 환영인 채로, 모순은 모순인 채로, 그 나름 에너지를 보유하고 효과를 발생시킨다. 그러니까 이 모순된 환영이 문학을 문학으로 남게 하는 데 힘을 가졌던 것은, 그 자율성의 환상 없이는 문학이 사회 현실과 지배 이념들을 비판할 수 있는 근거를 찾을 수 없었기 때문이다. 이 가상의 자율성, 혹은 모순의 자율성 자체가 바로 문학의 매혹적인 가능성이었다.

좀더 과감하게 말한다면, '미적 근(현)대성'의 인식이란, 문학의 자율성이 자본과 기술이 지배하는 현대 세계의 소외와 억압으로부터 자신의 정체성을 방어하려는 수세적인 논리가 아니라, 문학이 그 것들에 맞서 세계를 문학적으로 바꿀 수 있는 가능성에 대한 자각과 관련된다고 할 수 있다.[1] 나는 그것을 문학의 '수동적 적극성' '무의지적 의지' '비현실성의 현실성'이라고 부르고 싶은데, 한국 근·현대 문학사에서 이러한 자각이 4·19 이후부터 적극적인 논리적 표현을 얻었다는 것에 주목해야 한다.

가령 「시여, 침을 뱉어라」에서의 "시는 문화를 염두에 두지 않고, 민족을 염두에 두지 않고, 인류를 염두에 두지 않는다. 그러면서도 그것은 문화와 민족과 인류에 공헌하고 평화에 공헌한다"는 김수영

---

1) 최근에는 '미적 근대성' 혹은 '미적 근대성'이라는 개념보다 월러스틴의 '해방의 근대성'이라는 개념을 더 적극적으로 가치화하는 견해도 있다. 그러나 용어의 문제를 넘어서 문학의 자율성이 문학의 비판적·반성적 역할에 있어 가장 기본적인 전제이자 조건이 된다는 것은 부정하기 힘들다. 그런 의미에서 '기술의 근대성'에 저항하는 '해방의 근대성'이라는 가치는 사실 '미적 근대성'의 논리에 이미 내재되어 있는 것이기도 하다.

의 선언, 『한국 문학의 위상』에서의 "문학은 써먹는 것이 아니다. 그
러나 역설적이게도 문학은 그 써먹지 못한다는 것을 써먹고 있다"라
는 김현의 명제, 『문학과사회』 창간호에서의 "사회의 모든 부문이
자본주의의 논리에 수렴되어버리는 까닭에 문학의 비판적 해석이
거의 유일한, 체제 비판적, 체제 부정적 영역으로 남는다. 그런 의미
에서 자율성의 덕택으로 문학이 해낼 수 있는 것은 최대한 추구되어
야 한다"는 성민엽의 명료한 논리가 그것이다.

이 언술들을 꿰뚫고 흐르는 것은 문학이 세계에 참여하는 방식의
고유한 자율성이다. 각각 1968년, 1977년, 1988년에 제출된 이 진술
들은 그러나 각기 다른 시대적 상황과 연계되어 있다. 김수영의 선
언은 "내용을 인정하지 않는 사회에서는 형식도 인정하지 않는다"고
말할 수밖에 없는 온갖 금기가 횡행하던 시대의 소산이다. 김현의
명제는 문학의 '효용성/자율성'이 대립적으로 인식되던 시기, 그리
고 소비 사회의 성격이 짙어지던 시기에 "문학은 유용한 것이 아니
기 때문에 인간을 억압하지 않는다," "문학은 모든 것을 획일화시키
려는 소비 사회의 집단주의적 경향에, 유용하지 않다는 그 내재적
특성으로 저항한다"는 성찰과 관련되어 있다. 성민엽의 논리는 문학
과 사회와의 관계에 대한 성찰이 절실히 요청되던 때, "문학의 입장
에서, 문학을 통해 사회 변혁의 전망을 획득"하려는 기획과 관련되
어 있다. 각각의 진술이 '공헌' '반성' '비판'이라는 용어를 구사하고
있는 것도 아마 이런 연유에서일 것이다.

그러나 지금 문학의 자율성이라는 이름으로 우리가 다시 문학의
사회에 대한 공헌·반성·비판을 논의할 수 있을까? 문학이 스스로
의 자율성의 도움으로 체제에 대한 비판을 실현하는 것이 아직도 가
능하다는 말인가? 아마 그 논의는 아주 차갑고 어두운 희망과 대면
할 수밖에 없을지도 모른다. 자율성의 이념은 문화적·이론적으로

더 이상 강력한 신화의 자리에 머물러 있지 못하기 때문이다.

4. 문학 탈제도화의 조건들

시장주의와 문화 산업의 팽창만이 문학의 자율성 위기를 조건짓는 것은 아니다. 위기의 구조는 보다 복잡하고 중층적이다. 문학의 위기라는 사건은 정치적·경제적 사회 변동과 연관되는 것이면서 문화적인 상황과 문학 내적 논리의 변화와도 맞물려 있다. 혹은, 그렇지 않다. 위기는 위기의 실제가 아니라 위기의 인식, 위기를 둘러싼 소문자체이다. 그러나 그것을 위기가 아니라고 말할 수도 없다. 이 새로운 중층적인 위기의 국면을 나는 문학의 죽음이라고 말하지 않겠다. 문학은 죽지 않는다. 다만 문학에 관한 근대적·현대적 신화들이 퇴색될 뿐이다. 이제 그 위기의 구조들의 횡단면을 탐사해보자.

우선, 문화적인 맥락에서. 문화 산업의 문제는 먼저 논의한 바 있고, 그 다음은 강력한 새 미디어들의 등장으로 문학의 문화적 지위가 급격하게 약화되었다는 진단에 관해서다. 정보 테크놀로지의 혁명은 인쇄 문화에서 디지털 영상 문화로의 전이를 유도하고 있으며, 이 과정에서 개인의 창조성과 인쇄술과 출판 시장의 형성으로 조건지어지던 근대적 문학 제도가 흔들린다는 풍문이 있다. 디지털 영상 매체를 통해 정보를 획득하고 저장하고 전달하는 방식에 익숙해짐에 따라 창작과 독서의 제도화된 개념들이 붕괴되리라는 것이다.

그럼 먼저 이 공간이 가진 문화적 의미를 생각해보자. 테크놀로지를 통해 정보 혹은 하이테크 상품을 개발하고 잉여 산출 방식의 변경을 도모하는 것은 자본주의 시스템의 자기 확장이라는 측면에서 필연적인 과정이다. 이 와중에서 이른바 디지털 자본의 무차별적인 공세는 소비 주체에게 새로운 성격을 부여하고 있다. 이 공간이 익명의 대중에게 부여하는 무한 자유는, 디지털 자본이 개인의 즉물적 욕구를 이용하면서 자기 영역을 확대해가고 있는 과정이다. 이 새로운 미디어 문화가 개인 주체를 근본적으로 변질시키는 상황에 저항하기 위해서는 여기에 대한 비판적 해독 능력이 무엇보다 요구된다. 좀더 적극적인 의미 부여가 가능하다면, '문화 정치'라는 차원에서, 이 공간은 낡은 주류 미디어 안에서 비판과 저항이 가진 한계를 돌파하고 새로운 미디어 전략을 통한 전자민주주의와 미디어 행동주의를 실천할 수 있는 가능성의 영역이다. 그리고 이러한 사이버 저항 혹은 디지털 저항 운동의 가능성은 이미 일정 부분 현실화되기 시작했다고 볼 수 있다.

　디지털과 문학의 접속을 말할 때, 하이퍼텍스트와 전자북 등의 형태가 그 가능성을 타진하고 있기는 하지만, 섣부른 예측은 삼가고 이미 현실화된 것들만을 살펴보자. 디지털 문화에서의 문학 활동을 가장 두드러지게 보여주고 있는 것은 일단 인터넷 공간에서의 문학 활동이다. 이것은 새로운 창작과 소통의 무한 공간을 펼쳐 보인다. 쌍방향성과 실시간성을 기본 원리로 하는 이 공간은, 문학 엘리트가 생산하고 비평가 집단이 의미를 부여하며 독서 대중이 소비하는, 일방향적인 문학 제도와 인쇄 문학 시장에 대한 도전으로 인식될 수 있다. 그것은 기존의 '작가'와 '텍스트' 개념을 근본적으로 바꾸어놓을지도 모른다. 80년대 중반 소시민 계급의 몰락과 노동자 계급의 성장에 따른 부르주아적 문학 생산과 소통 개념의 몰락을 다분히 희망적으로 예시하는 논의도 있었지만, 지금의 디지털 환경은 그것보다 훨씬 강력하고 근본적인 변화의 가능성을 안고 있다.

　이 공간의 형성은 중요한 탈문학 제도적 사건이라고 할 수 있다. 그런데 문제는 "통신망 안의 문학은 본질적으로 문학적 기준에 의해

22

분별되기보다는 문학 외적인 기준에 의해 제약된다는 것"[2]이다. 물론 이 공간의 가능성을 적극적으로 의미화하는 입장에서는 그 '문학적 기준'이라는 것이 기성의 문학 제도적 틀 안에서의 이념형이 아니냐고 의심할 수도 있다. 그러나 그 의심이 의미 있는 것이 되려면 그 공간 안에서 제도권 문학을 뒤흔들 만한 자생적인 장르가 솟아올라야 한다. 그러니까 다시, 문제의 핵심은 이 공간의 문학 활동이 매체의 해방성에 부합하는 해방의 미학을 제출하지 못하고 있다는 데 있다. 우리는 아직 온라인 문학 운동이 문학의 탈차별화를 이끄는 소통의 광장으로 자리잡기보다는 오프라인 문학의 권위에 대한 정서적인 반발과 모방, 왜곡된 문학적·정치적 욕망의 배출구로 기능하는 상황을 보고 있다.

두번째는 문학 내부에서 일어나는 문학에 관한 이론적 탈신화화 작업이다. 80년대 후반 이후 전통적 문학 가치들을 의심하고 탈신화화하는 서구제 이론들이 본격적으로 소개되었다는 주지의 사실이다. 그것들은 회의와 전복의 해석학이라고 부를 수 있을 텐데, 구조주의와 해체론의 논리들은 '작가'와 '작품'의 개념에 특권을 부여하는 문학 이념은 부르주아 이데올로기와 결합된 허구적인 것이라고 폭로한다. 페미니즘은 재래적인 문학이 남성 지배 체제를 유지 관리하는 정치적 도구에 불과했다고 비판한다. 이 이론들은 문학의 탈신화화라는 측면 못지않게 문학에 대한 해석적 지점의 다원화를 가져오고 텍스트 수용 과정의 정교함과 풍요로움을 유도하는 것이다.

그리고 이러한 이론들은 부르주아 이데올로기와 연관된 문학의 신화를 벗겨내는 데 중요한 비평적 계기를 제공한다. 특히 문학의 제도성에 대한 비판적 이해는 문학의 사회적 존재 방식에 대한 현실

---

2) 정과리, 「문학의 크메르루즈」, 『문명의 배꼽』(문학과지성사, 1998), p. 197.

적인 분석을 가능하게 해준다. 이런 관점에서 문학과 문화가 생산 유통 소비되는 과정의 이면에 숨어 있는 권력 관계의 그물망과 은폐된 계급 투쟁의 양상을 파헤치는 작업은 의미 있다. 그런데 여기에는 두 가지 문제점이 지적될 수 있다. 첫번째는, 이 이론들은 서구 시민 사회의 문학 제도에 대한 비판적 분석을 전제하고 있다는 점, 그래서 그런 의미의 시민 사회가 정착되지 못한 우리의 문학 환경에 적용시키기는 쉽지 않다는 문제. 이것은 우리 문학이 서구적인 맥락의 문학 제도적인 현대성을 보여주고 있는가 하는 측면과 관련되어 있고, 한국 사회와 문화 제도의 개별성에 대한 보다 구체적인 분석을 요구한다.

두번째, 문학적 생산의 토대에 권력의 이해 관계가 있다는 것을 인정한다 하더라도 그 과정에서의 문학적 매개 과정의 특수성과 상대적 자율성을 고려해야 한다는 점. 그런데도 세밀한 실제 분석보다는 섣부른 적용과 이념적 규정이 앞서가는 우리의 지적 풍토에서는 이 논의들이 단순화의 회로 속에 들어가면서 문학적 가치 판단의 기준을 획일화한다. 정치 공간과 문학 공간을 동일시하고 '권력/반권력'의 이분법에 머무르는 한에 있어서는, 그 순결한 반대성에 집착하는 주체는 또 다른 권력일 뿐이며, 그 의도와는 달리 문학에 대한 무차별적인 냉소를 조장하는 자멸적인 논리가 될 수 있다.

5. 다시, 문학적 전위는 가능한가?

그럼에도 불구하고, 위의 정황들은 넓은 의미에서의 문화적 민주화와 탈차별화를 가능하게 하는 조건들이라고 말할 수 있다. 또한 그것은 문학의 탈중심화 · 탈제도화를 이끄는 운동 양상이다. 설사

이런 문화적 현실들이 문학에 대한 어떤 존경심도 괴멸시켜버리고 탈문학화를 앞당기는 것이라 하더라도, 나는 그것이 갖는 진보적 의미를 과소평가하고 싶지 않다. 중요한 것은 그 저항이 진실로 문화적 다원화에 봉사하는 것이라면 문학을 죽이는 역할을 하지 않는다는 점이다. 문제가 되는 것은 오히려 문학을 탈신화화하는 이런 문화적 움직임이 새로운 형태의 억압적 획일성을 조장하고 저항의 스타일과 그 상품성만을 재생산하면서 문화적 생성의 기획으로 전환되지 못하는 것이다.

근본적인 논의를 다시 한다면, 문화의 다원화와 탈중심화라는 이념은 자본이 문화의 체계를 장악하면서 이 세계를 관리해 나가는 명분일 수 있다. 새로운 문화 자본은 문화 산업과 시장의 확대를 위해 우선 기존의 문화적 서열 체계를 해체해야 하기 때문이다. 문화 자본은 시장의 논리로 관리될 수 있는 한에서의 해방을 수락하기 때문에, 그 경우에 주어지는 자율성과 다원성 등의 가치는 기만이다. 더욱이 이러한 문화민주주의 시대의 장밋빛 미래가 자본주의의 내적 동력과 조절 기능을 상찬하는 현실 추수적인 미래학과 은밀히 연관되어 있는 것도 비판적으로 인식할 필요가 있다. 한국에서의 문화 산업의 팽창이 미국 중심의 문화적 제국주의 논리의 연장이라고 볼 근거 역시 부정할 수 없다. 그러니까 문화적 다원화를 명분으로 하는 문화 산업의 자기 확대는, 결국 시장적 가치에 의해 문화 중심과 주변의 체계가 재편되어 새로운 문화적 차별화의 구조가 심화되는 결과에 이를 수 있다.

이런 맥락에서 관심의 대상으로 떠오르는 것은 90년대 이후의 새로운 문화 주체들에 의해 생산되고 의미화되고 있는 '하위 문화' 혹은 '소수 문화'의 영역이다. 이 개념은 '대중 문화' '신세대 문화' '키치'라는 개념의 주류 소비 문화적 성격과 대비되며, 지배 문화와 부모 문화로부터 이탈하고 저항하는 문화적 스타일과 운동 양상들과 관련되어 있다. 물론 문화 연구자들 사이에도 이 두 개념에 대한 이론적 합의에 도달하지 못한 상황에서 그것들을 적극적으로 의미화하기는 어렵다. 이를테면 한국의 '하위 문화'가 결국 서구에서 나타났던 역사적 하위 문화들의 스타일을 모방하는 데 머물고 결국 문화 상품의 논리에 귀속되고 말 것이라거나, '소수 문화'의 저항 모델이라는 것이 지배·주류 문화에 대한 전면적인 거부이기보다는 또 하나의 하부적 문화 공간에 지나지 않는다는 비판이 가능하다. 하지만 이런 문화 단위의 운동이 지배적 소비 문화의 획일성과 시장주의에 저항하는 문화적 에너지가 될 수 있는 가능성은 여전히 주목되어야 한다.

이러한 문화 상황과 문화 운동의 양상들은 위기의 조건이자, 해방의 조건이다. 다르게 말한다면 매혹의 조건이자, 공포의 조건이다. 그 안에서 문학은 새로운 삶과 죽음의 가능성을 탐문할 수 있게 된다. 아니다. 그게 아니다. 문학이라는 주체의 실체가 있고 그 외부에 문화적 조건이 있는 것이 아니라, 문학 자체가 이미 그런 조건의 일부가 되어버렸다. 문학 스스로가 위기와 공포의 조건이다. 문제는 이런 새로운 문화적 양상과 기획들이 근대적 제도로서의 문학에 대해 적대적일 뿐이라는 문학계 전반의 인식, 그리고 다른 문화 매체들과 문학을 일종의 서열 관계로 이해하는 문학의 저 끈질긴 오만이다.

단언하자면 이제 문화적 장르 간의 존재론적 위계 질서는 무의미해졌다. 가령 영화·만화 등의 장르가 문학보다 근본적으로 저급하다는 생각은 통용되기 힘들다. 그것들은 나름대로의 미학적 자율성을 가지고 있으며, 대중은 일상적인 삶 안에서 그와 같은 심미적 문화를 향유한다. 물론 이런 문화적 현실들이 문화 중심으로서의 문학의 자리를 위축시켜온 것은 사실이다. 그러나 이 관계를 적대적 관계로만 인식한다면, '예술성·문학성·장인성/기술성·상품성·대중성'의 대립 구도 아래서 문학은 타살이냐 자살이냐를 선택해야 한다. 하지만, 가령, 이분법적 틀을 과거화한다면, 비문학적 문화 영역과 문학이 소통할 수 있는 가능성, 가령 '하위 문화' '소수 문화'와 같은 문화적 기획이 새로운 문학적 상상력과 만날 수 있는 계기도 사고할 수 있다.

다시 강조하건대, '문학'과 '문화'는 각각 독립된 실체가 아니다. '문화'와 '문학'이 이미 실체적으로 주어져 있는 것이라는 생각은, 그것들의 살아 있는 관계를 이해하기 힘들게 만든다. 문학은 기본적으로 문화적인 활동의 일부이며, 문화를 변화시키는 한 요인이다. 문화는 단지 물질적 생산의 영역일 뿐만 아니라 의미 작용의 공간이기 때문이다. 더구나 사회 구조 자체가 지식·정보·문화 산업 중심으로 재편되면서 문화 영역이 우리 사회의 지배적인 활동 공간으로 자리잡고 있는 지금은 더욱 그렇다.

이제 문학사적 변전은 단순히 문학이라는 코드 안에서만 논의되기 힘들다. 문학이 문화 사회의 구조 안에 이미 깊숙이 얽혀 있기 때문이다. 문학은 이제 문화적 관계망 안에서의 문학이다. 그렇기 때문에 문학의 자기 갱신은 문학 내부의 장르의 부침이라는 방식으로 진행되는 것이 아니라, 문화적 하위 장르들의 부상과 연관될 것이다. 그러니까 지금 벌어지고 있는 사태들은 단순히 문학사 내부의 사건이 아니라, 문학과 문화 사회의 관계 설정을 다시 요구하는 문학의 위상학적인 전환이다.

자, 이제 어떤 문학적 기획이 가능할 수 있겠는가? 우리가 아직도 문학에서 전위를 말할 수 있다면, 그것은 문학의 고유한 깊이로만 표현되는 것이 아니라, 문학의 경계가 이질적인 문화의 영역들과 만나는 넓이라는 의미에서일 것이다. 오해를 미리 차단하기 위해 말한다면, 여기서의 '전위'는 서구의 문학사에서 출현했던 역사적인 아방가르드를 말하는 것이 아니라, 김수영이 "모든 전위 문학은 불온하다. 그리고 모든 살아 있는 문화는 본질적으로 불온한 것이다"라고 선언했을 때의, 한국 문학사 안의 주체화된 전위의 경험을 의미한다. 그런데 그 전위는 이제 깊이의 문제만이 아니라 넓이의 문제가 되었다. 물론 '깊이/넓이'의 문제는 이분법적 선택의 문제가 아니라 탄력과 유연성의 문제이다. 그렇다면, 비문학적 문화 경험과 소통하는 문학, 자신을 산출한 문학 제도와 장르적 규범들을 이탈하는 복수의 문학들이 그 전위의 에너지를 보존할 수 있을 것이다. 그러나 다시, 오해하지 말기를, 전위를 전위로 만드는 것은 전위의 자의식이다. 그 전위는 다른 문화 매체와 장르들의 수평적 소통을 도모하는 것이면서, 동시에 그 안에서의 다른 장르가 대체할 수 없는 문학의 역할을 새롭게 만드는 전위이다. 문학이 자신의 문자 매체적 고유성을 새롭게 하는 노력을 밀고 나갈 때 문화적 소통도 가능해진다. 내가 어떤 글에서 '키치의 문학화'에 주목할 만한 의미를 부여하면서도 '문학의 키치화'에 비판적이었던 것은 이러한 이유에서이지, 문학이 '키치'보다 선험적으로 우월하기 때문이 아니다.

이때 문학의 자율성이란 시장과 지배 이념으로부터의 자율성일 뿐만 아니라, 그 자신의 제도적 문학성으로부터의 자율성이 될 것이다. 이것은 자명한 형이상학적 원리를 포기한다는 측면에서 최소의 자율성이지만, 자율성 내부의 부정 정신을 끝까지 밀고 나간다는 측면에서는 최대의 자율성이다. 그런데 이 기획은 새로운 기획인가? 그것은 현대 문학의 자율성의 신화로부터 전속력으로 도주하는 기획이 아니다. 문학적 위반은 문학의 자의식이 자율성 신화의 자기모순을 추적한 끝에 도달한 미학적 지점이다. 그것은 미적 근(현)대성의 논리를 생산성과 자율성의 긴장 관계라는 평면적인 전선으로부터 좀더 넓은 문화적 실천의 공간으로 이동시키는 기획이다. 물론 미적 근(현)대성의 기획을 미적 절대성과 절대적 자율성의 신화와 동일시함으로써 그것의 함의를 제한하려는 논의도 있지만, 그것은 현대 문학의 자기 전복적 가능성, 내재된 전위성을 축소시키는 의도를 품고 있다. 자기 반성적 자의식을 동력으로 삼는 문학만이 진정으로 현대적이고 탈현대적인 문학이다.

그러니까 이 기획은 아주 이중적이다. 근대적인 문학 제도들을 탈규범화하는 한편으로 미적 현대성의 자기 갱신 가능성을 재문맥화하는 문제 의식이기 때문이다. 이때 문학은 그 스스로의 미적 다양성을 증거하기 위하여 문학성의 공간을 탈개념화하고, 이 과정에서 스스로의 미학적 정체성의 일부가 틀어져 나가는 균열을 경험할 것이다. 하지만 이 균열의 사건이 문학적 전위의 체험이다. 이러한 내적 분열의 체험을 통해 문학은 자신의 몸을 바꾸고 나아가 문화를 바꿀 수 있다.

그렇다면 처음의 질문으로 돌아가자. 문학은 무엇이 될 수 있는가? 문학은 무엇이든 될 수 있다. 문학 아닌 것도 될 수 있다. 문학 아닌 것을 문학으로 만드는 것, 문학인 것을 문학 아닌 것으로 만드는 것이 문학의 역사이고, 문학적 현대성의 동력의 하나이다. 그리고 이것은 단순히 문학이 새로워진다는 의미가 아니다. 문학이 자신에 대해 반성적이 될 수 있는 것은 그 자신이 속해 있는 사회와 문화에 대한 비판적 의식을 동반하는 것이다. 그런 의미에서 문학의 자기 갱신은 상품 미학의 새로움과는 전혀 다른, 새로움에 관한 반성적 자의식이다. 역설적으로 말한다면 이 변화된 문화 상황들의 반문학적 요소들이 오히려 문학의 존재를 거듭나게 한다. 문학은 이제 문화적 후위의 자리에서 문학적 전위를 실험하게 된 것이다. 문화적 주류에서 물러남으로써 문학은 자기 존재의 고유성을 재구성할 수 있는 기회를 얻게 되었다. 문학성에 있어서 그 부재의 조건은 날카로운 존재의 조건이다.

　시장 논리로부터 자립적인 영역이 거의 남아 있지 않은 현실에서 문화 산업과 지배 이데올로기와의 싸움은 더러운 싸움이 될 것이다. 문학 역시 그것의 일부가 되어버렸다는 것을 인정해야 하기 때문이다. 그런 의미에서 문학의 전략은 이중적이며 위선적일 수밖에 없다. 언젠가 나는 그것을 '위선의 진정성'이라고 표현한 적이 있지만, 이 경우 진정성은 이념형이 아니라, 문학적 욕망이 가리키는 방법적 육체이다. 이런 이유로 문학적 실천은 이 싸움에서 승리하는 데 있는 것이 아니라, 다르게 싸우는 데 있다. 다르게 싸우는 문학적 기획을 만들어가는 데 있다. 문학의 욕망으로, 문학적 자의식으로 싸울 때, 중요한 것은 문학적으로 싸우는 실존의 과정이며, 그 과정의 뜨거운 사건성 자체가 문학이다. 그래서 문학은 이토록 오래된 전위를 다시 준비하려 한다. 　　　　　　　　　　　　　　　　　　〔2000〕

키치를 먹고 자라는 문학
─ 문학과 대중 문화의 접속

1. 키치의 모더니티

이건 아주 진부한 질문일지 모른다. 문학은 어떻게 대중 문화와 만나는가? 만약 우리가 이 문제를 낯설게 하려 한다면, 그것들의 관계를 '문학성/대중성'의 이항 대립으로 설정하는 것은 무의해 보인다. 문학에서의 대중성·상업성에 관한 논의는, 문학 엘리트의 미적 척도가 우월한가 혹은 대중의 보편적 기호가 우선하는가를 선택해야 하는 단순한 이분법에 빠지기 쉽다. 이런 논의 끝에는 진부하고 평면적인 결론이 기다리고 있다. 그러니 이제는 헤아릴 수 없이 출몰하는 '베스트셀러'의 문학성을 시비해야 하는 수고를 멈추자. '문학성/대중성' 혹은 '문학성/시장성'의 대립은 가짜 대립이다. 그러나 오해할 필요는 없다. 그것이 가짜 대립이라는 것은, 문학이 결국 시장 안에서 존재할 수밖에 없다는 주장을 수용하려는 논리적 포석이 아니다. 이것은 '문학성/대중성'의 대립에 기초한 논의 구조를 허물고 우리 시대 문학 생산의 문화적 환경으로서 대중 문화를 주목하자는 것이다. 물론 여전히 '고급 문화/대중 문화'를 구별하는 제도적·이데올로기적 힘들이 사라진 것은 아니다. 그러나 그것들의 문화적 서열 체계를 공고하게 해주던 매튜 아놀드Matthew Arnold식의 교양주의적 관점과 대서사metanarrative가 예전처럼 권위를 갖지 못하는 동요를 우리는 경험하고 있다.

문화 산업의 발달, 대중 문화의 출현과 그것을 둘러싼 문화적 · 미학적 쟁점들은 근대화 과정에서의 보편적인 문제들이다. 각종 미디어를 통해 쏟아져 나오는 대중 문화는 이제 또 하나의 '자연'이 되었다. 문학이 더 이상 대지의 영감으로부터 창조되는 것이 아니라, 대중 문화라는 문화적 환경으로부터 생산된다는 판단은 섣부른 것일지도 모른다. 그러나 우리를 둘러싼 세계가 과학 기술과 미디어의 혁명적인 발전, 그리고 전 지구적인 자본주의 문화의 도래 앞에서 얼마나 엄청나게 달라지고 있는가는 새삼 강조할 필요가 없으며, 그 변화의 속도는 가히 악마적이다. 아름다운 자연조차도 상품 이미지 안에 갇히고, 역으로 우리의 인식 속에서 자연은 그런 이미지를 닮아간다. 우리는 위험과 불편이 도사린 실제의 자연을 체험하기보다는 이미지와 정보로서의 '인공 자연'을 더 쉽게 경험한다. 이런 변화의 첨예한 예는 물론 최신의 미디어 문화에 익숙한 세대에게서 찾아볼 수 있겠지만, 이와 같은 문화 변동으로부터 자유로운 삶의 영역은 없다.

여기서 논의를 좀더 구체화시켜보자. 이른바 '키치kitsch'의 문제가 그것이다. 대량으로 복제되는 저속하고 조야한 대중 문화 상품을 일컫는 이 용어가 중요한 문화적 의미를 갖게 된 것은 그리 오랜 일이 아니다. 광범위하게 불확정적으로 쓰여지는 이 용어가 아무리 경멸적인 의미를 품고 있다고 하더라도 그것은 근대화의 중요한 산물이고, 그 안에는 부정할 수 없는 '내재적인 모더니티'가 숨어 있다.[1]

---

1) "반복과 조야함, 진부함을 의미하는 한 모더니티와 키치라는 개념은 상호 배타적으로 보일지 모른다. 그러나 사실상 키치가 미학적으로는 물론이고 기술적으로도 가장 전형적인 모더니티의 생산물이라는 사실을 발견하기는 어려운 일이 아니다. 키치와 경제적 발전의 관계는 너무나 밀접한 것이어서 우리는 '제2세계'나 '제3세계'의 나라에서 키치가 존재하는 것을 '근대화'의 의심할 바 없는 징표로 간주할 수 있다"

중간 계급 공간의 확대와 문화 산업의 팽창으로 출현한 키치는, '미적인 것'이 단순히 엘리트 문화에 속한 것이 아니라, 다른 상품들처럼 대량으로 생산되고 소유될 수 있다는 의식을 광범위하게 퍼뜨렸다. 일상 생활의 전면적인 심미화라는 현대 세계의 패러다임은 이런 키치의 양산과 관련이 있다. 좁은 의미의 키치는 우선 고귀한 전범에 관한 무차별적인 복제와 생산을 일컫는다. 가령 우리는 변두리의 싸구려 레스토랑에서도 중세 교회의 스테인드글라스와 그리스 시대의 조각들을 비록 조야한 형태이지만 어렵지 않게 만날 수 있으며, 다 빈치의 「모나리자」를 상품 광고나 쟁반에서 볼 수 있고, '이발소 그림'에서 물레방아 도는 고향의 풍경을 흔하게 감상할 수 있다.[2]

엘리트 문화가 나름의 예술적 진화를 거듭하는 뒷면에서 키치는 대중의 미적 욕망을 충족시키고 그 욕망 자체를 재생산했다. 문화 산업은 모든 고급하고 진지한 미적 생산품을 키치화할 수 있다. 가장 저항적이고 전위적인 정신도 상품 미학으로 포장될 수 있는 것이 전지전능한 자본의 논리, 시장의 논리이다. 우리 시대는 문화의 영역과 경제 행위의 영역 사이의 구분이 사라져버린 시대라는 판단도 가능하다. 키치는 대중이 요구하는 것이면 어떤 미학이든 무차별적

(M. 칼리니쿠스, 이영욱 외 역, 『모더니티의 다섯 얼굴』, 시각과 언어, 1993, p. 284).

2) 좁은 의미의 키치는 미적 전범에 대한 모방적이며 재현적인 싸구려 문화 상품을 의미한다. 장 보드리야르Jean Baudrillard는 "키치는 특히 의사 사물(擬似事物), 즉 시뮬레이션, 복사품, 모조품, 스테레오 타입으로서, 또는 현실의 의미 작용의 빈곤, 기호와 우의적(寓意的) 지시로 뒤죽박죽인 함축 작용의 과잉, 세부적인 것에 대한 예찬이 포화 상태에 도달한 단계로서 정의될 수 있을 것이다"라고 말한다(장 보드리야르, 이상률 역, 『소비의 사회』, 문예출판사, 1991, p. 155). 그러나 최근 한국 사회의 문화 분석 담론에서 키치는 보다 광범위한 개념으로 쓰이고 있다. 넓은 의미의 키치, 혹은 현대적인 키치는 대량으로 유포되는 저급한 수준의 만화, 드라마, 포르노, 영화, 무협소설, 유행가 등 대중 문화의 다양한 미적 장르를 포함한다. 이 글에서는 주로 넓은 의미의 키치를 문제삼으려 한다.

으로 모방·복제하고, 패러디·변용할 수 있다. 키치야말로 지금 여기에서의 압도적인 리얼리티가 되어버린 것이다. 키치의 이런 반엘리트적인 성격과 투명한 상업성 그리고 기만적인 천박함을 생각할때, 이런 하위 문화를 문학이 미적 대상으로 삼는다는 것은 자신의 위엄과 자존을 손상하는 일이 될 것이다. 그러나 이 키치라는 단어가 갖는 경멸적 함의와 함께 그 현대성과 아이러니한 힘을 함께 사고하지 않으면 안 되는 문화적 상황 속에 우리는 놓여 있다.

　표면적으로 엘리트 문화와 키치는 적대적 관계에 있는 것처럼 보이지만, 키치가 아방가르드 예술에서 차용되고 있는 것은 의미심장한 일이다. 키치는 문화의 변두리에서 무시되어온 타자였기 때문에, 오히려 문학을 비롯한 전통적인 문화의 중심을 교란하고 그것에 새로운 에너지를 수혈하는 역설적인 역할을 수행한 것이다. 전위적인 예술 운동은 키치의 반엘리트적이고 전복적이며 반어적인 형식을 이용한다. 이것은 모더니즘 예술이 엘리트주의에 갇혀 그 파괴력을 소진하고 규범화되는 것에 대한 반란이며, 대량으로 유포되는 문화 상품에 관한 모더니즘의 숙명적인 혐오감에 대한 도전이다. '팝 아트'의 이론화와 그 미학적 실천의 전위에 있었던 앤디 워홀Andy Warhol이 대중적인 오브제들을 예술로 받아들인 것은 그 첨예한 예이다. 물론 마릴린 먼로의 사진과 같은 대중적인 문화 상품을 변용하여 미술관에 전시하는 방식으로 대중 문화와 고급 문화의 구분이 사라지는 것은 아니다. 그러나 이런 시도들이 대중 문화와 키치에 관한 재래적인 규범적 의식을 뒤흔들어놓은 것은 분명하다.

　우리의 예민한 작가들 역시, 대중 문화의 득세를 외면하지 않고 그것을 문학적 대상으로 삼거나 그것과 미적으로 접속할 수 있는 가능성을 모색해왔다. 그 모색이 의미 있는 것은 두 가지 이유에서다. 우선 첫번째는, 이미 우리 삶의 전 국면에 걸쳐 촘촘한 지배력을 발휘하고 있는 대중 문화와 키치에 대해 문학적으로 응전함으로써 그 것이 야기하는 생활 세계의 변질에 관한 비판적인 인식을 심화할 수 있다는 점이다. 두번째는, 키치의 양식적 특성을 보다 적극적으로 차용하는 경우이다. 이를 통해, 문학과 대중적인 장르의 관계를 적대적인 모순 관계로 인식하여 결국 '문학의 죽음'이라는 풍문에 귀착되는 상투적인 피해 의식을 극복할 수 있는 미학적 실천이 가능해진다. 이런 모색은 대중적인 영역들과의 미학적 교섭을 통해 자신의 육체를 새롭게 하려는 근대 문학의 자기 갱신의 동력과 상관되는 것이며, 문학이 일상의 리얼리티로부터 생산된다는 논리에도 부합된다.

변화된 문화 공간 속에서의 새로운 리얼리티를 문학의 구조 안에서 재구성하려는 시도는, 우리 시대의 문학적 실천의 의미 있는 가능성 중의 하나가 되었다. 이런 맥락에서, 한국 사회에서 자본주의적 질서가 문화적 체계로서 공고화되어 일상의 영역을 지배하기 시작한 80년대 이후 이런 모색이 본격적으로 나타나기 시작한 것은 우연이 아니다. 더욱이 90년대 이후 문제되는 것은 단순히 문화 산업과 대중적인 문화 상품의 문제가 아니라, 다국적 자본주의와 새로운 미디어가 조형해놓은 거대한 문화 환경이다. 이런 전 지구적인 미디어 공간과 문화가 우리의 삶을 근본적으로 바꾸는 상황에서 키치 혹은 그것의 더욱 현대적인 형태로서의 '네오 키치'는 일상 세계를 지배하는 대중적 코드로 군림하고 있다. 이 키치의 제국에서 문학은 어떻게 자신의 육체를 적응시키려 하는가?

2. 매스컴의 정치학: 황지우

80년대에는 어떤 모색이 있었는가? 전면적인 것은 아니지만 몇 가지 징후가 있었다. 황지우는 『새들도 세상을 뜨는구나』(1983), 『겨울—나무로부터 봄—나무에로』(1985) 등의 실험적인 시집에서 몇 가지 방법적 암시를 제공한다. 황지우는 이 시집에서 시가 될 수 있는 대상과 시가 될 수 없는 대상의 경계를 지우는 방법론을 밀고 나간다. 콜라주, 패러디, 시각적 활자 구성, 몽타주, 다큐멘터리 같은 전위적인 형식들이 모두 동원되며, 신문의 기사, 심인 광고, 만화 그리고 전자 오락마저도 시적 소재로서 채택된다.

길중은 밤늦게 돌아온 숙자
에게 핀잔을 주는데, 숙자는
하루 종일 고생한 수고도 몰
라주는 남편이 야속해 화가
났다. 혜옥은 조카 창연이
은미를 따르는 것을 보고 명
섭과 자연스럽게 이야기를 나
누게 된다. 이모는 명섭과
은미의 초라한 생활이 안쓰
러워……

어느 날 나는 친구 집에 놀러
갔는데 친구는 없고 친구 누
나가 낮잠을 자고 있었다.
친구 누나의 벌어진 가랑이
를 보자 나는 자지가 꼴렸다.
그래서 나는……
— 황지우, 「숙자는 남편이 야속해—KBS 2TV · 산유화(하오 9시 45분)」

이 낯설고 저속한 내용의 시는 여러 가지 해석의 가능성을 품고 있다. 이 시를 잘 이해하기 위해서는 대중 문화의 문법에 관한 정보가 있어야 한다. 첫째 연은 신문에 나오는 텔레비전 연속극의 소개문을 옮긴 것이다. 그 문장들은 너무나 상투적이고 진부한 텔레비전 연속극의 세계를 보여준다. 여기에 어떤 비교의 효과를 노리고 있는 것으로 보이는 둘째 연은 더욱 저속하고 노골적인 내용을 포함한다. 이 둘째 연은 숨은 화자의 고백적 진술로 보기보다는 공중 화장실의 음란한 낙서를 옮겨놓은 것처럼 보인다. 이 두 가지 진술의 대비가 노리는 시적 효과는 무엇일까? 우선은 텔레비전을 포함한 매스컴에 관한 비판이다. 시인은 「근황(近況)」이라는 또 다른 시에서 정신분열적인 화법을 동원하여 "그대들은 이주일(李朱一)에게 침을 뱉고 그는 돈을 번다. 이게 원리원칙(原理原則)이야. TV 시청료를 내지 맙시다. 현실을 착색(着色)하지 맙시다. 확실한 것은, TV는 공범자(共犯者)다"라는 진술을 보여준다. 그러나 이 시가 단순히 체제의 공범자로서의 텔레비전 드라마의 저속함과 통속성을 비난하기 위해 씌어진 것만은 아니다. 이 시의 전략은 그보다는 더 심층적이고 이중적이다. 이 시는 텔레비전 드라마의 내용 그 자체를 비판하는 것이 아니라, 그것에 의해 자동화된 일상적 허위 의식을 전복하려는 것이다. 문제는 내용만이 아니라 소통의 체계와 수용자의 무반성적 의식이다. "매스컴은 반(反)커뮤니케이션이다. 인간의 모든 것을 부끄럼 없이 말하는, 어떻게 보면 좀 무정할 정도로 정직한 의사 소통의 전형인 문학은 따라서, 진실을 알려야 할 상황을 무화(無化)시키고 있는 매스컴에 대한 강력한 항체(抗體)로서 존재한다"는 시인의 시론은 이를 뒷받침한다. 문제는 둘째 연이다. 이것은 첫번째 연과의 연속성과 변별성을 모두 포함한다. 연속성의 차원에서 말한다면,

드라마의 통속적 내용은 공중 화장실의 음란한 낙서와 다를 것이 없다는 의미 해석이 가능하다. 변별성의 측면에서는, 앞의 연이 공식적으로 소통이 허락된 제도적 매스컴의 세계를 보여주고 둘째 연은 어둡고 음습한 뒷골목에서 소통되는 억압되고 뒤틀린 반(反)매스컴의 세계를 보여준다. 그러나 이 두 가지 해석은 모두 "매스컴은 반커뮤니케이션이다"라는 비판적 명제로 수렴될 수 있다.

물론, 패러디와 인용의 방법을 통한 물신화된 세계와 자본주의적 언어의 도구성에 대한 비판은 오규원의『왕자(王子)가 아닌 한 아이에게』(1978),『가끔은 주목받는 생(生)이고 싶다』(1987),『사랑의 감옥』(1995) 등에서 심도 있고 다양한 시적 성취를 이룬 바 있다. 그런데 황지우의 작업이 이와 비교될 수 있다면, 그의 시들은 근본적으로 매스컴의 정치학에 기대고 있다는 것이다. 그는 공식적이고 제도적인 매스컴 안에 도사리고 있는 지배 이데올로기와 억압의 구조 그리고 그 구조에 길들여진 중산층 공간의 허위 의식을 폭로하려 한다. 매스컴을 차용하는 황지우의 시적 전략은 매스컴의 소통 체계에 대한 심층적인 비판과 그것의 정치적 행간을 폭로하는 데 있다. 그의 시는 매스컴의 담론들을 낯설게 만드는 소격 효과estrangment effect를 통해 그것을 비판적으로 읽게 만드는 것이다. 이런 맥락에서 황지우의 대중 문화에 대한 시적 수용은, 매스컴을 지배 이데올로기 전파의 노골적인 수단으로 이용했던 80년대적인 상황에 대한 매우 효과적인 대응 전략이었다고 할 수 있다.

3. 키치적 상상력과 그 불온성: 장정일 · 유하

황지우는 대중 문화와 매스컴의 자료들을 차용했음에도 불구하고 그것에 대한 비판적 거리를 철저하게 유지하고 있다. 그에게 중요한 것은 그것이 은폐하고 있는 정치적 억압 구조의 문제였던 것이다. 1980년대 후반의 장정일에게 오면 상황과 전략은 모두 달라진다. 장정일은 대중 문화와 키치의 어법 자체를 시적으로 수용하는 좀더 과감한 시도를 보여준다. 『햄버거에 대한 명상』(1987)과 『길 안에서의 택시 잡기』(1988)에서의 그의 상상력과 감수성은 문학사에서 상당히 이단적이었다. 물론 장정일의 초기 시는 정치적 문맥에서의 비판과 풍자의 세계와 그리 멀지 않다. 그러나 장정일 시의 특장은 이런 대중 매체와 키치의 경쾌한 어법을 보다 적극적으로 동원하는 경우에 잘 발휘된다.

> 선전 문안이 들끓는 밤 열한시
> 나지막이 샴푸의 요정이 속삭이지 않는가
> 그녀의 노래가 귓전에 맴돌지 않는가.
> 쓰세요, 쓰세요, 사랑의 향기를
> 느껴보세요. 그리고 그녀의 약속이
> 가슴속에 고동치지 않는가. 오늘 밤
> 당신을 찾아가겠어요, 광고 속에서
> 그녀는 약속했었지. 욕망이 들끓는 사내의 머리통
>
> ──장정일, 「샴푸의 요정」

> 도심 속의 가을 여심,
> 특별한 날 당신을 그날의 최고 미인으로 표현해줄,
> 심플한 디자인이 격조 높게 보인다,
> 언밸런스 칼라 여밈의 시티 캐주얼 투피스,
> 페미닌 룩의 절정,

그래그래,

비서실 최양 같을 거야,

부잣집 외동딸 같을 거야,

공주 같을 거야,

가을 옷이 나왔다.   —장정일, 「가을 옷」

　광고 언어의 패러디와 그것에 중독된 의식에 대한 풍자는 자본주
의 문화 속의 개인의 소외를 문제삼는 것이다. 광고 언어는 사물에
대한 감각적 인식을 보여주는 상상적 언어를 도구적으로 이용한다.
광고 언어의 현란하고 감각적인 기교들과 그윽한 상상력, 그리고 넘
치는 쾌락과 안락의 환상들. 수용자들은 이런 것들이 던져주는 따뜻
하고 나른한 행복의 이미지들과 그 상품 자체를 동일시하는 매몰된
의식에 머문다. 광고 언어는 앙리 르페브르Henri Lefebvre와 장 보
드리야르Jean Baudrillard가 분석한 바 있는, 자본주의 세계에서의
사물의 기호로서의 상징 가치에 관한 첨예한 예가 될 수 있다. 광고
를 통해 우리가 자극받고 또한 소비하게 되는 것은 그것의 사용 가
치가 아니라 그것이 함유한 행복·풍요·세련 등의 기호적인 가치
이다. 이런 상황에서 소비자는 더 이상 자율적인 주체가 아니며, 사
물의 기호적 가치에 지배당하는 존재이다. 사물을 의사(疑似) 이벤
트로 만들고, 단순한 동어 반복을 통해 그것이 실재하는 것처럼 인
식시키는 광고 언어는, 진위를 초월해 있는 주술사의 주문 같은 것
이다. 이 자기 예언적이고 자기 지시적인 언어에 대해 수용자가 할
수 있는 일은, 기꺼이 구경꾼이자 소비자가 되어 그 상품을 구매해
줌으로써 그 물신의 신화를 완성하는 길뿐이다. 오규원 역시 『가끔
은 주목받는 생이고 싶다』에서 광고 언어의 시적 재구성이라는 의미
있는 시도를 보여준 바 있다. 장정일도 이런 자본주의적 물화의 문

제를 정면으로 문제삼는다. 물론 여기서 문제적인 것은 광고 언어의 문법과 리듬을 차용함으로써 전통적인 시 장르의 규범을 파괴하는 미학적 측면이다.

장정일은 『아담이 눈뜰 때』(1990)를 통해 이런 문제 의식을 소설 장르를 통해 드러내기 시작한다. 그런데 이 소설은 키치에 대한 90년대적인 관점과 감수성을 선진적이며 상징적으로 보여주기 때문에 흥미롭다. 이 소설에 나오는 주인공은 제도 교육의 억압과 사물화된 세계에 대한 환멸 때문에 섹스와 대중 음악에 탐닉하고, 다시 그 낙원이 가짜임을 깨닫는다. 이 소설에서 록 음악 등의 대중 문화는 비판의 대상이 아니라 주인공이 꿈꾸는 새로운 '예술적 인공 낙원'에 해당된다. 물론 이 소설에서 주인공이 몰두하는 문화 상품들은 키치라고 하기에는 고급한 형태의 것들이다. '뭉크의 화집'이나 '지미 헨드릭스, 재니스 조플린, 짐 모리슨' 같은 종류의 음악을 키치라고 말할 수는 없으며, 이는 댄디dandy적인 것이나 마니아mania적인 것에 가까울지도 모른다.[3] 소설 속의 현재라는 여주인공은 이들의 음

3) 남진우, 「견딜 수 없이 가벼운 존재들」(『세계의 문학』, 1998년 봄호)은 90년대 문학에 나타난 '댄디즘'의 문제에 관해 그 공과를 비판적으로 분석한 글이다. '마니아'에 관해서는 서영채의 「부정의 진정성」(『소설의 운명』, 문학동네, 1995)이 흥미로운데, 그는 여기서 문화 산업과 소비 사회의 논리에 저항할 수 있는 긍정적인 의미의 댄디로 이 개념을 이해하고 있다. 한편 우찬제는 "현실적인 경험이나 실재하는 사건에서 발원된 것이 아니라, 읽고 보고 감상한 책·영화·비디오·연극·음악·미술 등의 허구적인 텍스트를 바탕으로 상상력을 추동시키고 사건을 만들며 인물을 형상화하는 '허구의 허구' 텍스트, 일차 텍스트를 전제하지 않고는 형성될 수 없는 이차 텍스트"를 "문화형성소설"이라고 부르고, 이것은 "하나의 사건이 마무리되거나 한 인물이 일정한 성장을 보이는 과정에서 문화 체험들이 중요한 구성적 역할을 담당할 때 발생될 수 있다"(우찬제, 「오감도 95」, 『타자의 목소리』, 문학동네, 1996)고 분석했다. 이 역시 90년대 문학의 한 특징을 적절하게 지적하는 개념이다. 그런데 이 글에서 분석하려는 문학과 대중 문화의 미적 관계를 이해하는 데, 그 의식을 문제삼는 '댄디'와 '마니아'는 다소 좁은 개념이며, 텍스트의 형성 과정을 분석하는 '문화형성소설'은 상대적으로 광범위한 개념처럼 보인다.

악을 "성스러운 3J"라고 부르면서 이들이 보여준 "쓰레기 같은 세상에 대한 적개심"을 숭상한다. 더 나아가 보다 대중적인 음악을 앞의 음악에 비교하여 타락하고 달짝지근한 음악으로 규정하고 "구역질 나는 음악들이다. 거기엔 정신이 없다. 예전엔, '록 스피릿'이라고 불리던 저항과 인간애가"라고 단언한다. 아담이 만난 또 다른 여자인 화가는 "펠라티오를 하는 그림"을 즐겨 그리면서 일종의 팝 아트를 한다. 이 여자의 만남을 계기로 아담은 소설의 표면에서 자신의 키치론을 쏟아놓는다.

질서도 진리도 없는 가짜 낙원에서 유희만이 우리의 의무가 되며, 무한대의 자유를 얻고자 갈망했던 인간은 유희 속에서 더욱더 많은 자유를 얻는다. 실재가 상실된 가짜 낙원에서는 키치만이 가능한 예술이 될 수 있다고 믿는 많은 예술가들처럼, 그녀 또한 키치의 유혹으로부터 멀리 벗어나지 못하였다.　　—장정일, 「아담이 눈뜰 때」

그의 소설 속에 적지 않게 끼어들어 있는 이런 미학적 이론들과 문화적 정보들이 얼마나 문학적 효과를 발휘하고 있는지는 의문이다. 하지만 분명한 것은 1988년 19세라는 통과 제의적이고 전환기적인 연대에 한국 소설 속에 등장한 새로운 인간형은 이런 방식으로 자신의 문화적 변별성을 확보하려 했다는 점이다.

장정일은 이 작품 이후에도 키치 혹은 대중 문화와 연관된 문제작들을 발표한다. 『너에게 나를 보낸다』(1992)에서는 표절 혐의를 받고 있는 주인공이 '도색소설'을 쓴다. 이 도색소설은 진보적인 이념을 희화화하고 폄하하려는 모종의 이데올로기적 음모에 의해 기획된 것이다. 또 다른 두 인물들인 '은행원'은 유명 작가로 그리고 '바지 입은 여자'는 대중 스타로 존재 이전한다. 이런 변신은 타락한 대중 사회에 대응하는 극적인 변신이라고 할 수 있다. 이 소설에서 역시 작가는 인물들의 대사나 문화 정보를 통해 우리 시대 글쓰기의 조건에 대한 자의식을 끊임없이 노출한다. 여기서 글쓰기란 '수정궁'으로 상징되는 현실 세계에 대한 '총쏘기'일 뿐이다. 작가는 후기에서 "저의 소설은 종합 잡지와 같은 '읽을거리'에 지나지 않습니다"라고 당당히 고백한다. 문학 작품을 유희와 키치의 수준으로 격하하는 이런 단정은 그 자체로 문제적이며, 이것은 초기 시에서 그가 보여준 계몽적인 색채를 지우려는 노력이라고 이해할 수 있다. 실제로 작가는 『너희가 재즈를 믿느냐』(1994)와 『내게 거짓말을 해봐』(1996)에서 더욱 극단적인 형태의 유희로서의 읽을거리를 보여주었다. 결국 현대 예술의 키치화에 대한 작가의 입론이 '하드코어 포르노'의 문법을 차용하는 것으로 귀착된 것은, 자신의 미적 전략을 극한으로 밀고 나간 하나의 사례로 평가될 수 있다. 작가 혹은 글쓰기의 특권적 권위에 대한 극단적인 혐오를 전략적으로 표출한 작품에까지 오면, 문학의 키치화에 관한 장정일의 모험은 더 갈 데가 없는 것처럼 보인다. 그러나 이것이 작가의 계몽적 지위를 완전히 포기한 것이라고 할 수 있을까? 어쩌면 키치를 둘러싼 장정일의 실험이 보여준 것은, 자신의 의도와는 조금 달리, 이 시대의 수많은 작가 동업자들과 그의 애독자들에게 어떤 극단적인 자극을 선사하려는 욕망, 그럼으로써 규범적인 미학의 미망에 붙들려 있는 그들과의 차별성을 분명히하려는 욕망이다. 이것은 그 치밀한 의도와 기획에도 불구하고, 그가 그토록 적대시하는 계몽적 태도 혹은 댄디적 정체성과 나란히 서 있는 코드는 아닐까?

장정일과는 다른 방식으로 키치적인 모티프를 우리 문학에 적극적으로 수용한 시인은 유하이다. 첫 시집 『무림일기』(1989)에서 그가 보여준 것은, 일찍이 김현이 "키치 중독자이며, 키치 반성자"라고 지적한 시적 영혼의 분망하고도 통쾌한 키치적 상상력과 현란한 말놀이이다. 특히 그의 '무림일기' '영화사회학' 연작은, 키치의 사회적 알레고리와 기능을 동시에 반성적으로 성찰하는 미학적 성취를 이룬다.

무력 19년 가을, 광두일귀는 승산의 영웅 대회에서 잔혼귀존 폭풍마독 등과
　　형식적인 비무를 거친 뒤 무림 맹주의 권좌에 등극하였다
　　그날 무렵 신문들은 일제히 환영의 뜻을 표하며
　　혈의방 무사들이 통천 가공할 무공을 익히며 호시탐탐 중원을 노리는 이때
　　강력한 무공의 소유자가 중원을 다스려야 한다고
　　수심에 가득 찬 기사를 썼지만 대부분 인면수심들이었다
　　천마대제는 비명에 갔지만 강자존 약자멸!
　　이 무림의 대원칙이 깨질 것을 우려한 광두일귀 및 일부 뜻 있는 고수들은
　　武歷은 武力으로밖에 지킬 수 없다는 평범한 이치 앞에 숙연해하며
　　한층 겸허하게 무공 연마에 정진할 것을 다짐했다
　　　　　　　　　　　—유하, 「武歷 18년에서 20년 사이」

이 시는 1979년과 1980년 박정권의 몰락과 광주 민주화 항쟁, 신군부의 등장이라는 역사적 계기들을 무협지의 서사와 어법에 기대어 알레고리화하고 있다. 무협지라는 키치적 소재를 시로 끌어들였다는 발상 자체도 흥미롭지만, 이런 풍유적 상상력이 더욱 문제적인

것은 무협지의 소재와 모티프뿐만 아니라, 그 문법과 언어를 가져와 정치 현실을 풍자했다는 것이다. 그 풍자의 핵심은 정치 현실이 삼류 무협지의 세계처럼 "강자존 약자멸" "무력(武歷)은 무력(武力)으로밖에 지킬 수 없다는 평범한 이치"가 관철되는 공간이라는 점이다. 하지만 유하의 키치적 상상력이 키치의 알레고리를 통해 정치 현실을 풍자하는 데만 한정된 것은 아니다.

> 포르노엔 지배자들이 살포하는
> 포르말린 냄새가 배어 있다
> 심야 다방 여관 만화가게마다
> 절찬리에 상영 중인 깊이 더 깊이 피스톤 신화
> 단속반이 뜨면 헉헉대는 화면은 잽싸게
> 보도본부 24시로 바뀌지
> 오늘도 반복되고 있을 포르노와 뉴스
> 그 충돌의 몽타주   —유하, 「파리 애마」

'영화사회학' 연작에서 시인은 키치 문화에 대해 적어도 세 가지 겹의 반성적 성찰을 보여준다. 첫번째는 앞의 '무림일기' 연작에서와 마찬가지로 지배 체제에 대한 야유. "포르노와 뉴스"의 몽타주가 지배자들이 대중을 길들이기 위해 만들어진 것이라는 점. 두번째는 관객을 저급한 포르노의 이미지로 유혹하는 한국적 영화 문화 자체에 대한 비판. 세번째로 그러한 키치의 유혹으로부터 자유로울 수 없는 시적 자아 자신에 관한 성찰. 이런 세 층위의 반성이 담겨 있다.
　더 나아가 유하는 『바람부는 날이면 압구정동에 가야 한다』(1991)에서 첨단의 자본주의적 문화가 집결된 공간인 압구정동의 패션과 스펙터클을 탐색한다. 시는 시적 자아 스스로가 압구정동 문화의 관능에 어떻게 매혹되고 그 매혹으로부터 어떻게 '하나대'라는 원초적 공간으로 상정되는 유토피아적 기억을 보존하는가를 드러낸다. 역으로 말하면 그 순결한 기억을 거점으로 압구정동의 매혹에 대한 반성적 인식이 가능해지는 것이다. 이 시집에서도 역시 키치에 대한 그의 시적 탐색은 계속되는데, 특히 '주윤발, 심혜진, 최진실, 이지연' 등의 대중 스타에 관한 시들이 흥미롭다.

    난 전율한다 눈 깜짝할 사이에 지나가는 심혜진의 보조개 패인 미소 뒤에도 얼마나
    세계는 넓고 할 일은 많은 쾌남아들의 거대한 미소가 도사리고 있는가
    하여튼 단 십 초의 미소로 바보상자의 관객들과 쇼부를 끝낸 여자 심혜진
    그녀가 요즘 씨에프에서 닦여진 순발력 있는 연기로 은막에서도 한참 주가를 올리고 있다 제목은 물의 나라
    감독은 얼씨구나 양파 껍질처럼 끝없이 옷을 벗기기 시작하는데, 그녀만 보면 파블로프의 개처럼 코카콜라를,
                                    ─유하, 「콜라 속의 연꽃, 심혜진論」

    코카콜라 광고로 스타가 된 심혜진의 이미지는 여러 가지 맥락에서 압구정동으로 대표되는 한국적 소비 문화의 상징이 될 만하다. 다국적 자본주의를 상징하는 코카콜라의 문화적 지배력을 상기할 때는 더욱 그렇다. 시의 화자는 어떤 미적 절제도 포기한 채 심혜진의 이미지 뒤에 숨어 있는 문화적·사회적 의미 맥락을 거침없이 드러낸다. 그러나 이 시의 구조가 완전하게 산문적이라고 말할 수는 없다. 우선 이 시에는 나름대로의 내재적인 리듬이 숨어 있다. 그리

46

고 진술을 이끌고 가는 동력이 되는 것은 논리적·인과적 체계가 아니라, 하나의 시적 대상에서 출발하여 꼬리를 물고 이어지는 이미지의 연상 작용이다. 이미지의 끝없는 연쇄와 변환은 유하의 키치적 상상력의 한 핵심적인 문법이다. 그렇기 때문에 시인은 코카콜라의 광고 이미지 하나로부터 '신식국독자'라는 사회 구성체 담론과 미국의 문화 전략, 허(虛)와 공(空)이라는 철학적 주제, 화염병과 폐수와 연꽃이라는 기발한 이미지들을 모두 떠올린다. 시인에게 키치의 이미지는 시적 상상력의 뇌관이면서 세계를 이해하고 성찰하는 창이고, 삶의 기본을 이루는 실존적 코드라고 할 수 있다.

이런 맥락에서 유하의 키치적 상상력은 전략적인 것이기보다는 실존적인 것에 가깝다. 그의 또 다른 시집 『세운상가 키드의 사랑』(1995)은 키치의 세계가 시인에게 실존적 원적(原籍)이라는 것을 보다 명료하게 드러낸다. 시인에게 키치는 사회 비판과 현실 풍자의 기제이기보다는, 우선 자신의 실존적 정체성을 키우고 완성시킨 또 하나의 고향이자 '자연'이다. 개인의 실존이 기억을 통해 최소한 동일성을 부여받는 것이라면, 유하에게 그 기억의 원형에 자리잡고 있는 것은 '세운상가'로 상징되는 음습한 기층 키치 문화이다. 이 70년대적인 감수성의 공간은 한 개인의 감수성을 키운 공간으로도 의미가 있지만, 복제와 종속과 파행으로 얼룩진 한국적인 근대화의 실체를 상징적으로 암시하는 공간이라는 측면에서 사회적인 함의를 포함한다.

세운상가, 욕망의 이름으로 나를 찍어낸 곳
내 세포들의 상점을 가득 채운 건 트레이시와 치치올리나,
제니시스, 허슬러, 그리고 각종 일제 전자 제품들,
세운상가는 복제된 수만의 나를 먹어치웠고
내 욕망의 허기가 세운상가를 번창시켰다

〔……〕

네가 욕망하는 거라면 뭐든 다 줄 거야
환한 불빛으로 세운상가는 서 있고
오늘도 나는 끊임없이 다가간다 잡힐 듯 달아나는
마음 사막 저편의 신기루를 향하여,
                    —유하, 「세운상가 키드의 사랑 2」

서른셋, 갈수록 멀리 쓸려가는 삶
재즈처럼, 예정된 멜로디의 행로 바깥에서
한참을 놀다, 아예 길을 잃었네
잠파노처럼 모래알을 부여안고 울기엔
너무도 이른 나이, 나만의 이름 모를 샛길에
토마토를 심고 아무도 찾지 않는 열매를 위해
하모니카를 불었지 바람의 입술을 빌려,
멜로디의 길을 잃은 연주자에게, 알 수 없는
그리움만이 나침반이 돼주었어   —유하, 「재즈처럼 나비처럼」

　세운상가라는 공간은, 시인의 키치적 상상력과 『세상의 모든 저녁』에서 빼어난 미학을 선보인 추억의 형식이 만나는 자리라고 할 수 있다. 키치에 중독되었던 한 시절의 그림자는, 단지 추억의 대상일 뿐만 아니라 실존의 근거를 성찰하게 해주는 계기이다. '재즈' 연작 역시 이런 문맥에서 해석될 수 있다. 다만 '재즈'라는 음악 장르가 가진 분위기와 미적 형식이 다양한 해석을 허락한다. 정해진 음악적 규약을 미끄러져 자유롭게 연주되는 재즈의 즉흥성과 일탈성은, 이 시에서 직선적 시간과 제도적 규범에서 이탈하여 그리움의 나침반을 따라 팔락거리는 나비의 움직임으로 비유된다. 재즈의 매혹은 물론 키치의 매혹이기보다는 댄디적인 매혹에 가깝다. 그러나 유하의 경우 그 매혹은 세운상가의 키치의 매혹과 멀지 않다. 시인에게 대중 문화는 '고급/저급'의 경계와 상관없이 시적 상상력과 문법적 탐색의 원천이 되기 때문이다. 그런데 중요한 것은 유하의 경우, 키치적 실존의 궤적은 적어도 지금까지는 시라는 장르 안에서 표현되고 있다는 사실이다. 그의 시가 가진 불온성과 전위성에도 불구하고, 그의 작품에서는 서정적 자아가 끝까지 포기되지 않고 있다. 그것이 유하 시의 건강성과 온건함을 동시에 규정하는 요인이다. 그렇다면 서정적 자아와 키치적 문법의 결합을 시라는 장르적 전통 안에서 계속 유지할 것인가 아니면 좀더 다른 층위의 문학적 시도를 감행할 것인가의 문제가 여기에 남는다.

4. 비현실적 현실로서의 키치: 김영하 · 백민석

90년대 중반 이후의 한국 문학의 전위적 그룹은 키치의 문제에 관해 새로운 층위의 접근 방식을 보여준다. 키치적 실존과 그 정치학이라는 80대와 90년대로 이어지는 문제 의식을 이어받으면서, 가상 현실에서의 새로운 리얼리티의 문제라는 보다 근본적인 미학적 테마를 응시하려 한다. 이런 시도는 이른바 '포스트모던 문화'에 관한 보다 육화된 반응과 관련된다. 이제 키치는 문화 산업과 상품 미학의 문제가 아니라, 정보와 미디어가 지배하는 새로운 문화라는 문명적 조건에서 문제화된다. 널리 알려진 관점을 다시 빌려오면, 발터 벤야민이 기계 복제가 예술 작품의 아우라를 상실했다고 말한 것은 키치가 대량 생산되는 시대에 관한 비판적 관심이었다고 할 수 있다. 그러나 지금의 문제는 아우라의 상실이 아니라, 보드리야르가 설파한 것처럼 오리지널과 복제물의 구분, 가상과 실재 자체의 구분이 소멸하는 문화적 상황이다. 미디어 문화에 둘러싸여 중독된 현대인에게 대중 문화의 이미지와 정보들은 실제적인 경험을 대신하며, 키치 속의 현실들은 현실보다 더 현실적이다. 현실은 객관적으로 존재하는 어떤 것이 아니라, 텔레비전을 비롯한 매체들이 조형하는 어떤 이미지일 뿐이다. 키치는 비현실적인 현실로 존재한다. 이런 상황들은 새로운 미디어를 중심으로 한 대중 문화의 불연속성과 일탈성을 반영한다. 멀티미디어는 끊임없는 환상과 이미지를 생산해내고 그것은 어떤 의미와 진리와 실재에 관한 해석의 사슬을 끊어버린다.

이런 세계 속에서 현실에 대한 미적 저항은 어떻게 가능한가? 이런 문화적 상황에 관한 전제를 승인하고 나면 선택의 항목은 그리 다양하지 않다. 실재와 의미와 진리의 성채가 아직 굳건하다고 믿는 기성 질서와 체계를 조롱하고, 그 조롱을 유희의 양식으로 밀고 나가는 것. 가령 80년대와 90년대 초반의 문학에서의 키치 수용은 그 과감성과 실험성에도 불구하고 그 미적 실천이 의식적이고 알레고리적으로 진행됨으로써 계몽적 자세 자체를 완전히 지워버린 것은 아니었다. 황지우에서 유하에 이르기까지의 키치적 모티프의 도입은 완벽한 의미에서의 유희의 차원에서 이루어지지는 않았다. 그것은 어디까지나 비판과 반성과 추억의 대상이었다. 그러나 이제 키치적 환상은 의미화 자체에 저항한다. 이것이 새로운 키치적 상상력과 기존의 인문학적 상상력을 구분짓는 요소일지도 모른다. 장정일이 다소 의식적인 선언의 방식으로 보여준 유희의 형식을 보다 육화된 방식으로 밀고 나간 것은 김영하와 백민석이다.

김영하의 『나는 나를 파괴할 권리가 있다』(1996)는 세기말의 인간이 처한 실존적 조건에 대한 독특한 시각을 제공한다. 자살보조업자라는 기묘한 인물이 등장하는 이야기는 허구와 환상으로 가득 차 있다. 그 허구와 환상들은 현세적 삶에 대한 악마적 야유를 깔고 있는 것이기도 하다. 그런데 그 야유조차 풍부한 시각적 모티프를 통해 표현되고 있으며, 인물들은 세상에 실재하지 않는 영화나 만화의 캐릭터에서 뛰쳐나온 사람들처럼 보인다. 여기에 등장하는 예술적 모티프들, 중요한 플롯의 동기를 제공하는 다비드의 유화「마라의 죽음」, 클림트의 「유디트」, 들라크루아의 「사르다나팔의 죽음」 같은 작품들과, 그외의 레너드 코헨, 쳇 베이커의 음악, 여자 주인공의 퍼포먼스 등은 이 소설을 고급한 문화적 정보들이 넘쳐나는 작품으로 만든다. 그러나 그것들을 작가와 주인공의 댄디적 취미라고 할 수 있을까?

　　그는 그런 그녀를 소파에 반듯이 눕히고 발기한 성기를 집어넣었다. 그가 굴신을 계속하는 동안에도 그녀는 지루한 표정으로 추파춥스를 빨고 있었다. 그녀의 추파춥스가 아직 남아 있을 때, 그는 사정을 했고 그러자마자 일어나서 샤워를 하러 욕실로 걸어갔다. 그는 그때 어렴풋하게 등 뒤에서 낄낄거리는 그녀의 웃음 소리를 들었던 것 같고 그 웃음 소리를 듣자 모차르트를 듣고 싶어졌던 게 기억난다.
　　　　　　　　　　　　　　　—김영하, 「나는 나를 파괴할 권리가 있다」

이 소설 속의 섹스 장면들은 하나같이 건조하고 권태롭게 묘사되어 있다. 섹스는 단지 고립된 자아의 나르시시즘을 확인하는 행위일 뿐이다. 이것은 어떤 정서적 몰입과 동일시를 허락하지 않으려는 이 소설의 서술적 전략의 반영이기도 하다. 그런데 이 장면에서 나타나는 추파춥스라는 대중 문화적인 소품과 모차르트는 어떤 관계가 있을까? 적어도 이 소설에서 '추파춥스/모차르트' 관계는 '저급 문화/고급 문화'의 경계와는 별로 상관이 없어 보인다. 물론 이 장면에서의 여자의 추파춥스와 남자의 모차르트 사이에는 섹스에 임하는 두 인물의 심리적 상황이 투사되어 있다. 그렇지만 두 문화적 소품 사이에는 가치 서열이 존재하지 않는다. 다시 말하면 그것들은 저급하거나 혹은 고급하기 때문에 동원된 것이 아니라, 이 장면이 선사하는 자극적인 이미지의 환기 효과를 위해 등장한 것일 뿐이다.

김영하의 단편들은 이런 측면에서 더욱 흥미롭다. 「호출」의 중요한 모티프는 물론 '삐삐'라는 새로운 세대의 통신 문화인데, 작가는 여기에 나르시시즘과 성적인 환상을 섞어 넣는다. '삐삐'라는 통신 수단을 매개로 소설의 인물들은 자신의 환상을 키운다. 그 환상(혹은 현실)의 중심에 등장하는 여자는 정사 장면에 동원되는 대역 배우이다. 에로 영화에 등장하는 단역 여배우를 여주인공으로 설정한 것은, 대중에서 성적인 환상을 제공하는 키치의 한 요소를 보여주는 것이다. 그러나 소설은 그러한 대중 문화의 영상 이미지가 제공하는 환상과 그것으로부터 야기되는 도취와 소외를 비판하기 위해 씌어진 것은 아니다. 오히려 소설은 현실이란 결국 그런 환상들로 짜여진 것이라는 것을 암시한다.

「전태일과 쇼걸」「삼국지라는 이름의 천국」은 이런 측면에서 더욱 문제적이다. 이 두 편의 소설에는 모두 운동권 경험을 가진 인물이 등장한다. 주인공들이 간직한 80년대적인 기억과 90년대적인 문화적 상황이 '기억/현재'의 구조로 겹쳐진다. 그러나 이 소설들의 의미가 90년대 초반에 범람했던 '운동권 후일담 소설'에 한정되지는 않는다. 오히려 문제적인 것은 '전태일/쇼걸'이 한 극장에 나란히 걸려 있는 상황, 다시 말하면 전태일 역시 '쇼걸'과 마찬가지로 한 편의 문화 상품일 수밖에 없는 상황이다. '전태일'이라는 이념적 상징은 그 불온성을 거세당한 채 하나의 문화적 기호로 소비된다. 또 하나, '김수영, 황동규, 기형도'를 즐겨 읽었으나 지금은 영화보기를 더 좋아하는 여주인공의 말을 빌리면, 이 영화들은 모두 "혼자 보기 좋은 영화"이다. '혼자 보기 좋다'는 것은, 두 영화 모두 어떤 심리적 억압과 상관된다는 것, 도취와 소외, 동일시와 배제의 심리적 기제가 함께 작동하는 문화적 기호의 영역이라는 점이다.

「삼국지라는 이름의 천국」에 나오는 주인공인 자동차 외판원은 삼국지 시뮬레이션 게임에 몰입한다. 삼국지라는 고전의 시뮬레이션 게임은 새로운 형태의 키치의 사례라고 할 수 있다. 이 게임은 단순한 전자 게임이 아니라 게임이 제공하는 온갖 정보들을 이용하여 끊임없는 선택을 해야 하고 그 선택에 의해 '압축 재현'적인 서사가 만들어지는 놀이이다. 이 게임 속의 세계와 지점장에게 시달려야 하는 초라한 일상은 선명한 대비를 이룬다. 그 대비는 '환상/현실'의 대비일까? 이 대비가 노리는 효과는 무엇일까? 우선 이 게임에서 주인공은 현실과는 다르게 스스로 상황을 결정할 수 있는 선택권을 갖는다. 그것이 주인공에게 권력에 관한 환상을 제공한다. 두번째로 게임의 세계와 일상의 세계는 모종의 비유적 관계를 이룬다. 지점장을 게임 속의 인물로 상상한다거나 게임에서도 결국 전쟁에서 진다거나 하는 측면들을 보면 그런 관계를 짐작할 수 있다. 그러나 이 소설이 궁극적으로 노리는 것은 그런 유사성이 아니다. 주인공은 자동차 외판원의 현실보다는 삼국지 시뮬레이션 게임의 현실을 살고 있다. 그러므로 이 주인공의 게임을 다만 자기 소외의 양식이라고 비판할 수 있을까?

새로운 세대의 문화적 경험에 대해 김영하만큼 감각적인 대응을 보여준 작가는 드물다. 그는 실재하는 현실의 논리가 아니라 키치와 컬트를 비롯한 문화 상품의 스펙터클이 선사하는 환상을 통해 삶이

지탱되는 상황을 예리하게 묘파한다. 그리고 그와 같은 상황 속에 고립되고 왜곡된 자아, 그래서 끊임없이 죽음의 매혹에 이끌리는 인간의 모습이 그려져 있다. 문제적인 것은 작가 역시 그런 비주얼한 이미지들을 서사의 중요한 계기들로 이용하고 있다는 점이다. 김영하의 소설들은 무엇보다 우선 자극적인 이미지의 연쇄로 다가온다. 다시 말하면 소설은 이와 같은 문화 상황에 대한 소설적 성찰이자 그것에 대한 미학적 동조이다. 그러나 그는 그 이미지들을 완전히 파편화하지 않는다. 그 때문에 새로운 미디어 문화에 익숙하지 않은 세대에게도 읽힐 수 있는 가독성을 견지한다. 그는 첨단의 장면들을 현대 소설의 일반 문법을 해체하지 않은 채 그려낼 줄 아는 역량을 가졌다. 「전태일과 쇼걸」의 마지막 장면은 김영하의 소설 문법에 관한 재미있는 암시를 제공한다.

그 남자가 6년 만에 그녀를 다시 만난 날, 하필이면 다른 사람도 아닌 한영애의 CD를 산 것도 일종의 우연이라고 볼 수 있을 것이다. 그러나 어찌 보면 '전적으로 우연한' 일이란 없는 것이다. 「전태일」과 「쇼걸」이 같은 극장에서 상영되는 확률만큼 그런 우연은 발생한다. 그것까지 필연이라고 해야 한다면 인생은 너무 삭막할 것이다. 아무리 사실이 그렇다고는 하지만.

그 남자는 가판대 옆에 놓여 있는 「벼룩시장」을 한 장 집어들고 버스에 올라탔다. 파는 것과 사는 것, 구인과 구직, 「벼룩시장」에는 맞춤한 균형이 존재하고 있었다. 그 남자는 마음이 푸근해져서 잠시 잠이 들었다. 자, 이제 이 소설의 마지막은 그 남자가 아주 우연하게도 자신이 내려야 할 정류장 바로 직전에 잠이 깨었다는 사실을 알리면서 마치기로 한다. 사실이 그랬다. ——김영하, 「전태일과 쇼걸」

이 소설은 학창 시절의 연인들이 '전태일'의 전기 영화를 상영하는 영화관 앞에서 '우연히' 만나는 사건을 기본으로 하고 있다. 그런데 이 소설의 서술자는 '우연/필연'의 문제에 관해 이중적인 태도를 취한다. 그리고 이 '우연/필연'의 관계야말로 이 소설의 숨겨진 주제이기도 하다. 소설의 전면에 얼굴을 드러낸 소설적 자아는 우연과 필연의 관계에 관한 문학적 자의식을 자꾸 노출한다. 소설의 서두에서 서술자는 "이 소설은 이 세 가지 사건의 관계를 해명하는 일에는 관심이 없다. 어쨌든 이 세 가지 사건은 동시에 발생했으며, 그것이 우연이든 필연이든 중요하지 않다. 그런 사건은 하루에도 수백 건씩 발생하며 그 모든 사건의 인과 관계를 따지는 일은 때로 아무 효용이 없는 일일 것이다"라고 단언한다. 그러다 다시 "헤어진 연인이라 해도 다시 마주치게 될 확률은 불특정한 두 사람이 마주칠 확률보다 훨씬 높은 것은 당연하며 그들이 마주칠 장소도 그들이 공유했던 어떤 행위가 자주 이루어지는 곳일 가능성이 높다. 따라서 그 남자와 그 여자가 「아름다운 청년 전태일」을 상영하는 곳에서 만나게 될 가능성은 애초부터 상당히 높았던 것이다"라고 살짝 말을 바꾼다. 그리고 위의 인용에서 나타나는 것처럼 '우연/필연'의 아이러니에 관한 애매한 암시로 마무리된다. 서술자는 삶이란 우연으로 이루어져 있다는 것을 '사실'로 받아들이라고 독자들에게 권유하면서("사실이 그랬다"라는 너스레!), 한편으로는 "전적으로 우연한 일이란 없다"고 말한다. 근대 소설의 리얼리즘의 규율은 우연으로 가득 찬 현실을 필연의 사회적 관계로 재구성하는 원칙이다. 사건의 인과 관계가 미적 합리성의 핵심이 되는 것은 당연하다. 김영하 소설의 설화자는, 리얼리즘 소설의 문법에 익숙한 독자들에게 신선한 우연의 환상들을 제공하면서 한편으로는 모종의 또 다른 필연성을 암시한다. 김영하의 소설 문법이 그 최신의 감각에도 불구하고 덜 해체적인 것은,

소설적 형태를 포기하지 않는 미적 균형 감각과 관련이 있는 것은 아닐까?

키치적 환상을 둘러싼 백민석의 모험은 더욱 극단적이며 근원적이다. 그는 『헤이, 우리 소풍 간다』(1995)와 『내가 사랑한 캔디』(1996)라는 독특하고 기괴한 소설을 통해 체제와 제도로부터 상처받은 새로운 세대의 고통스런 통과 의례를 보여주었다. 그곳에는 세상에 대한 치명적인 혐오감과 증오심을 추동하는 파편화된 기억들이 안정된 형식과 선형적(線型的)인 서사를 거부한 채 뒤틀린 악몽처럼 펼쳐진다. 리얼리즘 소설에서 나타나는 합리적인 플롯은 그의 소설 속에는 거의 파괴되어 있다. 몽타주적인 형식으로 출몰하는 환상들은 리얼리즘 소설의 시간과 공간의 제시 방식을 근본적으로 교란한다. 이런 측면들이 그의 소설의 가독성을 저해하는 것이기는 하지만, 그것이 그의 문학적 에너지의 핵심이기도 하다.

소설 속에 등장하는 아이들을 감싸고 있는 정서는, 성장에 대한 예감과 기대가 아니라 권태와 무기력과 공포와 환멸이 뒤엉킨 어둡고 괴기스런 것이다. 그 아이들은 현란한 소비 문화의 수혜를 받고 새로운 미디어 공간을 섭렵하는 세대가 아니라, '철거촌'과 '동성애'라는 상징적인 공간과 행위들이 말해주는 것처럼, 극단적인 생활의 억압에 시달리면서 문화적 체험들이 허락하는 도취의 공간 속에서만 사는 빈민층 신세대들이다. 아이들에게 만화, 대중 음악, 영화, 포르노 같은 키치적 양식들은 삶의 주형(鑄型)과도 같다. 이런 문화 상품들은 분위기의 환기를 위해 동원된 것이 아니라, 서술의 연상 작용을 이어가기 위해 사용되는 것들이거나, 서사적 동기로서 작용하는 하위 텍스트들이다. 『헤이, 우리 소풍 간다』를 보자.

1) 80년 겨울, 컬러 텔레비전 방영이 처음으로 시작됐다. 박스바니와 친구들은 근동에서 처음 컬러 텔레비전을 마련한 새리네 집으로 몰려갔다. 80년 그리고 81년에 걸쳐, 새로운 컬러 만화영화 주인공들이 탄생했다. *딱따구리, 오로라공주와손오공, 마이티마우스, 집없는 소년, 달려라뽀빠이, 요술공주새리*, 그리고 *박스바니와그의친구들* 등등이 그것이었다. 이 새로운 주인공들이 텔레비전 브라운관을 누비기 시작했다.

이 주인공들은 박스바니와 친구들을 열광케 했다. 색을 입고, 입체감을 띠며, 그래서 사실감이 있었다. 같은 영화였지만 흑백이었을 때보다도, 더욱 박진감이 있어 보였다. 더욱 사나워 보였고, 더욱 난폭해 보였다. 그것은 하나의 작은 충격이었다.

2) 그것도 몰라? 우리가 텔레비전 브라운관을 통해 열광하며 보았던 그 81년의 만화 주인공들은 실은…… 브라운관 안의 전자총이 쏘아대는 전자빔이 만들어낸 수많은 휘점, 즉 빛의 점들에 불과한 거야. 그런 빛의 점들의 집합체가 바로 *일곱난쟁이*였고, *오로라공주와손오공*이었고, *집없는소년*이었고……

그러니까, 우리는 고작해야 그러한 휘점, 즉 전기 신호들과 우리 자신을 동일시, 하고 있었던 셈이란 말이지…… 80년, 81년에 말야.

그래?

그럼! 시대착오적이지…… 네가 아직도 *일곱난쟁이*고, 내가 아직도 *뽀빠이*, 라면…… 너와 난, 3차원 입체 영상 시대에 살면서 의식은 81년 2차원 브라운관 속의 허깨비들에 가 있는 셈이라구.

재밌는데? 어쨌든 우린…… 아니 난…… *달려라뽀빠이*가 아냐.

아니! 싫건 좋건 네 별명은 여전히 *뽀빠이*, 야. *일곱난쟁이*가 키들댄다. 그건 아무도 부인 못 해. K가 말한다.

———백민석, 『헤이, 우리 소풍 간다』

만화는 이들 아이들의 상상의 공동체를 형성하는 '환상-현실'을 이어주는 매개체들이다. 1)은 이 아이들에게 컬러 텔레비전의 이미지가 얼마나 압도적인 것이었나를 보여준다. 1980년의 컬러 텔레비전의 시대가 갖는 세대론적 의미가 함축되어 있지만, 그것은 한국 자본주의가 생활 세계의 이미지화를 실현하기 시작하는 문화적인 사건이기도 하다. 2)의 경우는 지나간 시대에 관한 회억과 반성이 담겨 있는 것이지만, 그것은 그런 시간들의 부정이 아니라 자신들의 실존적 원형의 자리를 성찰하는 진술이다. 그들에게 텔레비전을 통해 표출되는 환상들은 '무허가 판자촌 아이들'의 끔찍한 현실을 대체하는 매혹적인 이미지였다. 그 압도적인 이미지들에 유인된 동일시 때문에 "3차원 입체 영상 시대"에 살면서도, 그들은 '81년 2차원 브라운관 속의 허깨비들'인 '일곱난쟁이'와 '뽀빠이'로 남아 있을 수밖에 없다. "그건 아무도 부인 못 해"라는 단호한 어투는 그 이미지들의 압도적인 규정력을 환기시켜준다. 이들에게 텔레비전의 만화 주인공들은 자신들의 실존적 정체성을 만들어낸 인공 신화들이다. 이런 측면에서 백민석의 키치적 실존은 유하의 세대론적 문맥에 접근하지만, 기성 체제와 엘리트 문화에 대한 격렬한 혐오감을 함께 드러내고 있다는 측면에서는 장정일의 악마성을 포함한다.

보다 자극적인 키치적 환상을 통해, 현 세계에 대한 야유와 키치 양식 자체에 대한 성찰을 극단적으로 몰고 간 것이 그의 『믿거나말거나박물지』(1997) 연작이다. 이 소설집에는 단편 「그분」에 나오는 비디오 가게처럼 "우리가 상상할 수 있는 모든 것들뿐만이 아니라, 상상할 수 없는 모든 것들까지" 담겨 있다. 상상할 수 없는, 상상하기 싫은 그런 황당하고 혐오스러운 것들이 생산되는 곳, 그곳이 '믿거나말거나박물지 공장'이다. 그 공장에서 생산하는 환상들의 상당

부분은 키치적인 것들이다. 문제적인 것은 그 환상의 황당무계함이 아니라, 그것을 통해 삶과 키치의 어떤 국면이 날카롭게 폭로되는 장면들이다. 가령 「사랑의 고통」이라는 단편에서 '믿거나말거나박물지 유선 방송의 앰플리파이어'는 디지털 이전의 세계의 "저 위대한 진공관 시대를 흉내낸 우아하고 깊이 있는 디자인"을 보여준다. "그 흉내낸 디자인만으로 디지털 이전의 세계를 향해 스스로를 뛰어넘는 막강함을 갖고 있다"는 진술은 키치가 가진 복제 능력과 매혹을 설명해준다. 키치는 디자인과 이미지를 흉내내는 것만으로도 그 본래적인 미적 경험에 접근하도록 해주는 것이다. 그러나 이 소설의 마지막에 나오는 또 다른 진술을 보자.

저 위대한 진공관 시대의 디자인을 흉내냈다고 해서 내가, 디지털 이전의 시대 — 깊이 있고 우아하며, 아름답고도 매혹적이라고 알려진, 하지만 내가 결코 알지 못하는 — 를 향해 실제로도, 스스로를 뛰어넘을 수 있다는 것은 결코 아니다.

실제로 가능한 것은 그것이 아니라 그것에 대한 하나의 광적인 추앙일 뿐이며, 그 광적인 추앙조차 우리 시대의 마찬가지로 위대한 220V의 전원 없이는 아마도 가능치 않을 것이기 때문이다.

　　　　　　　　　　　　　　　　　　　—백민석, 「사랑의 고통」

이런 진술의 역전은 키치가 구사하는 복제는 결국 다른 방식의 흉내내기에 불과하다는 것을 암시한다. "깊이 있고 우아하며, 아름답고도 매혹적인" 것들은 직접적으로 경험될 수 있는 것이 아니라, 다른 코드로 모방될 수밖에 없는 것이다. 키치적 환상 혹은 키치적 코드로밖에 세상과 접촉할 수 없는 시대의 해프닝은 '음악인 협동조합' 연작에서 더욱 황당한 장면들을 만들어낸다. '믿거나말거나박물지'에서 기획한 무대는 "1996년 한국의 수도권에서 사는 우리로서는 거의 꿈조차 꿀 수 없는" 그런 공연들이 펼쳐지는 공간이다. '비트냐 펑크냐'라는 주제의 '지상 최후의 세기말 콘서트'는 그야말로 난장판이다. 이 지옥 같은 아수라장은 자본주의적 일상의 권태와 무기력을 날려버릴 수 있는 히피적인 이벤트라고 할 수 있다. 하지만 그 콘서트는 히피들의 록 페스티벌처럼 자연 속의 자유로운 존재로 돌아가는 축제가 아니라, 기괴하고 혐오스러운 지옥의 장면들을 연상시킨다. 이 난장판에는 상상할 수 없는 '광란의 피학 무대'를 포함한 구역질 나는 쇼와 이벤트들이 펼쳐지고 '젤라틴 풀장'의 난교가 이어진다.

이 끔찍한 무대가 야유하는 것은 중층적인 것이다. 우선은 엘리티즘 문화에 관한 조롱이다. '비트냐 펑크냐'가 김지하의 '풍자냐 자살이냐'를 흉내낸 것이지만, 그 둘은 "그게 그거"라고 진술하는 장면은 무척 시사적이다. 두번째는 중산층 공간에서 속물화되어버린 펑크와 메탈로 예시되는 한국적 대중 문화이다. "기껏해야 과외나 받고 독서실에나 다니던 중산층의 아이들이 빈민 계층의 음악을 한답시고 날뛰는 우리 풍토"에 관한 것이다. 세번째는 이런 키치적인 해프닝과 환상 자체에 대한 야유, 그리고 바로 그곳에 참여하고 그것을 보고 싶어하는 욕망에 관한 야유. 흥미로운 것은 소설이 더 이상 메타포에 근거한 리얼리티의 인식을 보여주지 않고 있다는 것이다. 키치에 대한 관점도 그러하다. 그것을 어떤 현실에 대한 알레고리로 설정하지 않는다. 플롯의 정서적 리얼리티 따위는 중요하지가 않다. 독자들은 이야기 속의 인물들과 자신을 동일시하기 어렵다. 그렇기 때문에 키치로부터 어떤 반성과 교훈을 끌어낼 필요가 없다.

백민석의 소설은 문화적 엘리티즘에 대한 분노와 조롱으로 이해할 수 있다. 그의 혐오는 장정일의 그것보다 근원적이다. 소설의 한 대사를 빌리면, "아들이 아빠를 죽이고 엄마와 씹하는" 오이디푸스적 장면은 "프로이트 이후 가장 인기있는 무대였는데, 이젠 제 아버지가 누군지도 몰라들 하는데 어떻게 아빠를 죽이겠어? 차라리 발가벗은 아버지 열댓 명과 함께 한 방에 들어가 노는 게 요즘 추세라고" 할 수 있을까? 장정일 세대는 죽여야 할 아버지의 얼굴이 분명했고, 풍자와 야유의 표적은 선명했으며, 그래서 알레고리는 중요한 미적 형식이 될 수밖에 없었다. 아버지는 죽여버려야 할 권력과 체제에 대한 알레고리이자 메타포였기 때문이다. 하지만 "아버지가 누군지도 모르는" 세대에게 남은 것은 그런 풍자와 비판이 아니라, 무차별적이고 전방위적인 테러와 유희이다. 백민석은 그 키치적 유희의 전위에 서 있으며, 그것을 가능하게 하는 것은 이 세계에 대한 들끓는 분노와 혐오이다. 그 혐오의 끝에는 늘 "삶은 하나의 불가사의한 괴물"이고 "나의 유일한 현실은 비현실이다"라는 명제만이 남을 것이다. 하지만 중요한 것은 그 명제의 비극성이 아니라, 그것에 이르는 과정에서의 문학적 육체의 치열성이다.

5. 문학은 키치를 꿈꾸는가?

문학은 키치를 꿈꾸는가? 물론 문학은 키치 자체에 진리가 숨어 있다고 믿지 않으며, 그것의 기만적이고 부정적 성격을 잊지 못한다. 그러나 적어도 두 가지 이유에서 문학은 키치와 반성적 관계를 맺으려 한다. 우선 새로운 미디어들이 만들어내는 대중 문화가 생활세계의 중요한 패러다임이 된 이상 그것은 문학적 성찰의 대상이 될 수밖에 없다는 점. 그리고 키치의 양식 안에는 근대 문학의 미학적 한계를 돌파할 수 있는 새로운 문화적 계기들이 숨어 있다는 점.

물론 대중 문화 혹은 키치와의 접속이 우리 문학의 전위적 에너지를 배가하는 그런 방식으로만 이루어지는 것은 아니다. 논의의 구체성을 위해 두 가지 부정적 예들을 지적할 수 있다. 첫번째는 실험성과 포스트모더니즘을 알리바이로 한 대중 추수적인 작품들의 득세이다. 고급 문화와 대중 문화의 경계 허물기가 대중의 미적 척도에 대한 무조건적인 추종과 시장주의의 숭배로 치닫는 경우는 헤아릴 수 없이 많다. 문학 상품을 손쉽게 생산하면서도 시장에서 확실히 승리할 수 있다는 기술적인 이유 때문에 대중 문화의 양식을 도입하는 경우. 그리고 쇼비니즘과 파시즘의 이데올로기를 계몽적인 어법으로 위장하는 남성적 서사들. 이것은 대중 문화적인 양식이 가장 저급한 방식으로 문학에 유입되는 예이다.

두번째, 상대적으로 고급한 대중 문화의 모티프와 소재들을 차용하여 댄디한 허위 의식을 흘리는 작품들이다. 마니아들만이 알고 있는 문화 상품들이 어떤 세련된 우수(憂愁)의 분위기를 조성하기 위해 장식적으로 동원되는 90년대적인 사례들. 이것은 키치가 범람하는 세계에서도 귀족적이고 예술가적인 엘리티즘을 보존하려는 한국적인 여피yuppie와 사이비 모더니스트들의 고독의 포즈라고 할 수 있다. 그 포즈는 나르시시즘과 심미화된 허무주의와 결합하면서 90년대 문학의 하나의 스테레오 타입을 형성했다. 그러나 그것이 진정한 의미의 댄디즘과 모더니즘의 치열성에 육박하는 것은 아니다. 그렇기 때문에 이런 의식과 분위기들이 우리 문학의 의미있는 성과로 평가되기는 어렵다.

그렇다면 이제 이 논의의 처음으로 돌아가보자. 다시, 중요한 것은 독이면서 약인 키치의 아이러니를 이해하는 것이다. 그래서, 키치의 해독성을 문학의 육체가 먼저 받아들여, 그것을 문학적 탄력을 배가하는 계기로 역전시키는 작업, 키치로서 키치와 대결하는 불길하고 불온한 미학적 반란을 끝까지 밀고 나가는 의지, 그리하여 여전히 끈질긴 계몽적 권력들 틈에서 문학적 탈주의 운동을 지속하는 일, 등이 요구된다. 물론 조건은 있다. 키치가 문학적 양식과 형태가 되기 위해서는 적어도 키치의 문화적 기원에 대한 최소한의 반성적 자의식이 전제되어야 한다. 그렇지 않으면 '키치의 문학화'는 '문학의 키치화'로 귀착될 것이다.

어쩌면 당신은 여전히 키치를 경멸할지도 모른다. 그리고 키치의 수용이 결국 리얼리즘과 모더니즘 문학의 비판적 공간을 희생시킬 것이라는 우울한 예감을 떨쳐버릴 수 없을 것이다. 그러나 자명한 것은 문화의 중심에서 그 특권적 지위를 누리던 문학의 시대는 사라졌으며, 문학 역시 다른 대중 장르와 마찬가지로 미디어 영역의 한 일부일 뿐이다. 그럼에도 불구하고 문학을 문학으로 살아남게 하는 것이 있다면, 그것은 저 완강한 계몽의 매혹을 견디면서 자신의 존재 양식을 비판적으로 바라보게 하는 자기 반역의 동력이다. 우리 문학은 지금, 자신이 가장 경멸해왔던 대상과의 접속을 통해 한 번도 완성된 적이 없는 낯선 미학의 가능성을 실현하려 한다.[4]

[1999]

---

4) 이 글에서 나는 문학과 키치의 관계에 있어 특히 자극적인 몇 가지 사례를 다루었다. 그러나 문학 작품 안에 대중 문화적인 요소의 일부가 스며들어와 있는 경우는 이보다 훨씬 다양하고 광범위하다. 하재봉 · 구효서 · 박상우 · 박일문 · 윤대녕 · 배수아 등의 작품들은 그 예가 될 수 있다. 그러나 더욱 인상적인 사례는 공상과학소설의 문법을 빌린 복거일의 『역사 속의 나그네』, 그리고 깡패 서사와 전통적인 전(傳)의 형식을 차용한 성석제의 경우이다. 여기에 대한 분석은 보다 유연한 개념 설정과 광범위한 해석의 틀을 요구한다.

보이지 않는 '비평의 시대'
─90년대 비평의 반성

1. 몽상으로서의 '비평의 시대'

『비평의 시대』라는 문학 잡지가 있었다. 단 두 번 간행되고 수명
을 다한 이 문학 무크지를 떠받치고 있던 문학적 열정과 그 제도적
좌절은 이 고유명사를 하나의 상징으로 읽게 만든다. 그러나 감상적
이 될 필요는 없다. 사소한 우연에 지나친 의미를 개입시킬 이유도
없다. 문제는 특정한 문학 동인지의 운명이 아니다. 하나의 문학 잡
지의 운명을 우울한 시대적 상징으로 만들어버리는 문학사적 상황
에 대해 나는 지금 말하려 한다.

우선 1991년 간행된 이 문학 무크지가 왜 '비평의 시대'라는 다분
히 희망적이며 동시에 도전적인 제목을 달고 있었는지 흥미롭다.
70~80년대 비평의 인문학적 · 지성사적 지위가 확고했던 상황에서
90년대 초입 다시 새로운 '비평의 시대'를 운위한다는 것 자체가 의
도적 착각이나 몽상이었을까? 결과적으로 말한다면 90년대를 지금
이 시점에서 '비평의 시대'라고 확인할 만한 정황은 별로 없다. 오히
려 90년대 내내 우리 문학 공간에 울려퍼진 것은 '비평의 위기' '문
학의 죽음' 따위의 흉흉한 소문들이었다. 소문은 소문이지만 대개
그렇듯이 약간의 현실적 표지들을 갖춘 것이어서, 문화 산업의 팽창

과 전자 영상 매체를 중심으로 한 새로운 멀티미디어의 고속 성장은 비평의 역할과 문학의 존재 방식에 상당한 부담으로 작용했다. 가혹하게 말하면 비평은 그 인문학적 권위를 유지하지도 못하고 급변하는 문화 현실에 적극적으로 대응하지도 못했다고 할 수도 있다. 물론 비평의 지성적 깊이를 수호하거나 새로운 비평의 영역을 개척하려는 노력이 없었던 것은 아니지만, 가히 악마적인 문화적 변화의 속도와 맞선다는 것은 어려운 일이었다. 그리고 이미 80년대 후반 이후 정보 사회를 매개로 한 전 지구적 자본주의의 내습은 '비평의 시대'를 기대하기에 세상이 너무 무섭게 변화하고 있음을 감지하기에 충분했다. 그런데도 왜 그토록 시대 착오적인 '비평의 시대'를 꿈꾸었던 것인가? 창간사를 읽어볼 필요가 있다.

인간의 얼굴을 한 사회주의의 순결한 이상이 스러지고, 소유의 열에 들뜬 탐욕의 불길이 치솟고 있다. 마르크스와 레닌의 동상이 사라진 자리에 맥도널드 햄버거와 코카콜라의 휘황한 네온사인이 번득인다. 그런 것은 아니었다. 만인 평등이라는 불가능한 이상 대신에 만인 사이의 처절한 경쟁이라는 자본주의의 천민성을 꿈꾼 것은 아니었다. 제3세계의 민족주의는 지역적 패권 야욕이라는 오명 아래 제국주의의 세계적 지배 욕망에 의해 단죄된다. 중심·기원·진리의 부재라는 논의 아래에서, 모든 진지한 정신적 움직임들이 희화화되고 표피적 감각의 만족만이 유일한 목적으로 제시된다. 그에 덧붙여 말과 글의 가능성과의 싸움은 폄하되고, 현란한 영상이 우리 삶의 중심으로 솟아오른다. 이것이 우리의 문화적 상황이다.
　　　　—『비평의 시대 1』, 문학과지성사, 1991, pp. 12~13

상당히 비탄적인 음조를 담고 있는 이런 진술은 '비평의 시대'를 말하기에 문학이 얼마나 절망적인 문화적 조건에 처해 있는가를 또렷하게 보여준다. 이런 분석과 수사들이 누구에 의해 씌어졌는가를 밝히는 것은 일단 유보하자. 문학 잡지의 창간사란 그것이 개인에 의해 씌어지는 것이라고 하더라도 에콜 공통의 문학적 인준이 없이는 발표되기 어려운 것이다. 그러니까 그 문장의 개성에도 불구하고 이런 성격의 글들은 한 문학 집단의 공통된 의식을 담고 있는 것으로 보아야 한다. 이 창간사의 우울한 상황 분석을 낳게 한 80년대 후반 이후의 문화적 지각 변동에 대해서는 다시 설명할 필요조차 없다. 중요한 것은 이 비탄의 밑자리에 자리잡고 있는 진지한 비판적 열정의 정체이다. 이 글의 논조로 보아 이 글의 주체들은 새로운 변화의 징후들에 대해서는 비판적이면서 재래적인 인문학적 가치에 대해서는 우호적인 것처럼 보인다. 이들은 변화에 대한 비판의 준거를 "모든 진지한 정신적 움직임" "말과 글의 가능성과의 싸움"에 두고 있으니까 말이다. 이어지는 문장들을 살펴보자.

오히려 우리들의 삶은 중심 · 기원 · 진리가 끊임없이 변화하고 재구성되며, 그것들 사이의 상관 관계가 중요한 몫으로 남는 긴장의 자리이다. 환희와 환멸의 순환, 그리고 그것들 사이의 방황과 좌절은 모든 시대의 삶의 조건이다. 그것은 기존의 사유에 대한 반성과 새로운 반성의 사유를 요구한다. 우리가 우리의 작업에 대해 '비평의 시대'라는 이름을 붙인 것도 그러한 이유에서다. 즉 그것은 장르와 글의 성격을 뛰어넘어 모든 글쓰기가 지향해야 할 비판적 사유의 움직임을 의미한다.

어느 때보다도 격심한 가치의 혼란을 겪고 있고, 심지어는 가치의 부재마저 운위되는 이 시기에 글쓰기는 반성적 사유로서 가치에 질서를 부여한다. 그것은 변화하는 질서이다. 그것은 따라서 고착된 중심으로서의 지배 이데올로기를, 그리고 주변으로서의 자기 비하와 패배주의를 거부한다. '문학을 향하여, 문학을 넘어서'라는 우리들의 첫 이름표는 글쓰기의 진정한 가치, 진정한 질서를 추구하겠다는 뜻인 동시에 우리의 작업의 바깥과 변화 가능성까지를 품어 안겠다는 역동적 의지의 표현이다. 거기에서 문학은 새로운 삶의 자리를 마련하며, 글쓰기의 가시적 현현인 활자 문화는 회생의 기운을 흡수한다.

—『비평의 시대 1』, 문학과지성사, 1991, pp. 13~14

다소 추상적으로 표현되고 있기는 하지만, '비평의 시대'의 문학 이념에는 문학적 글쓰기와 활자 문화의 '반성적 · 비판적 사유'의 치열성을 통해 변화된 문화적 상황을 타개할 수 있다는 의지가 실려 있다. 그런데 사실 '반성적 · 비판적 사유'의 가치는 새로운 문학의 전략이라기보다는 근대 문학 본연의 인문학적 지표였으며, 한국 문학사의 경우에도 4·19 세대에 의해 이미 본격적인 문학적 논리를 갖추게 된 이념이 아니었던가? 그런데 다시 '반성적 사유'를 주창하게 되는 것은 왜인가? 하늘 아래 새로운 논리가 없다면, 논리를 새롭게 만드는 것은 상황이다. '상황이 변했다'고 이 글이 말할 때, 그것은 80년대적인 상황과의 단절을 의미하는 것이다. '순결한 이상'의 자리에 '심층 없는 표피'가 득세한 시대에 80년대를 통해 다소 위축되었던 '반성적 사유'의 가치가 다시 절실해졌다는 논리는 그래서 가능해진다.

바로 이 지점에서 '비평의 시대'의 꿈이 가지는 세대적 단절의 전략이 숨어 있다. 80년대 비평가들이 공유했던 사회 구조적 관심의 증폭과 비평의 극단적 '계몽주의'에 대한 대안으로서 '반성적 사유'라는 고전적 가치를 회생시키고자 했던 것이다. 그것은 90년대적인 문화의 가벼움에 비판적으로 대응할 수 있는 고전적 무기이기도 했다. 그러니까 80년대 비평과의 변별성과 90년대의 변화된 문화 현실에 대한 비판적 대응을 동시에 밀고 나가고자 한 것이다. '문학을 향하여, 문학을 넘어서'라는 표제 역시 '문학'의 근대적 가치를 기반으로 하되, 그 너머의 새로운 문화적 상황을 주목하겠다는 의지의 천명이라고 할 수 있다. 90년대 비평의 논리가 상대적으로 4·19 세대의 논리로의 회귀라고 보일 수 있는 빌미는 이런 것이었다. 그러나 불행히도 문학을 문화와 인문학의 중심으로 사유할 수 있었던 4·19 세대와는 달리, 이들에게 문학은 더 이상 문화의 중심이 아닐 수도 있었다. 그러니 이 우울한 문학적 열정이 4·19 세대의 저 자신감에 가득 찬 인문학적 계몽주의와 같은 지위를 보장받을 수는 없었다. 여기에 '비평의 시대'의 꿈이 가진 근본적 한계가 가로놓여 있다. 그리하여 그 꿈은 비평의 근대적 가치를 기반으로 하지만, 비평의 존재 방식을 바꾸어야 하는 문화적 요구와 만나야 했다. 그 요구는 계몽적 지위로 대변되는 비평의 권능을 송두리째 포기하는 것일 수도 있었다.

그러나 비평의 죽음은 문학의 죽음이 그러한 것처럼 결코 장렬하지 않다. 비평의 죽음은 차라리 진부하다. 비평의 죽음은 결코 완성될 수 없다. 왜냐하면 그것에는 최후의 일전을 겨룰 수 있는 전선이 허락되지 않기 때문이다. 비평은 물론 답답한 계몽주의의 잔해들을 털어내야 하고 문화 산업의 논리에도 대응해야 하며, 새로운 문화 상황을 성찰해야 한다. 하지만 그러한 비평의 전선은 바로 자신의 몸 안에 있다. 전선이 자신의 몸 안에 있기 때문에 스스로를 바꾸는 싸움을 진행하지 않는다면 비평은 변화된 문화적 지도를 그릴 수 없다. 자기 살갗을 벗겨내는 자기 갱신을 통해서야 비평의 죽음은 비평 탄생의 다른 얼굴이었음이 밝혀질 것이다.

—『포에티카』 창간호, 민음사, 1997, pp. 11~12

다시 한 번 비장한 어조로, 극단적인 자기 갱신을 통해서야 겨우 마련될 수 있는 비평의 꿈이 피력되고 있지만, 그 꿈이 이미 상처받은 꿈이라는 것을 스스로 암시하고 있다. 이렇게 '비평의 시대'가 상처받은 꿈이거나 더럽혀진 몽상일 수밖에 없었던 것은, 비평의 계몽주의 시대를 청산하려는 세대적 욕구가 비평의 인문적 지성을 목 조르는 상황에 대한 '비판/타협'의 양면적 성격을 동시에 가지고 있었기 때문이다. 우연하게도 똑같이 단명한 이 두 문학 잡지에 나타난 비평의 꿈은 90년대 비평의 상처받은 자의식을 첨예하게 보여주는 예가 될 수 있다.

나는 이제부터 90년대에 등장한 몇몇 문학 잡지의 창간사를 중심으로 90년대 비평의 논리를 점검해보려 한다. 물론 모든 비평의 논리들이 매체 중심으로 표현되는 것은 아닐 것이다. 하지만 90년대 비평의 그 다양한 결과 무늬들의 밑자리에 있는 상황의 핵심이 무엇이었나를 이해하는 데 이 문건들이 대단히 의미 있는 자료임에는 분명하다.

2. '문학주의' 혹은 '작가주의'로의 귀환?

그래서 90년대에는 어떤 비평이 가능했던가? 90년대 비평이 가장 주력한 것은 실제 비평의 영역이었다. 실제 비평의 풍부한 생산은 90년대 비평의 가장 현실적인 문학적 기여였다. 작품을 섬세하게 읽어야 한다는 당위는 근대 비평의 기본적 조건의 하나임에도 불구하고 그다지 존중되지 못한 것이 한국 문학의 현실이었고, 90년대는 상대적으로 그 조건에 충실하려는 노력이 활발했다고 할 수 있다.

여기에는 두 가지 조건이 관여한다. 이론 비평 혹은 더욱 권위적인 형태의 지도 비평과 아카데미즘이 전 시대의 비평의 주류였다면, 이 제는 작가의 개성을 존중하고 작품을 섬세하게 따라 읽는 비평이 요 구된다는 논리가 가능했다. 또한 새로운 문학 잡지들의 등장으로 생 겨난 풍부한 지면들이 그 상당 부분을 이론적 기획보다는 작가론·작품론에 할애했다는 현실적인 요인이 작용한다. 그런데 그것을 떠 받치고 있는 문학적 이념은 작품 자체의 가치와 문학적 다양성이라 는 주제였다.

그러나 우리는 오늘의 문학계가 보여주고 있는 이 같은 긍정적 측 면에 주목함과 아울러, 두 가지 불만스러운 점을 또한 지적하지 않을 수 없다. 그 첫째는 문학에 있어서의 다양성이라는 명제가 오늘날 부 당하게 경시 내지 죄악시되고 있다는 점이며, 그 둘째는 문학판에서 의 중추적인 지위는 당연히 작품으로 돌아가야 함에도 불구하고, 이 런 상식이 종종 망각되고 있다는 사실이다. 〔……〕
참다운 의미에서의 다양성을 추구하는 정신은, 가장 깊은 차원에서 인간의 창조성을 긍정하고 부정한 기성 체제와의 야합을 거부하며 보 수가 아닌 진보에 믿음을 거는 것이다. 이러한 뜻에서 다양성에 대한 탐구는 오늘의 이 사회가 격동의 소용돌이 속에 놓여 있음에도 불구 하고, 아니 오히려 그렇기 때문에 더욱더 적극적으로 추진되어야 마 땅하다.
그 다음으로, 문학판에서 작품이라는 존재가 자신에게 걸맞은 지위 를 확보하지 못하고 있다는 것은, '문학인은 적어도 일차적으로 작품 으로 말해야 한다'는 명제가 종종 실종되고, 그 대신 구호 차원의 전 투적인 발언이나 도식적인 이론이 우위를 점하는 경향이 있음을 지적 하는 말이다.   ──『작가세계』 창간호, 1989년 여름, pp. 10~11

70

창간사는 80년대적인 문학의 경직성에 대한 비판적 입장을 명료하게 드러낸다. 억압적인 정치제에 저항하는 문학도 그것이 부정하려는 체제와 동일한 구조적 경직성을 보여주었던 80년대의 문학 상황을 극복하고 작품의 다양성이 존중되는 공간을 만들겠다는 것이 창간사의 주장이다. 그 주장은 물론 80년대 문학의 결핍 혹은 그늘을 겨냥하고 있다는 측면에서 중요한 의미를 함유한다. 80년대 문학과 비평 공간에서의 비대화된 대사회적 관심이 작품 자체의 다양성을 억압하는 논리로 작용하는 사례는 많았다. 특정한 작가의 세계는 그 문학적 완성도에 의해 평가되어야 하는 고유한 영역이라는 명제는 새삼스러운 것은 아니지만, 80년대가 저물어가는 시점에서 제기되었다는 맥락에서 그 논리의 힘을 얻게 된다. 실제로 작가들의 작품 세계와 프로필이 잡지의 가장 중요한 영역이 되는 시대가 시작된 것이다. 이러한 문학적 입장과 논리는 90년대 내내 가장 강력한 목소리 중의 하나가 되었다.

시대의 모순을 증언하고 인간 정신의 고귀함과 보다 나은 세상에 대한 희망을 일깨우는 문학의 역할은 여전히 계속되어야 하며 계속될 수밖에 없다. 다행스러운 것은 문학의 죽음을 전하는 풍문들이 여기저기서 공공연히 떠돌아다니며 기회주의와 허무주의를 확대 재생산하는 요즘에도 문학만이 가질 수 있는 의미와 가치의 수호를 위해 싸우고 노력하는 문학인들이 우리 주위에 아직도 적지 않다는 사실이다. 〔……〕
그런 의미에서 『문학동네』는 어떤 새로운 문학적 이념이나 논리를 표방하지는 않으려고 한다. 대신 현존하는 여러 갈래의 문학적 입장들 사이의 소통을 촉진하고, 특정한 이념에 구애됨이 없이 문학의 다양성이 충분히 존중되는 공간이 되고자 한다. 또한 변화하는 정치·사회·문화의 기류에 성실하고 책임 있게 대응하면서 문학 본연의 사명을 다하는 문학인들에게 신뢰할 만한 자기 표현의 자리를 제공하고자 한다. 특히 기성의 관행에 안주하지 않는 젊은 문학인들의 모험과 시도를 폭넓게 수용하여 우리 문학의 활력을 높이는 데 기여하고자 한다. 형해만 남긴 채 실체는 사라진 문학 정신의 회복을 추구하고 모든 교조적 사고 방식 및 허위 의식에 맞서 싸워 나간다는 전제에만 동의한다면『문학동네』는 그 누구에게나 그 문을 활짝 열 것이다.

──『문학동네』창간호, 1994년 겨울, pp. 15~16

상대적으로 낯익은 명제와 겸손한 문장들로 구성된 이 글이 보여주는 것은 문학 본연의 정신과 가치의 회복에 대한 강조이다. 물론 이것 역시 새로운 논리일 수 없다. 그러나 이 고전적인 논리의 등장 역시 어떤 위기 의식의 소산임을 이해하지 않으면 안 된다. 앞의『작가세계』의 창간사가 보여주는 '작품의 다양성'에 대한 존중이 80년대적인 억압에 대한 대응을 담고 있다면, 이 글은 90년대의 문화 상황에 대한 비판을 깔고 있다. '무분별한 상업주의의 유혹' '영상 문화의 대중적 파급력' 등의 위협으로부터 본연의 문학 정신을 지켜 나가겠다는 '정면 승부'에의 의지가 그것이다. 그래서 "어떤 새로운 문학적 이념이나 논리를 표방하지는 않으려고 한다"는 소극적 주장은 "사라진 문학 정신의 회복을 추구하고 모든 교조적 사고 방식 및 허위 의식에 맞서 싸워 나간다"는 강인한 의지를 업고 있는 것이다. 거칠게 이것을 '문학주의로의 귀환'이라고 규정할 수 있다면, 그것은 전대 문학 논리의 이론·이념 지향성에 대한 반성을 포함하고 있다.

이 새롭게 출현한 '문학주의'야말로 90년대 비평이 실제 비평에 대부분의 역량을 쏟아붓게 만드는 논리가 되어준다. 한 작가의 영역

72

은 특정의 이념적 척도로 잴 수 없는 고유한 것이며, 한 작품의 세계 역시 그 내적 논리를 이해하는 바탕 위에서 평가되어야 한다는 입장, 즉 작가론과 작품론의 기본적 전제가 바로 그런 것이다. 이것은 90년대에 등장한 새로운 문학 집단과 문학 잡지들의 이론적 기반을 이해하는 데 중요하다. 문학으로 돌아가자는 논리의 내용은 결국 작가에 대한 비평적 존중을 의미하는 것이다. 사회적인 메시지나 이론적인 관심이 주가 되기보다는 문학이 주인이 되고 작가의 고유성을 인정하는 비평을 하겠다는 것은 어쩌면 문화적으로 필연적인 요구였는지 모른다. 개별 작가들에 대한 문학적 관심이 증대되었다는 것은 문학적 자율성의 이념을 문학비평이 좀더 적극적으로 수용한 것이라고 볼 수 있다. 특히 중견이나 대가들이 아닌 신인들의 작품 세계에 대해서도 작가론을 통해 적극적으로 의미 부여를 해준 것은 새로운 세대들의 문학적 진출에 많은 도움을 준 것이다.

그러나 여기에는 반성적으로 검토되어야 할 몇 가지 문제가 숨어 있다. 우선 이 새로운 '작가주의'의 저변에는 문학에서의 '개인성'의 가치에 대한 열광이 내재되어 있는 것인데, '자율적인 개인'에 대한 이런 관심이야말로 90년대적인 것이다. 문학의 주인이 '개인적 주체'라는 것은 근대 문학의 보편적인 명제이지만, 집단주의의 퇴조 이후 그것이 화려한 부활의 나래를 편 것이 90년대이기 때문이다. 물론 여기에는 전 시대를 통해 억압되고 은폐된 개인성의 문학적 복원이라는 당위가 도사리고 있지만, 그 당위가 문학을 개인의 사적 진술로 한정하는 표피적 논리를 수락하게 되는 경우도 있었다. 90년대 문학의 주류가 나르시시즘의 미학과 사적(私的)인 서사였다는 것은 이런 측면에서 단순한 우연이 아니다. 이런 문학적 편향이 근대 문학의 핵심 영역들을 형상화하는 데 상당한 성취를 거둔 반면, 90년대 문화와 사회에 대한 미적 저항이라는 측면에서는 취약했음

을 부인하기 힘들다. 다른 방식으로 말하자. 애초부터 체계적 이론
의 구축을 유보할 수밖에 없었던 90년대 비평은, 개인성의 문학 공
간에 대해서는 집중적 관심을 가진 반면, 개인과 개인 혹은 타자들
의 관계들이 만들어내는 문화적 공간에 대한 지형도 읽기라는 측면
에서는 각별한 성과를 보여주지 못했다.

　또 하나, 90년대 문학비평들이 작가들에 대해 보여준 깊은 관심은
'작가주의'로의 귀환이라는 측면 못지않게 문화 산업의 요구와 무관
하지는 않다. 물론 이것은 특정한 매체 · 비평가 · 비평에 해당되는
문제가 아니다. 평단에서의 상업주의와 문화 산업에 대한 비판이 일
방적이고 윤리적인 차원에서 행해지기 때문에, 여기에는 보다 세밀
한 분석이 필요할 것이다. 그러나 이를테면, 많은 작가론과 작품론
이 문학 시장에서 승리한 일부 작가와 작품의 미학적 정당화에 바쳐
지는 현상, 작가와 작품에 대한 비판 역시 일관된 미학적 관점과 세
밀한 내재 분석 위에 진행되는 경우가 드물었다는 점, 그리고 내재
비평이 정교함이 가장 많이 요구되는 시 비평의 영역에 주류 비평의
무관심과 무기력이 드러나고 말았다는 점 등은 90년대 실제 비평의
풍요로움을 반성적으로 인식하게 만드는 요인들이다. 요컨대 90년
대 비평의 개별 작가의 문학적 자율성의 강조는 이론 비평 · 이념 비
평의 억압으로부터 문학을 해방하려는 문화적 요구에 부응하는 것
이면서, 동시에 90년대 문화 상황에 대한 수락의 성격을 가진 것이
다. 물론 그 수락은 반드시 의식적이고 계략적인 차원의 것이라고
볼 수 없으며, 이로부터 자유로운 비평 공간은 없다.

3. '문화비평'으로 나아가기 위하여?

문학으로 돌아가자는 논리와 쌍을 이루는 90년대 비평의 한 경향은 대중 문화를 포함한 문화 환경에 대한 관심의 확대였다. '문학의 새로움, 문화의 새로움'을 주창한 한 계간지는 다음과 같은 선언을 내비친 바 있다.

우리는 어느덧 후기 산업 사회로 접어들고 있는 한국 사회에서 산업화된 대중 문화가 대중들의 정서를 무차별적으로 유린하고 있는 상황을 우려한다. 처음에는 자본의 주변부에 기생하는가 했더니 어느새 괴물처럼 비대해진 대중 문화 산업이 자행하는 문화의 천박한 상품화, 즉 문명적 야만 상태에 철저히 저항해 나갈 것이다. 한편, 그 시대의 격류 앞에서 무력감과 자조에 빠져 아예 세계와의 통로를 닫아버리고 자폐적 공간으로 숨어 들어간 소위 엘리트 문학과 예술에 대해서도 신랄한 공격을 퍼부을 것이다. 그들의 전문가주의와 엄숙주의는 음험하게도, 또한 비겁하게도 장르를 권력화하고 있기 때문이다.
『상상』은 우리가 직면한 문화의 절망적 교착 상태를 타개하려 한다. 반성이 결여된 물신적 대중 문화와 전문주의를 가장한 자폐적 엘리트 문화 사이의 경계를 허물고 그 간극을 메우는 비판적인 가교가 되고자 한다. 넘나들고 감싸안으며, 이 죽음의 절망 속에서 진정으로 살아서 생동하는 문화를 생성해낼 것이다. 요컨대 『상상』은 세대와 장르를 넘어서 작가적 대중주의, 대중적 작가주의를 옹호한다.
—『상상』 창간호, 1993년 가을, pp. 14~15

"대중 문화 산업이 자행하는 문화의 천박한 상품화"에 대한 지당한 비판을 전제하고 있기는 하지만, 이 진술의 핵심은 더 이상 문학 중심적인 "자폐적 엘리트 문화"에만 관심을 한정하지 않겠다는 것이다. "장르를 권력화"하는 엘리트 문학과 예술에 대한 선전 포고는 90년대 문학비평이 단지 '문학'에 관한 전문가적 관심만으로는 견딜 수 없다는 상황 판단에 기인한다. 이런 이유로 90년대 문학비평은 어느 정도 문화에 대한 관점을 빌리지 않을 수 없었고 '문화 비평'이라는 새로운 비평 장르가 부상하기도 했다.

문학비평의 영역에서 문화라는 범주에 관심을 갖게 된 것은 우선 문화 매체가 다양해졌기 때문이다. 문학이 지도적이고 주도적인 위치를 점유하던 시대는 사라지고 새로운 장르들이 대중과 접촉하면서 다채로운 방식으로 삶에 관해 표현할 수 있는 가능성을 열어주었다. 그런 대중적 매체와 장르들은 단지 대중적일 뿐만 아니라, 떠오르는 세대를 마니아로 흡수하면서 새로운 문화적 의미를 가지려 했다. 영화·대중 문학·만화 등의 영역에서 나름의 독자적인 미학을 갖춘 '작가'들이 등장했으며, 이들은 새로운 세대의 문화적 취향과 요구에 반응하며 '문학'만이 할 수 있었던 것의 일부를 해내기 시작했다. 물론 이것은 문화의 산업화와 관련되어 있다. 독서 시장의 규모도 늘어났지만, 부상하는 문화 소비층은 참신한 대중 문화 매체에 보다 많은 관심을 가지고 있고, 이들에 의해 문화 상품의 성격이 규정될 수밖에 없었다. 이런 상황 속에서 문학은 단지 정치적 현실만의 관계로서만, 혹은 문학 내부의 자율적인 가치로만 논의되기는 어렵게 된 것이다. 문화라는 단위가 사회 분석의 중요한 영역이 되어버렸기 때문에, 문학 역시 문화의 지형도 안에서 파악하려는 관점이 유효해졌다.

이제는 문학만이 비평적 성찰의 대상일 수 없었다. 영화·만화·대중 음악·광고 같은 영역들 그리고 보다 더 키치적인 영역들과의 관계가 비평적 분석의 대상으로 떠오르게 된 것이다. 새로운 문화비평가 중에는 사회학적인 관심에서 출발하여 문화 비평을 시작한 이들도 있지만, 문학비평을 중심으로 활동하다가 대중 문화의 매력과 문화 영역에서의 주도성 때문에 문화 비평의 공간으로 몸을 옮기는 경우도 있었다. 물론 이러한 문화 비평적 관심이 90년대 비평의 생산적 확대를 의미하는가는 단언할 수 없다. 90년대적인 상황 속에서 문화의 진보는 없고 문화 산업의 팽창만이 있었다는 진단이 가능하다면, 이런 문화 비평적 입장이 문화 산업의 논리에 편승하는 것이라는 비판 역시 제기될 수 있다. 이제는 한물간 그리고 미래의 대중으로부터 외면당할 것이 틀림없는 재래적인 문학 장르에 더 이상 비평적 관심을 한정할 수 없다는 논리는 어떤 관점에서 대중 추수적이며 현실 추수적인 것이라고 할 수 있다. 그렇다고는 하더라도 저 압도적인 문화적인 것의 진군 앞에서 비평이 '문학적인 것'만을 붙들고 있다는 것은 더 이상 불가능한 것처럼 보였고, 그 문화적 관계에 대한 성찰의 요구는 필연적이었다. 그리고 이것이 보다 새로운 세대의 문화적 감각과 연결되어 있다는 점도 지적되어야 한다.

새로운 매체는 미증유의 표현 가능성을 열어준다. 우리는 지금이야말로 모든 종류의 전통적인 경계선(매체 간·장르 간·담론 간의 제도적 경계선들)을 뛰어넘는 통합적이고도 실험적인 상상력이 요구되는 때라고 믿고 있다. 〔……〕
우리가 이질적인 담론들을 모은 것은, 이들 담론 사이에 제도적인 경계선이 암시하는 것보다 훨씬 더 많은 연관성이 있으리라는 믿음, 그리고 다양한 것의 융합으로부터 어떤 새로운 것이 생성될 수 있으리라는 믿음에서였다. 우리는, 이를테면 문학적인 담론만을 다루는 잡지가 문학에 대해서 말하지 못하는 것을, 우리의 멀티-담론적 잡지

가 말해줄 수 있으리라고 믿는다. 〔……〕

『이다』는 문화 현상을 보고하는 리포트가 되기보다는, 문화에 대한 비평적 개입을 통해서 스스로 문화의 중요한 부분으로 자리잡기 위해 노력할 것이다. 이런 점에서 우리가 모델로 삼는 것은 비판적이고 꼼꼼한 책읽기로서의 문학비평이다. 그 모델은 문화 비평의 전 영역에 확장되어야 한다.

——『이다』 창간호, 문학과지성사, 1996, pp. 10~11

대중 문화가 비평적 성찰의 대상이 되어야 한다는 논리는 『상상』 이후 새로운 것은 아니지만, 멀티미디어의 세계에 대응하는 멀티-담론적 비평의 유효성을 주창하는 대목은 90년대 비평의 최전선(最前線)을 보여주는 것이다. 그것은 단순히 고급 문학과 대중 문화의 대립을 허물겠다는 발상을 넘어서 "매체 간·장르 간·담론 간의 제도적 경계선들"을 가로지르겠다는 비평적 열정으로 충전되어 있다. 물론 여전히 매체와 장르의 제도적 구획은 완강하고 그 틈에서의 멀티-담론적 비평이 얼마나 자기 공간을 넓혀갈 수 있을지는 의문이다. 흥미로운 것은 이 전위적인 비평의 논리에도 여전히 '진정한 의미의 비평적 태도' 혹은 '비판적인 읽기'에 대한 강조가 포함되어 있다는 것이다. 그것은 앞에서 논의했던 '비평의 시대'의 핵심적인 주제였고 비평의 현대성이 함유하는 핵심적인 테제가 아닌가?

4. 다시, 더럽혀진 '비평의 꿈'

90년대 비평의 논리들은 이렇게 외면할 수 없는 상황에 대한 이론적 대응의 소산이다. 상황이 논리를 만들었고, 그래서 논리는 상황으로부터 자유롭지 못했다. 90년대를 통해 문화 산업의 팽창과 전자 영상 매체의 득세로부터 비평이 문학의 정언적(定言的) 진정성을 수호해내었다고 말할 수는 없다. 비평은 이 새로운 상황을 비판하면서 동시에 그 변화된 문화적 현실에 몸을 담갔다. '작가'와 '문화'에 대한 비평의 적극적 관심은 그 이중성의 소산이다. 비평은 이 휘황한 90년대적인 상황에 대한 저항과 공모, 성찰과 참여 사이에서 자기 논리를 생산해야만 했다. 그 이중성은 90년대적인 이중성이지만, 동시에 비평의 태생적인 이중성이기도 하다. 그러니, 당신에게 어쩌면 이 글은 '반성'이 아니라 '변명'처럼 읽혔을지도 모른다. 그럴지도 모른다. 이 글에서 행한 대부분의 비판적 성찰은 90년대 비평이라는 추상적 공간을 향해 있는 것이 아니라, 사실상 내 자신의 내부를 겨냥하고 있는 것이니까. 하지만 어떤 반성도 개입되지 않은 변명이란 불가능하다.

물론 보편적 이성의 이름으로 텍스트의 의미를 설파하고 창작을 지도하던 비평의 권능은 사라졌다. 다양한 문학 언어들을 보편 문법과 대논리 속에 포섭하고 문화 영역에서 문학의 특권적 지위를 지키려는 욕구는 비평의 근대적 환상이라고 할 수 있다. 그러나 비평의 근대성이 '단 하나의 거대한 의미'에 대한 지향만을 함유하고 있는 것은 아니다. 비평이 그 자신의 동력으로 삼은 것은 차라리 근대적 규범으로부터 스스로를 분리시킬 수 있는 비판적 사유의 열정이다. 다시 말하자. 우리 시대 비평의 꿈은 이미 더럽혀진 꿈이다. 그러나 그 모든 부끄러움에도 불구하고 '비평의 시대'에 대한 몽상은 여전히 매력적이다. 그것의 실현 불가능성과 그 열정의 무모함에도 불구하고 그 몽상이 없다면, 비평은 삐걱거리는 강단 비평의 교탁으로 돌아가거나 책 광고의 한 귀퉁이에서 명함을 내미는 자신의 초상만을 보게 될 것이다.

근대 이후 학교와 출판 시장은 비평이 그 안에서 먹고 자라는 제도적 공간이었다. 그 공간이 없다면 비평도 없었다. 아카데미즘과 저널리즘의 관계로부터 완전히 자유로운 현대 비평의 영역은 없다. 그것이 비평의 근본적인 생존의 자리라면, 그 자리를 지금 벗어날 수는 없겠다. 그러나 바로 그 제도들의 틈에서 혹은 새로운 매체 공간 안에서 여전히 꿈틀거리는 '비평의 시대'에 대한 몽상은 비평의 자기 모멸을 견디게 만든다. 몽상은 때로 제도 너머로 울려퍼지는 서늘한 예감의 목소리가 되기도 한다. 비평의 논리들은 그렇게 상황과 제도로부터 배태되어 그것에 대한 배반의 꿈으로 몸을 떤다. 그러니 이 실현 불가능한 몽상이 '지식인들의 무덤'에서 배회하는 비판적 사유의 이름들을 다시 호명하는 비평의 마지막 전략일 수 없을까? 자신을 위해 파놓은 무덤 옆에서도 비평은 여전히 보이지 않는 것을 욕망한다.   [1999]

'90년대'는 끝나지 않았다
― '90년대 문학'을 바라보는 몇 가지 관점

　세상은 지금, 물리적 시간의 마디 위에 인간사의 의미를 부여하는 일로 부산하다. '밀레니엄'이라는 긴 시간 단위에 대한 조망으로부터 '20/21세기'의 전환에 대한 성찰, 그리고 짧게는 '90년대'를 요약하려는 움직임이 활발하다. 1000년, 100년, 10년의 단위로 시간을 구획하여 정리하는 관습은, 편의적인 것이며 동시에 이데올로기적인 것이다. 이러한 시간의 구획에는 역사의 전환과 청산에 대한 음험한 욕망과 기도가 (혹은 두려움이?) 웅크리고 있기 때문이다. 하지만 완벽한 객관적 실체로서의 '역사'는 환상이며 결국 살아 있는 것은 '역사화'에 관한 인간의 의지와 전략이라고 한다면, 이 시간 단위들 속에 깃들어 있는 문화적 의미를 외면할 수는 없다. 역사는 완성될 수 없고, 기억은 결코 투명하지 않다. 그러나 우리는 아주 흐릿한 기억이라도 더듬어서 시대를 구분하고 저 지리멸렬한 시간의 운행 위에 어떤 플롯을 부가해야 한다. 시간의 의미 구조를 찾아내고, 역사의 이미지를 구성하려는 근대적 인간의 욕구는 근원적인 것이다.

　지나간 인류사와 문학사를 조망하려는 최근의 시도들도 이에 연관되어 있다. 몇몇 계간지와 단행본들은 '20세기 역사'와 '20세기 한국 문학'과 '90년대 한국 문학'을 정리하려는 기획들을 선보였다.

어쩔 수 없이 우리는 반성적 회고의 기회를 요청받고 있는 셈이다. '20세기' 역사 전체를 조망하는 작업은 너무 방대하여 아직 뚜렷한 쟁점이 마련되고 있는 것 같지 않다. 그리고 모든 사회 영역을 포괄하여 20세기를 정리하는 기획은 '근대'와 '근대성'이라는 개념을 둘러싼 저 복잡한 명제들처럼 쉽사리 요약될 수 없다. 다만 '90년대 문학'을 점검하려는 시도들은 상당한 구체성과 현재성을 갖는데, 그 이유는 물론 그것이 아직 꿈틀거리는 시간대에 대한 반성이기 때문이다.

여기서 먼저 '90년대 문학'이라는 개념 자체가 문제될 수 있다. 10년 단위로 문학사를 정리하는 한국 근대 문학 연구와 비평의 관행은, 10년 주기로 역사적 단절과 파행을 경험한 한국 근대사의 저 기이한 연대기와 맞물려 있다. 이런 관행은 반드시 바람직한 것은 아니라고 하겠는데, 그것은 사회사의 종속적 위치로서 문학사의 체계를 생각해온 관습적인 문학사 의식, 그리고 한국사의 파행성과 결부된 저널리즘적인 세대 의식에 연관되어 있기 때문이다. 그럼에도 불구하고 우리는 '90년대 문학'이라는 개념을 완전히 지워버릴 수 없다. '90년대 문학'이 일정한 자기 정체성을 이미 확보하고 있어서가 아니라, 그것이 아직 완결된 의미를 갖지 않는 살아 있는 운동 공간이기 때문이다. '90년대 문학'에 대한 성찰은 회고와 정리의 차원이 아니라 현재에 대한 질문 방식으로 제기될 수 있다.

비평계에서 다루어진 90년대 문학에 대한 성찰들은 다양하지만, 그 밑바탕에는 다음과 같은 두 가지 전제가 깔려 있는 것으로 판단된다. '1) 90년대 문학은 80년대 문학의 사회적·집단적 관심이 퇴조한 자리에서 출발하였다. 2) 90년대 문학은 문화 산업의 팽창에 의한 문학 상업주의에 의해 영향을 받았다.' 이러한 일반적 조건을 승인하지 않는 90년대 문학에 대한 논의는 거의 없는 것처럼 보인다. 90년대 문학의 여러 성향에 대한 각론들도 이런 기본적 상황 인식에 대한 공유 위에서 진행되고 있다. 너무나 일반적이어서 의심할 여지가 없어 보이는 이 두 가지 전제들은 그러나 좀더 세심하게 검토되어야 한다.

먼저 '80년대/90년대'를 기계적으로 대비하는 발상은 아주 널리 퍼져 있는 것이어서 상투성마저 띠고 있다. 그러나 이러한 대비는 사실 그렇게 엄밀하고 자명한 것은 아니다. '80년대/90년대' 사이의 빗금에는, 모든 대비(對比)의 전략이 그러한 것처럼, 어떤 가치 평가가 개입되어 있다. 물론 그 가치 평가는 일률적이지는 않아서, 한편에서는 이것을 90년대 문학에 대한 비판으로 활용하고, 다른 한편에서는 90년대 문학의 상대적인 문학적 승리로 정당화하려는 논법으로 이용된다. 여기에서 좀더 나아가면 80년대 문학과는 달리 90년대 문학이 집단이 아닌 '개인'에 관심을 집중했고, '문학주의'로 귀환했다는 논리가 승인될 수 있다. 그러나 여기에는 몇 가지 질문이 필요하다.

이런 논리는 80년대 후반 이후의 한국에서의 형식적 민주주의의 진전과 진보적 이념의 퇴조라는 정치적 조건과 결합되어 있는데, 그것이 얼마나 '형식적'이고 허망한 것이었는지는 그 이후의 사태들이 보여주는 바와 같다. 오히려 강화된 것은 '자율적인 개인'과 '건강한 시민 사회'가 아니라 전 지구적인 자본주의의 시스템에 의해 더 깊게 관리되고 있는 '익명의 대중'이었다. 사회 구조는 여전히 불평등하고 완강해진 것은 경제적 효율성의 이데올로기인데, 개인에게 허락된 것은 고작 위태로운 '나의 밥그릇'에 대한 고민이거나, 개인용 컴퓨터 앞에서 혹은 90년대적인 익명의 '방'들 안에서 누리는 자율과 자유였다. 그럼에도 불구하고 만약 90년대 문학에서 '개인성'에 대한 관심이 고조되었다면, 그것은 소통되지 않는 '개인성'이었고, '개인성'의 환영이었다. 그래서 개인적 주체의 복원의 움직임과 동시에 그 정체성의 혼란과 해체가 일어났던 것이다. 이 '회귀와 복원/탈주와 해체'라는 이중적인 움직임이 90년대 문학의 가능성이자 불행이었다.

또한· '문학주의'로의 귀환을? '회귀'의 수사학을 빌린 90년대 문학에 대한 의미 부여는 이런 측면에서 다시 검토되어야 한다. '회귀'해야 할 자리에 정말 '문학'이 있었던가? 그리고 그 '회귀'의 문학들은 '70년대' 이전 문학의 미학적 성취와 어떻게 변별되는 것들이었던가? 그러니까 '회귀'의 논리 역시 '80년대/90년대' 문학의 이분법 안에서 작동하고 있다. '80년대 후반'의 극단적인 문학 운동들에 대한 강력한 인상이 80년대 문학의 대표성으로 각인되었기 때문에 이런 평면적인 논법이 가능해지고, 동시에 '회귀의 문학'에 대한 과중한 의미 부여를 낳은 것으로 보인다. 회귀의 문법에 대한 적극적 평가는 90년대 문학의 실험적 공간에 대한 조명을 상대적으로 제한한다. 이런 논의에서 문학사는 마치 80년대부터 시작된 것처럼 말해지는데, 여기에는 70년대 문학을 포함한 전대의 문학에 대한 역사적 연관의 문제가 상대적으로 누락된다. 만약 90년대 문학의 역사적 성격을 우리가 좀더 구체적으로 밝혀내려 한다면, 근대 문학사의 전반적인 맥락을 더듬어, 특히 4·19 세대 문학 이후의 문학사 전개에 대한 보다 세밀한 플롯을 짜야 할 것이다. 그 과정에서 '80년대/90년대'의 평면적인 이분법이 야기하는 문학사적 왜곡은 수정될 수 있을지 모른다.

'80년대/90년대'의 이분법 안에 연루된 문학 저널리즘의 주제 중의 하나가 이른바 '신세대 문학'이라는 개념이었다. '신세대 작가'라는 용어는 처음은 새로운 문화 소비층을 일컫는 것이었는데, 문학의 영역으로 옮겨오면서 90년대 초반 등장한 젊은 작가 집단을 지칭하는 다분히 '부정적인' 이름이 되었다. 이들 세대가 비교적 광범위한 문단적 인정을 받은 것은, 전 세대 작가들의 생산력이 현저히 줄어들고 동세대 비평가들이 활발한 활동을 개시하면서부터였다. 이 불안정한 개념은 다소 폭력적이고 이데올로기적인 성격을 띠기도 하는데, 이 용어를 선호하는 '신세대 작가'는 거의 없다는 것이 이를 증거한다. 이 용어는 새로운 세대에 대한 기성 세대의 거부감과 우려를 담고 있는 동시에, 새로운 문화 생산자·문화 소비자이며, 그 자체로 문화 상품인 집단에 대한 매혹을 담고 있는 것이기도 하다. 거부감은 다소 윤리적인 것이었고 매혹에는 저널리즘과 문화 산업의 논리가 스며 있었다. 더욱이 90년대 후반에 나온 더 '신세대적인' 작가들에 비한다면 이들은 상대적으로 전 세대의 주제와 문법에 가까웠다는 측면도 있다. 문제는 이 논의가 새로운 세대의 미학적 정체성에 대한 분석적 관심으로 진행되지 않고 풍문과 이데올로기의 차원에 머문 데 있다. 그런 의미에서 여전히 '신세대 문학은 없다.'

문화 산업의 팽창과 디지털 미디어의 발전으로 인한 문학의 주변화, 더 극단적으로 말하면 '문학의 죽음'이라는 풍문은 90년대 내내 문학의 미래에 대한 우리의 불안감을 자극했다. 하지만 아직 문학은 숨을 거두지 않고 있다. 단지 다른 방식으로 숨쉬고 있을 뿐이다. 특히 상업주의 문제를 둘러싼 갖가지 추문들은 90년대 문학 공간을 진창으로 만들기에 충분했다. 90년대 문학의 지배적인 현실적 조건 중의 하나가 문화 산업의 팽창이라는 것을 부인하기는 힘들어 보인다. 시장의 논리가 확장되면서 상품 경쟁력의 척도로 문학의 크기가 평가되는 상황이 빚어졌다. 여기에서 시장적 척도와 대결하는 엄정한 문학적 실천은 적어도 표면적으로는 고립되는 것처럼 보였다. 90년대 후반 문학 시장이 위축되면서 '비문학적인' 문학 상품들이 판치는 문학 시장의 난장은 조금은 정리되는 듯하지만, 문화 산업의 굿판은 여전히 소란스럽다.

그런데 문제는 문화 산업 그 자체가 아니라 문화 산업 논리의 지나친 개입과 내면화이다. 문학이 시장에서 상품 경쟁력을 확보하는 일이 중요하다는 벌거벗은 주장이 없었던 것은 아니지만, 모든 문학이 자발적으로 상업주의와 동침한 것은 아니다. 오히려 문학의 자율적 가치를 숭상하는 '문학주의'를 주장하는 진지한 목소리는 90년대 내내 더욱 강력했다. 문학의 상업화·상품화를 개탄하는 목소리는 90년대 문학계의 가장 낯익은 어조(語調)이기도 했다. 그런데 문제는 그 목소리들을 정말 '문학주의'로 들어주는 깨끗한 귀를 우리가 가질 수 없었다는 데 있다. 이것은 어떤 작품의 문학성에 대한 비평적 소통과 공증이 불가능하도록 만들었다. 90년대적인 문학 논쟁들이 마치 뒤틀린 독백처럼, 혹은 알아들을 수 없는 아우성처럼, 그렇게 서로에게 웅웅댄 것은 이런 연유에서다. 비평 공간의 다원화라는 측면이 없는 것은 아니지만, 미학적 이해와 평가에 대한 공적인 대화의 장이 괴멸한 것은 90년대 문학의 불우 가운데 하나이다.

이런 맥락에서 상업주의에 대한 윤리적인 비판이 모두 의미 있는 비평적 개입이라고 할 수는 없다. 상업주의를 개탄하는 목소리에는 더욱더 성찰해야 할 몇 가지 문제들이 숨어 있다. 특히, 작품에 대한 미학적 평가를 문학 상업주의의 차원에서 해석하고 비판하면서 윤리 문제와 결부시키는 것은 간과할 수 없는 문제점을 안고 있다. 가장 폭력적인 논리 중의 하나는 '내'가 인정할 수 없고 이해할 수 없는 작품을 적극적으로 평가하는 비평은 '불순하다'는 논리이다. '나는 상업주의를 비판하기 때문에 그 더러운 현장에 부재한다'는 의도적 착각에는 '그들은 전략적이고 나는 순수하다'는 기이한 윤리적 우월감이 깔려 있는 것인데, 90년대 문학의 상업주의 비판이 자기 문학의 '순수성'을 정당화하는 알리바이로 이용되는 사례도 있다.

이런 질문을 던져볼 수 있다. 문화 산업의 '주체'는 도대체 누구인가? 누가 문화 산업의 전략을 구상하고 수행하고 있는가? 문화 산업의 시스템을 작동시키는 이해 관계는 너무나 다중적이고 더구나 그 메커니즘 자체가 자율적이기 때문에, 우리는 그 익명의 원흉을 찾아낼 수 없다. 그러면 어떤 전략적 실천이 가능할 것인가? 문학과 비평이 문화 산업의 완전한 '바깥'에 머물 수 있다는 것은 어쩌면 환상이다. 문학적 활동을 포기하지 않는 이상 우리 모두는 공모자의 혐의를 벗을 수 없다. 우리는 다만 그 문화 산업이 작동하는 구조와 기제를 좀더 면밀하게 성찰해야 하고, 그런 성찰을 통해 그 '안'에서 문화 산업의 원리가 전일적으로 관철되지 않도록 싸울 수밖에? 성찰의 행위는 소극적인 것처럼 보이지만 우리는 아직 그 성찰의 초보 단계에 있고, 그 성찰이야말로 실천적인 것이다.

이와 연관해서 90년대 문학을 비판적으로 조망하는 또 다른 작업들은 문학 제도와 문단을 '권력의 장'으로 이해하는 이론을 빌려 90년대 문학 내의 권력의 지형을 비판한다. '문학의 장' 역시 '권력 게임의 자리'라는 성찰은 문학 제도에 대한 비판적 성찰의 길을 열어주는 것으로 한국 문학의 제도적 분석에 많은 시사점을 던져준다. 문학 예술 영역 내부의 사회적 원리를 분석하여 미적 자율성의 신화를 탈신비화하는 작업은 중요하다. 그런데 문제는 분석의 개념과 준거들을 윤리적 비판의 차원으로 단순화시키는 경우이다. '권력'의 개념에 관해서만 말하더라도, 권력 개념의 지나친 단순화는 그 개념의 깊이와 구체성을 희생시켜버린다. 특히 문학 영역 내에서 권력에 대한 분석과 비판은 정치적·사회적 영역과는 다른 전문성과 정교함이 요구된다. 권력 개념을 둘러싼 구조와 행위에 대한 비판은 분석적이고 성찰적으로 진행되지 않으면, 그야말로 '지당한 말씀'의 차원에 귀착된다. 문학 권력이 편재(偏在)한다는 사고에는, 비판의 주체인 스스로를 추잡한 권력의 장과 무관한 순수의 공간에 위치시키는 도취의 함정이 도사리고 있다.

물론 90년대 문학은 80년대 문학과는 다른 조건의 가능성들이 숨어 있었고, 그 가능성은 다양하게 실험되고 실현되었다. 이제 그 다채로운 실천들을 비판적으로 조망하는 작업이 우리에게 요청되고 있다. 그러나 그 작업은 90년대 문학의 전체성을 일방적으로 규정하고 어떤 경향을 단순하게 특권화하려는 시도들을 거절하고, 그 다양성을 다시 한 번 개방하는 자리가 되어야 한다. 90년대 문학을 비판적으로 요약하려는 노력들이 그것에 대한 폭력적인 이름 붙이기의 차원이 되지 않도록 말이다. 그런 의미에서 90년대 문학의 가능성은 아직 완성된 것이 아니다. 90년대 문학의 이미지를 그리는 작업은 이제 막 시작되었다. 동시대의 조급한 의미화에 대한 강렬한 유혹을 우리는 좀더 견뎌야 한다. 그렇다면 그 모든 냉소와 추문을 떨쳐버리고, 이렇게 말할 수 있다. '90년대 문학은 끝나지 않았다.'

〔1999〕

비평의 귀환
─ 유종호와 황종연의 비평집에 관하여

1. '문학' 없는 문학비평

　'비평의 위기'는 우리 시대의 상투어 중의 하나이다. 이 상투어에
는 위기의 조건에 대한 반성적 성찰보다는 거칠고 선정적인 수준의
구호가 개입하고 있다. 이를테면 비평의 위기의 문제를 단순히 윤리
적인 혹은 정치적인 문제로 규정하는 것은 그것에 대한 전면적인 비
판이라고 볼 수 없다. 이런 논의들은 비평을 둘러싼 정치적 이해 관
계에 대한 첨예한 관심 때문에 비평 그 자체의 내적 문제에 대해서
는 침묵한다. 가령 개별 작품의 미학적 성과에 대한 명명에는 직무
유기를 범하면서 비평가 자신의 이름을 '호명'해달라는 정치적 욕구
를 적나라하게 드러내는 사태야말로 위기의 핵심적 국면이다. 비평
의 위기란 바로 문학비평이 '문학'에 대한 관심으로부터 스스로를
배제시키는 데 있다.
　마크 에드먼드슨이 『문학과 철학의 논쟁』에서 제기한 문제 의식에
의하면, 서구에서의 이론 중심주의의 창궐과 그 제도화가 '문학성'
에 대한 탐구를 사라져버리게 했다는 것인데, 그 우려는 충분히 경
청할 만한 것이다. 하지만 이런 종류의 우려는 한국 문학의 상황에
서는 오히려 사치스러운 것일 수 있다. 우리 시대를 '비평의 시대'를

압도하는 '이론의 시대'라고 말하는 것에 역시 주저하지 않을 수 없다. 우리 문학에 있어서 비평의 이론 지향성이란, 어떤 경우, 이미 시효가 만료된 지도적 거대 이념들을 복구하려는 시도이거나 문학을 탈신비화하는 서구 이론들을 거칠게 적용하여 자신이 문단 내부의 정치적 역학 관계에 얼마나 민감한지를 어설프게 노출하는 것으로 귀결되기 때문이다. 개별 작품에 대한 내재 비평의 심도와 일반 이론 수립의 견고성에 있어 우리 비평은 그런 우려의 수준 '이전'에 머물러 있다. 차라리 최근 우리 비평들은 유종호가 「한국의 현대 비평」에서 이미 예견한 바 있는 "비평의 중간화, 잡담화, 가십화"로 요약되는 비평의 비속화 현상을 이미 보여주고 있다고 판단된다. 우리 시대는 저널리즘과 사이버 공간을 통해 유포되는 문학 외적 풍문에 대한 관심이 작품 자체에 대한 관심을 대신하는 '풍문의 시대'라고 할 수밖에 없다. 그 풍문들이 문학 자체에 대한 혐오를 야기하는 우울한 사태 앞에 우리가 놓여 있다.

이런 상황에서 유종호와 황종연의 평론집이 제출되었다는 것은 의미심장한 비평적 사건이라고 나는 생각한다. 이 두 비평가 사이에는 적어도 두 세대 이상의 거리가 가로놓여 있고 각각 시와 소설에 자신들의 장르적 관심을 집중시키고 있다는 차이에도 불구하고, '문학'을 중심에 두고 사유한다는 데 있어 그들은 동일한 비평적 입장에 서 있다. 이것은 비평을 둘러싼 저 너절하고 요란한 풍문에도 불구하고 비평의 본원적 책무에 충실한 비평적 실천은 여전히 그리고 조용히 진행되고 있었음을 보여주는 의미 있는 사례이다. 이 사례들에 대해 '비평의 귀환'이라는 명명이 가능할 수 있다면, 그것은 이 비평들이 '비평이 왜 존재하는가'라는, 잊혀진 그러나 중요한 질문을 다시 기억하게 해주기 때문이다. 이와 같은 '귀환'은 미학적 안목과 비평적 실천 의지가 동시에 요구되는 것이라는 점에서 우리 시대의 절실한 비평적 과제에 대응한다. 나아가 이들의 비평은 근대적 문학 규범과 비평적 기획의 단순한 부정이 아니라 그것의 재인식이라는 맥락에서 비평사적 의미를 각인시킨다.

2. 유종호: 구심적 비평의 복원

유종호의 비평집 『서정적 진실을 찾아서』는 여러 가지 측면에서 우리 비평의 반성적 지표를 마련해준다. 서정시에 관한 관심 자체가 낡은 것으로 인식될 수도 있는 시대, 시장의 척도와 풍문의 척도에 의해 장르의 우열이 가늠되는 시대에 서정시에 대한 이해를 다시 제기했다는 것, 그 자체로도 의미 있는 일이다. 물론 저널리즘과 문학 시장에서의 소외에도 불구하고 서정시에 관한 관심은 평단의 일각과 '국문학계'에서 지속되어온 것이다. 유종호의 비평은 시 장르 자체의 소외 문제의 근원으로 들어가 제도화된 시 비평에 대한 비판적 검토를 모색하고 있다는 점에서 주목된다. 이번 비평집을 우리 시 비평 전체에 관한 반성적 메타비평집으로 읽을 수 있는 가능성도 여기에 연유한다.

특히 1부의 앞부분에 실려 있는 「서정적 진실의 실종」「비평과 연구에 대한 반성」은 우리 시 비평의 문제점에 대한 예각적인 진단을 담고 있다는 측면에서 중요한 의미를 함유한다. 이 두 편의 글에 일관되게 나타나는 문제 의식은 개개의 시 작품 자체의 이해에 미달한 이차 문서들과 문학 교육에 대한 비판이다. "이차 문서에서 곧잘 발견하게 되는 것은 그때그때의 특권적 순간을 노래하는 서정시편들을 소재로 하여 하나의 일관된 체계를 작성하려는 유혹"이며, "그때그때 강렬한 절정의 순간을 다룬 서정시편을 자료로 해서 일관성이 있는 시인의 초상을 작성하려는 기도는 때때로 개개 시편의 억압이나 왜곡을 빚어내기가 쉽다"는 우려가 그것이다. "이차 문서 작성자의 체계 의지" 혹은 "체계 지향적 욕망"은 물론 비평가 개인의 스타일의 문제로도 볼 수 있다. 그러나 이론 중심적인 비평문이나 논문적 체계를 중시하는 아카데미즘의 공간에서 시 한편 한편의 자율적세계가 무시되는 것은 제도적인 차원의 문제와도 관련되어 있다. 이런 방향의 비판에 대해 아마도 어떤 이는 이것이 단지 내재 비평의복귀를 기도하는 것이라고 이해할 수도 있다. 하지만 유종호의 비판적 권고는 그런 이론적 차원의 문제 제기가 아니라 훨씬 근본적이고구체적인 차원의 비평적 전언을 담고 있다. 가령 그가 백석의 「절망」이라는 시를 예로 들어 "논자가 설정한 가설적 범주나 뼈대에 맞추어 그 예증으로 거론되어 있기 때문에 한 편의 시가 당초의 의미와는 무관하게 논의되는 사례"를 예로 든 것은 흥미롭다.

1) 개개 시편의 온전한 이해에 기초하지 않은 일반화나 일반론은진정성을 갖지 못한다. 시와 시인에 관한 이차 담론이 대체로 개개 시편의 꼼꼼한 분석을 보여주는 바 없다는 것은 매우 징후적이다. 그것은 시를 산문처럼 읽어서 산문적 요약을 시도하는 관행과 연관된다고생각된다. 미숙하기 짝이 없는 습작과 성취도가 높은 시편이 동일 선상에서 토론되는 것도 전언 위주로 산문 대하듯이 대하기 때문이다.
—「서정적 진실의 실종」

2) 미시적 관심의 장인 서정시의 세계로 들어서서는 일단 거시적관심의 잠정적·자발적 정지가 불가피한 것으로 보인다. 그렇지 않을때 사실상 시세계의 부정으로 나갈 위험성이 많다. 터놓고 부정하지않더라도 공리주의적 순위의 상상적 책정은 시를 문화의 하층 주변부

로 떨어뜨릴 것이다. 시 자체의 온전한 경험과 선별 능력의 제고가 요청되는 이때 시론이나 시인 연구가 담론적 편의로 운영되기보다 가치 지향적으로 전개되기를 희망한다. ──「비평과 연구에 대한 반성」

'개개 텍스트에 대한 세심한 존중'을 중시하는 시에 대한 구심적 태도는 이 비평집의 일관된 입장이자 비평적 전략이기도 하다. 개별 텍스트의 미학적 독립성에 대한 배려는 그로 하여금 작품의 부분적 인용들의 짜맞추기를 통해 자신의 해석 체계를 관철시키려는 비평적 시도들을 비판하게 만든다. 그 비판이 개별 작품의 미학적 가치에 대한 감식과 판단에 게으르거나 무능을 드러내는 비평에 대한 혐오로 나아가는 것은 필연적이다. "중요한 것은 시로의 가치에 대한 암묵적 전제"이기 때문에, "문학 외적 체계의 자료"로서 텍스트를 대하는 것은 "심미적 향수의 대상"으로서 시를 대하는 "시 자체의 경험"이라고 볼 수 없다.

위와 같은 비판은 우리 시 비평에서 광범위하게 발견되는 문제에 대한 명쾌한 지적이라고 할 수 있다. 이 지적은 넓게는 우리 시 비평의 제도적 관행을 겨냥하고 있으며, 좁게는 비평가 개개인의 비평적 안목에 대한 문제 제기를 보여준다고 하겠다. 가령 「문학사와 가치 평가」라는 글에서 김용직의 시 문학사에 관해서 일부의 오류를 지적하면서 "텍스트 중심의 시 문학사는 내재적 변화의 궤적에 민감"해야 함을 지적하고, 실증적 엄밀함과 함께 미적 가치 평가의 균형 잡힌 개입을 요구한 것 역시 이와 같은 입장의 연장선에서 이해될 수 있다. 이것은 작품 한 편의 내재 비평에 있어 고질적인 무능을 보여주면서도 뭔가 큰 이야기를 짜야 한다는 허위적인 강박에 사로잡혀 있는 우리 문학의 연구와 비평의 제도적 관행에 대한 문제 제기라는 측면에서 주목을 요한다. 이러한 미학적 가치 평가에 대한 유종호의 선명한 입장은 시 비평이 아니라 시 자체의 선별 기준을 드러내는 것이기도 하다.

이를테면 「캐주얼의 시학」 「의미론적 정의를 위하여」와 같은 글에서 나타나는 시에 대한 가치 평가의 기준은 그의 미학적 입장을 이해하는 데 보다 구체적인 자료들이다. 그가 황지우·김광규·최승호의 시들을 검토하면서 이들의 시를 "산문과의 근접성"을 보여주는 "캐주얼의 시학"이라고 명명한 것은 인상적이다. 그는 이런 시학에 "시 지평의 확장"이라는 측면이 있음을 인정하면서도 그 아류들이 "시의 본래적인 위엄을 훼손시키고 평가절하를 자초하는 처사"로 비칠 수 있는 가능성, 즉 "패션 현상"의 일부로서의 "내부로부터의 자해 행위"가 될 수 있는 우려를 덧붙인다. 이와 같은 우려는 "언어의 일탈적 표현과 독자의 허를 찌르는 의외성의 방식이 무분별하게 이루어지는" 최근 시에서 "의미론적 정의의 실현이 상대적으로 어려워진 것"에 대한 우려와 만난다. "상투적인 틀에 대한 반명제로 출발한 반상투성이 마침내 한술 더 뜬 상투성으로 부식하고 마는" 현상을 "제어되지 않은 채 퍼져가고 있는 독백적이고 주문적이고 자폐적인 반명징성"에서 발견하는 것은 역시 동궤의 미적 판단이다.

이런 비판적 진술들은 언어 형식의 완성도와 선배 시인들의 미학적 축적에 대해 소홀한 시단의 풍토에 대한 정당하고도 애정 어린 고언을 담고 있다. 특히 '미학적 자포자기'와 난삽함을 일종의 '실험'으로 착각하는 오류에 대한 적절한 지적이다. 그럼에도 불구하고 아쉬움을 지적해야 한다면, 그것은 그가 장르적 관심을 서정시에 한정함으로써 자기 비평의 넓이와 유연성을 약화시킨 측면에 관한 것이다. 스스로 "전면적 진실"이라고 표현한 바 있는 산문적 비판 정신의 영역에 대한 관심을 축소시킨 점, 80년대에 씌어진 「변두리 형식의 주류화」「스타일 분리에서 혼합으로」에서 보여준 바 있는 문학 형식과 장르의 역사성에 대한 개방적인 관점이 엷어진 점 등은 비평적 관심의 집중화가 낳은 상대적인 결과라고 볼 수 있다. 그것은 지난 시대 언어 형식의 엄밀성과 완결성을 보여준 고전적 시인에 대한 심도 있는 평가를 가능하게 하였지만, 80년대 이후 시의 장르적 다원화와 미적 가치 판단의 역사성에 대한 보다 적극적인 이해를 제한하는 방향으로 귀결된 것으로 판단된다.

유종호의 이번 비평집에서 가장 압도적인 것은 이 짧은 지면에서 도저히 요약할 수도 인용할 수도 없는 그의 실제 비평들, 개별 시 텍스트에 대한 그의 해석과 평가의 정확성과 엄밀함, 그리고 그것을 표현하는 문체의 단호함이다. 그것을 단지 완강한 고전주의적 미적 규범의 발현이라고 규정할 수 없다. 그 안에는 "문학도 대안 없는 인문주의의 핵심"이라는 미적 경험의 인문주의적 의미에 대한 심원한 사유가 포함되어 있다. 그 사유의 근저에는 그가 인용한 아도르노의 문장 "교양은 사랑을 필요로 한다. 결여되어 있는 것은 십중팔구 사랑할 수 있는 능력이다"에 나타나는 바와 같은 텍스트에 대한 '사랑'이 숨어 있다. 때로는 가혹하게까지 느껴지기조차 하는 시에 대한 미적 가치 평가의 냉철함과 자신감은 실은 그 사랑의 능력으로부터 발원한다. 우리 시 비평의 고질적인 질환은 어쩌면 그 사랑의 능력이 부재하는 데서 오는 것이다. 1957년에 등단한 비평가가 아직 그 사랑의 열도를 유지하고 있다는 것은 경이에 속한다.

3. 황종연: 동시대 지향성과 고전 지향성

황종연 비평의 입지가 유종호의 그것과 먼 곳에 위치하고 있지 않다는 것을 확인하는 것은 어렵지 않은 일이다. 그 스스로가 유종호에 대한 '개인적 부채'를 말하기도 했지만, 『비루한 것의 카니발』 서문에 실린 "문학 특유의 자질과 역사에 대한 감각을 바탕으로 문학 작품의 새로움을 세심하고 정성스런 작품 읽기 끝에 확인하는 작업을 떠나서 문학비평의 독자성과 창조성을 구하기란 불가능한 일이다"라는 문장에 드러나는 '문학비평의 본분'에 대한 강조는 유종호의 비평적 입장과 거의 일치하는 것이기도 하다. 특히 황종연의 단정하고 견고한 문체와 이론적 균형 감각은 유종호의 그것을 연상시키기에 충분하다. 그러나 황종연은 "문학 작품이 산출하는 새로움을 알아보고 명명하는 일은 아무리 심원한 명상을 삼는다 하더라도 불안정하고 모험적이다. 그것은 본질적으로 도박이다"라고 말함으로써 미학적 가치에 대해 확고한 입장으로부터 스스로를 분리시킨다. 그 이유는 비교적 분명하다. 고전적인 서정시편에 대한 유종호의 경사와는 달리 황종연은 동시대 소설들에 대한 현장 비평을 중심으로 활동해왔기 때문이다. 그 안에 작품과 시대를 같이하는 비평은 "그 동시대성에서 연유하는 축복과 저주——새로운 것에 최초의 이름을 지어줄 특권을 누린다는 축복과 덧없는 유행의 제물이 되고 만다는 저주를 함께 받고 있다"는 현장비평가의 불안이 잠복되어 있는 것은 그래서 필연적이다.

　다시, 그럼에도 불구하고 황종연의 비평적 스타일은 유종호의 그것과 근친의 관계에 있음이 분명하다. 우선 동시대의 소설 작품을 독해할 때 그는 늘 그 근대적 기원과 고전적 전범을 찾아가는 일을 병행한다. 그런데 그 참고 문헌의 다채로움에서 황종연은 가히 압도적이다. 이를테면 장정일과 최인석을 예로 들어 90년대 소설의 한 단면을 「비루한 것의 카니발」로 명명할 때에 그는 디드로의 고전 작품 『라모의 조카』를 끊임없이 말하고, 신경숙과 윤대녕의 소설을 논하는 「내향적 인간의 진실」에서 근대적 문학 관념과 인간관과 개인 내면의 탐구를 보여주는 다양한 전범적 자료들을 나열하고,[1] 서하진과 전경린의 소설을 다룬 「이졸데의 손녀들, 그들의 불륜과 소설」에서 12세기의 유럽 설화 '트리스탄의 로맨스'를 끌어온다.

이런 다채로운 참고 문헌들은, 어떤 경우 너무 많이 등장하기 때문에 필자의 독창적 논지를 선명하게 밀고 나가는 데 장애가 되는 듯도 하지만, 기본적으로는 동서양을 넘나드는 저자의 고전 이해의 건실함과 인문학적 소양의 풍부함을 드러내는 것이다. 그것은 그의 비평의 이론적 안정성을 보장하는 기제가 된다. 다른 방식으로 말하면 그것은 황종연 비평에 있어 동시대 지향성을 견제하는 고전 지향성을 암시하는 것이기도 하다. 이러한 고전 지향성이 현장비평가로서의 모험적인 순발력보다는 신중한 균형 감각을 체질화하게 만든 것으로 보인다.

그러나 그것은 단지 한 비평가의 스타일 문제가 아닐 수도 있다. 여기에는 좀더 심도 있게 다루어져야 할 문제가 잠복해 있다. 그의 비평에서 동시대의 특정한 문학 텍스트는 문학의 관습과 전통의 연관 속에 놓여 있기 때문에 그 기원을 이루는 텍스트들과의 상호 텍스트성을 드러내는 독서가 필수적이다. 문제는 그와 같은 독법으로 인해 그는 그 텍스트의 전언을 끊임없이 어떤 보편적 주제로 환원시킨다는 것이다. 그것은 때로 텍스트 자체의 고유한 언어적 육체가 보여주는 미적 가치에 대한 분석적 작업보다는 그 주제의 보편적 함

---

1) 주제의 보편성 때문이겠지만 여기에 등장하는 이름들은 휠덜린, 루소, 워즈워스, 쓰보우치 쇼오, 후타바테이 시메이, 이광수, 유종호, 아우구스티누스, 주희, 예이츠, 갈릴레오, 뉴턴, 흄, 콩도르세, 벤담, 데카르트, 찰스 테일러, 칸트, 헤르더, 아리스토텔레스, 장 스타로뱅스키, 푸코, 바르트, 하이데거, 조이스, 페이터, 레비나스, 라캉, 데리다, 료타르, 들뢰즈, 가타리, 프레드릭 제임슨 등으로, 참고 문헌의 은하계(!)를 방불케 한다.

의를 드러내는 데 중점을 두는 결과로 나타난다.

그러나 텍스트가 함유한 인문학적 모티프의 보편성을 환기시켜주는 작업은 나름대로 의미 있는 것이라고 볼 수 있다. 황종연의 경우 그 작업이 근대성(현대성) 혹은 근대적(현대적) 삶의 경험의 복합성에 대한 반성적 인식이라는 이론적 관심과 만나고 있다는 것은 문제적이다. 그러한 문제 의식은 「모더니즘의 망령을 찾아서」와 「근대성을 둘러싼 모험」에서 근대성 테제에 대한 이론적 탐색을 시도하게 만들고, 가령 한국 소설의 민족주의를 비판한 「민족을 상상하는 문학」과 같은 글에서 날카로운 반성적 통찰과 만나기도 하고, 「소설의 악몽」에서 백민석의 극단적인 반휴머니즘적 서사에 의미를 부여하는 유연성으로 나아가기도 한다.

그런데 무엇보다도 황종연의 비평적 기획의 중심은 근대 이후의 개인 주체의 자아의 윤리학 혹은 진정성의 관념에 대한 재의미화라는 맥락에서 설정되고 있는 것으로 보인다.

1) 하지만 오늘날 진정성의 관념이 언제나 갖고 있는 반사회적·반윤리적 전환의 가능성에도 불구하고 그 관념은 간단히 배격하기 어려운 문화적 현대성의 일부이다. 현대 사회를 지배하는 억압의 기제들을 발견하고 그것들에 대항할 능력의 도덕적 원천은 진정성의 관념 바로 거기에 있기 때문이다. 개인과 사회의 조화를 위한 새로운 윤리의 창출은 현대 문화가 당면한 막중한 과제이지만 파시즘 같은 유령을 불러들이지 않으려는 그것은 언제나 진정성의 요구라는 테스트를 거쳐야 한다.　　　　　　　　　　　　　──「비루한 것의 카니발」

2) 자기 시대와 사회와의 구체적 관계 속에서 자아를 다시 인식하고 상상하는 작업은 인간의 존엄함을 알고 있는 인간에게는 여전히

필수적인 과제로 남아 있는 것이다. 그렇다면, 우리가 지금까지 논의한 내면성의 문학 또한 스스로를 반성하고 갱신할 책임을 짊어지고 있는 셈이다. 신경숙과 윤대녕의 소설은 민족-민중적 주체성의 무력화 이후 자아를 구축하는 미적 주체성의 원리를 나름대로 실현했지만, 자아를 둘러싼 현안들은 계속해서 태어나고 있으며 자아와 진실하게 만나는 내향성의 원리 또한 변함없이 유효하다.

　　　　　　　　　　　　　　　　　　　　──「내향적 인간의 진실」

　'진정성' 혹은 '내향성'의 관념에 대한 재의미화는 다른 층위에서의 그의 고전 지향성의 이념적 표현으로 이해될 수도 있다. 물론 나 역시 그런 관념이 폐기되어야 할 것들이라고 생각하지는 않는다. 그러나 근대적 삶의 문제들을 반성적으로 인식하는 문학적 작업들을 근대적 기획 안에 이미 작동하고 있는 개념들로 환원하는 것은, 그것의 비판적 에너지를 제한하고 사태를 일반화하는 독법일 수도 있다. 새로운 것들 속에서 고전적인 것 혹은 보편적인 것을 발견해내는 그의 비평 방식이 문학 언어의 예각적 측면을 문제화하기보다는 추상적 일반론으로 귀결될 가능성을 안고 있는 것은 아쉬운 대목이다.

　황종연은 이 책의 서문에서 비평가는 "자아를 가지고 있지 않은 시인, 다른 누군가를 대리하는 시인이다. 비평가가 시도 때도 없이 일인칭 주어를 쓰는 것은 우스운 노릇이다"라고 진술하고 있는 것은 흥미롭다. 비평가 자신의 세속적 주체성을 도드라지게 하는 것을 생존의 수단으로 삼는 비평계 일각의 기이한 풍토를 생각하면, 이것은 매우 적절한 경구가 될 수 있다. 그러나 비평적 에세이는 비평가의 실존적 직접성을 드러내는 장소일 수 있다는 측면에서 소설 장르보다 더 일인칭의 세계에 가까울 수 있다. 아마 황종연이 아니었다면 90년대의 우리 소설은 그 의미의 풍요로움을 유지하는 데 적지 않은 한계를 가졌을 것이다. 보기 드물게 건실한 인문학적 소양과 이론적 균형 감각을 겸비한 한 비평가에게 자신의 일인칭의 세계를 드러내는 더욱 과감한 비평적 '도박'을 보여줄 것을 기대하는 것은 이런 이유에서다.   〔2001〕

제2부

극적인 사랑의 담화
── 황동규 '사랑노래'의 재인식

    사랑이라는 사건은 언제나 극적이다. 세상에 존재하는 사랑의 이야기들은 각기 한 편의 드라마를 품고 있다. 사랑의 드라마는 사랑의 근원적 운명 그 안에 이미 내장되어 있다. 우리가 사랑에 관해 '극적이다'라고 말할 때, 여기에는 두 가지 의미가 동반되어 있다. 우선 하나는 그것이 근본적으로 '대화적'이라는 것이다. 극의 형식이 대화로 구성되어 있다는 것은 더 설명할 필요가 없으며, 모든 사랑은 근본적인 소통을 욕망하는 존재의 대화이다. 두번째, 사랑은 하나의 극적인 서사를 그 안에 간직하고 있다는 의미가 여기에 포함된다. 사랑의 사건에서 지속되는 것은 단지 그리움이라는 마음의 칭얼거림일 뿐이며, 상황은 늘 변화하고 사랑의 방식도 달라진다. 사랑이란 존재를 전환하는 힘이며, 사랑의 사건은 존재를 움직이는 사건이다. 그래서 사랑의 이야기 안에 숨쉬는 반전과 역전의 드라마는 사랑의 이중성과 복잡성 그리고 삶의 아이러니에 관한 풍부한 암시를 제공한다.

    만약 황동규의 시들을 사랑의 담화라는 관점에서 이해한다면, 그 담화는 아주 극적인 형식을 띠고 있다고 할 수 있다.[1] 나는 이 글에

---

1) 황동규 시인이 40여 년 동안의 시 작업을 두 권의 전집으로 묶어냄으로써 그의 시세계의 전모가 우리 앞에 드러나게 되었다. 하지만 이 전집의 발간으로 그의 시 작업이 완료되었다고 할 수는 없다. 전집 발간 이후의 그의 줄기찬 시 작업은 그의 시적 활

서 황동규 시의 구조적 특성과 갱신의 동력을 사랑이라는 드라마의 형식에서 찾아보려 한다. 물론 황동규 시의 극적인 요소와 사랑이라는 주제에 관해서는 논의가 있어왔다.[2] 시인 자신도 '극서정시'라는 개념으로 자신의 시 작업을 설명한 바 있다. 하지만 지금 주목할 수 있는 것은 사랑이라는 주제와 극적인 구성이 맺는 관련이 황동규 시의 전체적 지형에서 차지하는 미학적 의미에 관한 것이다. 황동규의 극적인 사랑노래들은 그의 수많은 시들 중의 하나의 영역일 뿐만 아니라, 그의 다른 시들의 밑자리에서 그 중요한 구성 원리를 제공하고 있는 시 형식이라는 이 글의 가설이며, 이는 황동규 시의 문학사적 의미를 밝히는 데도 긴요하다. 이제 황동규의 '사랑노래'의 한 원적(原籍)을 이루는 「즐거운 편지」를 살펴봄으로써 이러한 논의를 출발시켜보자.

1

　내 그대를 생각함은 항상 그대가 앉아 있는 배경에서 해가 지고 바람이 부는 일처럼 사소한 일일 것이나 언젠가 그대가 한없이 괴로움 속을 헤매일 때에 오랫동안 전해오던 그대를 불러보리라.

동이 완료형이 아니라 진행형이라는 것을 보여준다. 그러나 황동규 시인의 시 작업이 일단 하나의 전집으로 묶여 나온 이상 이를 기점으로 삼아 새로운 비평적 모색이 시도되어야 한다. 물론 황동규에 대한 비평적 조명은 비교적 활발하게 이루어져왔고, 그 과정에서 황동규 시의 여러 세밀한 국면들이 밝혀졌다. 그러나 이 시점에서는 두 가지 측면에서의 황동규 시의 재인식이 이루어질 필요가 있다. 우선은 전집의 발간과 함께 그의 시세계의 전체적 지형을 밝히는 거시적인 작업이 요구되고 있다. 두 번째는 황동규 시의 현재성에 대한 새로운 탐구가 필요하게 되었다. 이 글은 황동규 시에서 연시(戀詩)적 성격과 극적인 성격이 결합되는 양상을 분석하여 이 과제에 접근해보려는 시도이다.

2) 이런 측면에서 특히 주목할 만한 비평은 김병익의 「사랑의 변증과 지성」, 그리고 정효구의 「황동규 시의 연극성」(하응백 엮음, 『황동규 깊이 읽기』, 문학과지성사, 1998 참조)이다.

2

　진실로 진실로 내가 그대를 사랑하는 까닭은 내 나의 사랑을 한없
이 잇닿은 그 기다림으로 바꾸어버린 데 있었다. 밤이 들면서 골짜기
엔 눈이 퍼붓기 시작했다. 내 사랑도 어디쯤에선 반드시 그칠 것을 믿
는다. 다만 그때 내 기다림의 자세를 생각하는 것뿐이다. 그 동안에
눈이 그치고 꽃이 피어나고 낙엽이 떨어지고 또 눈이 퍼붓고 할 것을
믿는다.　　　　　　　　　　　　──「즐거운 편지」(전집 1권, p. 40)[3]

　시인의 산문을 참고하면 이 시는 공식적 데뷔작 「시월」보다 먼저
씌어진 작품이라고 한다.[4] 그러나 이런 자전적인 이유만으로 이 시
를 황동규 시의 어떤 기원으로 규정할 수는 없다. 보다 중요한 것은
이 시가 가진 연애시적 틀이 황동규 시의 중요한 구성 성분이 된다
는 점이다. 물론 이 시가 독서 대중이 애호하는 한국의 연애시 가운
데 고전적인 문학성을 갖춘 몇 안 되는 작품의 하나라는 사실도 참
조할 수 있다. 앞의 산문에서 나타난 시인의 진술대로 이 시는 한국
전통 서정시의 '자연스럽고 온건한 변주'이면서, 동시에 '전통을 벗
어나려는 몸부림'이 함께 들어 있는 시이다.
　1연에서 사랑하는 일의 '사소함'을 "해가 지고 바람이 부는 일"에
비유한 것은 사랑이 아주 자연스러운 인간의 사건임을 말해준다. 그
러나, 앞의 산문에서의 시인의 말처럼, 여기에는 거대한 '자연 현상
을 사소한 일로 치부하는' '아이러니'가 발견되기도 한다. 사랑의 사
소함은 자연의 사소함에 비유됨으로써 그 사소함의 의미를 갱신하

---

3) 시 인용은 모두 『황동규 시전집』(문학과지성사, 1998)에 근거한다. 괄호는 인용 시
　의 전집에서의 면수이다.
4) 황동규, 『나의 시의 빛과 그늘』(중앙일보사, 1994), p. 33 참조.

게 된다. 그러니까 사랑은 사소하지 않으면서 또한 사소한 사건이다. '사랑의 사소함'과 '자연의 사소함' 사이의 이런 아이러니는 1연에만 한정된 것이 아니라, 이 시를 포함하여 황동규 연애시의 중요한 의미론적 기저를 이룬다.

2연에서 화자는 기다림에 관해 말하고 있다. 기다림은 한국 전통 서정시의 문맥에서 임의 부재 앞에서 사랑을 지키려는 시적 자아가 취하는 일반적 태도이며 정신이다. 그런데 2연은 그런 재래적 문맥에 몇 가지 아이러니를 개입시킨다. 우선 2연의 진술들은 '그대'가 아닌 '나'를 지향하고 있다. "내가 그대를 사랑하는 까닭은 내 나의 사랑을 한없이 잇닿은 그 기다림으로 바꾸어버린 데 있었다"고 화자가 고백할 때, 그 고백은 차라리 '나 자신'을 향해 발화되고 있다. 그래서 "내가 그대를 사랑하는 까닭"은 '그대'에게 있는 것이 아니라 '나' 스스로 설정한 자세에서 비롯된다. 그리고 "밤이 들면서 골짜기엔 눈이 퍼붓기 시작했다"는 묘사에 이어서, "내 사랑도 어디쯤에선 반드시 그칠 것을 믿는다"는 단정이 나온다. 자연 현상에 관한 이 일반적인 묘사는 사랑에 관한 화자의 단호한 태도를 보여주기 위한, 시간적 · 공간적 근거가 된다.

이와 같은 단정은 사랑의 사소함에 관한 진술의 연장이면서 동시에 기다림의 영원성에 관한 재래적 관념의 전복이다. 물론 이 단정은 사랑의 무상함에 대한 예감과 관련된다. 그런데 이 단정은 사랑이라는 사건 역시 변화하는 자연 현상의 일부임을 보여주어 그 사소함의 아이러니를 다시 한 번 상기시킨다. 이런 문맥에서 보면 이 시는 사랑의 절대성과 영원성이라는 신화에 바쳐지는 시가 아니라, 사랑의 사소함에 관한 작은 속삭임의 시이다. 이 시는 재래적인 연애시의 어법을 차용하면서도 사랑이라는 관념의 무게를 가볍게 만드는 변용을 성취한다. 이런 아이러니는 이 시의 제목에서 이미 충

106

분히 암시되어 있다. 왜 부재하는 님을 향해 보내는 '나'의 전언이 '즐거운 편지'일 수 있을까? 님의 부재 앞에서 흘러나오는 처연한 연가가 차라리 즐거울 수 있는 비밀, 그것이 『어떤 개인 날』(1961)에서 이미 흘러나오기 시작한 황동규 사랑노래의 극적인 의미와 연관된다.

　　내 마음 안에서나 밖에서나
　　당신이 날것으로 살아 있었기 때문에
　　나는 끝이 있는 것이 되고 싶었습니다.

　　선창에 배가 와 닿듯이
　　당신이 가 닿고
　　언제나 떠날 때가 오면
　　넌지시 밀려나고 싶었습니다.

　　아니면 나는 아무것도 바라고 있지 않았던 것을.
　　창밖에 문득 후득이다 숨죽이는 밤비처럼
　　세상의 소리만으로 적시며
　　남 몰래 지나가고 있었을 뿐인 것을.
　　　　　　　　　　　　　　　　—「소곡 3」(전집 1권, p. 50)

나의 이 기다림이 즐거운 약속과 같은 것으로 바뀌어질 때, 몇 번인가 연거푸 보는 연극의 마지막 막과 같은 것으로, 그것이 끝날 무렵해서는 언제나 개선가 같은 것이 들려오곤 하였지마는, 또 강 언덕에 며칠 밤새 퍼붓는 눈보라와 같은 것으로 바뀌어질 때, 나는 지나가리, 숲속에 겨울이 지나가듯이. 봄이 와 여기저기 황홀한 첫 꽃들을 여는 것을 남 모르게 보다 슬그머니 지나가버리리.

—「소곡 8」(전집 1권, p. 55)

'소곡' 연작은 「즐거운 편지」의 연애시적 화법의 변주이며, 개화이다. 이 연애시들 역시 '소곡'이라는 제목이 암시하는 바와 같이 사랑의 사소함에 관한 작은 노래들이다. 「소곡 3」에서 화자는 "당신이 날것으로 살아 있었기 때문에/나는 끝이 있는 것이 되고 싶었습니다"라고 노래하고, 그런 진술에 "선창에 배가 와 닿"고 "창밖에 문득 후득이다 숨죽이는 밤비"의 이미지를 부여한다. '나'에게 있어 '당신'은 '날것'으로 존재하기 때문에, 다시 말하면 사랑은 살아 있는 사건이므로, '나'는 '끝'을 예감하고 차라리 '끝'을 욕망한다. 차라리 "아무것도 바라고 있지 않았던 것"처럼, '내'가 '당신'을 간절히 원하지 않은 것처럼, '내' 사랑은 "남 몰래 지나가"는 은밀한 사건이다. 「소곡 8」에서 「즐거운 편지」의 아이러니는 '~ 같은 것'의 반복되는 직유를 통해 보다 선명하게 표현된다. '기다림'이 "즐거운 약속과 같은 것으로 바뀌어"지는 역전, 그리고 그것이 "연극의 마지막 막과 같은 것"으로 되는 역전, 그리고 그 "끝날 무렵"에서 "개선가 같은 것이 들려오"는 역전이 발생한다. 이 역전들은 모두 재래적인 연애시의 의미 논리에 대한 뒤집기이면서 동시에 사랑의 깊은 아이러니에 관한 진술이다. 그리고 다시 '눈보라'와 '겨울'의 자연 현상에 관한 묘사와 곧이어 들이닥치는 "황홀한 첫 꽃들을 여는" 봄의 장면들. 사랑의 시간성과 그 변화의 동력을 "눈보라"에서 "황홀한 첫 꽃"으로 전이되는 이미지로 표현한 것은, 사랑의 '기다림'과 '끝'에 우울과 소멸이 아닌 즐거움과 생성의 의미를 부여하는 황동규 연애시의 비밀이 드러나는 장면이다.

108

꽃나무여 꽃나무여
적은 열매의 약속으로
수많은 꽃을 밖으로 내어민
어둡고 어두운 우수(憂愁)여
그 어둠 속에
벌떼 울 듯
수만의 봄이 오래
집중된다.   ──「비가 서시」(전집 1권, p. 67)

「비가 서시」는 물론 연애시적 화법을 빌리고 있지는 않다. 그러나
앞의 시들에서 나타난 바 있는 이미지의 반전, 그리고 역전적(逆轉
的)인 비유들은 충일한 구조를 가진 서정시의 한 전범을 만들어낸
다. "적은 열매의 약속으로" "수많은 꽃을 밖으로 내어민" 것으로
'꽃나무'를 표현한 것은 꽃과 자연의 생리에 관한 아름다운 진술이
다. 그러나 그 진술은 '꽃나무'의 보조 관념으로 "어둡고 어두운 우
수"를 내세움으로써 독자를 낯설게 만든다. 여기서 발생하는 정서적
충격은 후반부 4행의 절묘한 표현을 통해 변주된다. 하나의 '꽃나
무' 속에 아니, 그 '꽃나무'의 '어둠' 속에 "수만의 봄이 오래/집중된
다"는 진술은 자연과 삶의 반복성에 관한 주제를 담고 있다. '비가'
연작 전체를 관통하고 있는 다소 과장된 어법의 허무주의를 상기한
다면, 이 행들은, 수만의 봄을 지나는 것은 결국 한 번의 봄을 경험
하는 것과 하나도 다를 바가 없다는, 봄이라는 절정의 시간이야말로
가장 죽음에 인접해 있다는 것을 의미하는 것일까? 이것은 다시 말
하면 자연의 순환 질서에 깃들어 있는 완강한 공허에 대한 응시로
해석될 수 있다. 그러나 다르게 읽으면, 하나의 봄은 수만의 봄을 머
금고 있는 것이기 때문에 살아낼 가치가 있고, 어떤 봄도 수만의 봄

만큼이나 아름답고 그래서 통과할 의미가 있다고 해석될 수도 있다. 그렇다면 이 시의 후반부 4연은 삶의 거부할 수 없는 공허감과 동시에 그런 삶을 살아내는 것의 깊은 가치를 함께 말하는 의미의 이중적 울림을 담고 있다. 그러면 이제 『나는 바퀴를 보면 굴리고 싶어진다』(1978) 이후의 황동규의 본격적인 '사랑노래'를 들어보자.[5]

어제를 동여맨 편지를 받았다.
늘 그대 뒤로 따르던
길 문득 사라지고
길 아닌 것들도 사라지고
여기저기 어린 날
우리와 놀아주던 돌들이
얼굴을 가리고 박혀 있다.
사랑한다 사랑한다, 추위 환한 저녁 하늘에
찬찬히 깨어진 금들이 보인다.
성긴 눈 날린다.
땅 어디에 내려앉지 못하고
눈뜨고 떨며 한없이 떠다니는
몇 송이 눈.　　　　　—「조그만 사랑노래」(전집 1권, p. 258)

---

5) 황동규 시의 사회적 관심이 절정을 이루는 『태평가』(1968), 『열하일기』(1972)의 세계 속에서 황동규의 연애시들은 겉으로는 약화된 것처럼 보인다. 그러나 황동규의 시들은 그것이 사회적인 억압에 대한 진술을 암시하고 있는 것이라고 하더라도 극적인 사랑의 담화를 내장하고 있는 경우가 많다. 가령 시인이 「태평가」에서 "난해한 사랑"을 말할 때, 그 '난해함'은 자신과 대상에 대한 사랑이 '전피수갑(全皮手匣)'을 낀 손을 내미는 것이 되어버리는 그런 암울한 상황을 밑그림으로 한다. 그런 억압적인 시대에 사랑이 난해해지는 것은 어쩌면 필연적인 것이 아니었을까?

첫 행은 연애시의 서두로서는 다소 낯설다. 어조 자체가 '부재하는 그대'를 향하는 편지의 형식을 띠는 일반적인 연애시와는 달리 이 시는 편지를 받은 후의 상황, 더욱이 "어제를 동여맨 편지"를 받은 상황을 먼저 설정하고 있다. "길 문득 사라지고" "돌들이/얼굴을 가리고 박혀 있다" 같은 묘사들은 되돌릴 수 없는 상실감과 고통스런 기억을 표현하고 있다. 그래서 "어제를 동여맨 편지"는 추억의 재생이며 동시에 추억의 무화이다. "추위 환한 저녁 하늘" "찬찬히 깨어진 금들"은 투명한 고통의 이미지가 아로새겨져 있다. 그리고 "성긴 눈." 황동규의 시에서 눈은 차가움의 의미가 아니라 정화와 포근함의 내포를 갖는다. "성긴 눈"은 그 풍요로운 '눈'의 의미가 결핍을 안고 있는 상태, 다시 말하면 정신적 궁핍과 방황의 상징이다. "땅 어디에 내려앉지 못하고/눈뜨고 떨며 한없이 떠다니는/몇 송이 눈"은 '그대'와 '나' 모두가 처해 있는 떠돌이의 상황, 어떤 정착도 지속도 만남도 불가능한 상태를 말해준다. 그러므로 이 시에서 "사랑한다 사랑한다"는 말은 고백이 아니라, 차라리 사랑의 결핍에 관한 탄식에 가깝다.

아직 멎지 않은
몇 편(篇)의 바람.
저녁 한 끼에 내리는
젖은 눈, 혹은 내리지 않고
공중에서 녹아 한없이 달려오는
물방울, 그대 문득 손을 펼칠 때
한 바람에서 다른 바람으로 끌려가며
그대를 스치는 물방울.
　　　　　　 ―「더 조그만 사랑노래」(전집 1권, p. 259)

만남과 정착이 좌절된 궁핍한 사랑은 「더 조그만 사랑노래」에 오면 '더'라는 부사가 암시하는 바대로 더욱 응축된 표현을 얻는다. 우선 "아직 멎지 않은/몇 편(篇)의 바람"이라는 이미지. '바람'은 능동적으로 운동하는 공기이며, 이런 측면에서 그것은 변화의 동력을 의미한다. 그래서 '바람'은 생명의 호흡이거나 조건이다. 중요한 것은 그 '바람'을 "몇 편의 바람"으로 표현한 것이다. 바람을 생명 있는 존재의 이야기로 의미화한다. 여기에 "젖은 눈"의 이미지가 겹쳐진다. 앞의 시에서의 "성긴 눈"과 비교되는 "젖은 눈"이란 무엇일까? "성긴 눈"에 '눈'에 대한 빈곤의 의미가 강조되어 있다면, "젖은 눈"에는 '눈'에서의 수성적(水性的)인 성격이 강화되어 있다. "젖은 눈"은 비와 눈 사이의 존재. 다시 말하면 아직 완전한 눈이 되지 못한 미완의 눈이다. "저녁 한 끼"라는 신체적인 시·공간에 내리는 "젖은 눈"은 그 자체로 미완인 채, '바람'과 '물방울'을 매개시키는 사물이 된다. '바람―젖은 눈―물방울'로의 이미지 전개는 기체―액체로의 화학적 전이를 보여주면서, '그대'의 '손'을 향해 달려가는 화자의 영혼의 운동 방향을 암시한다. 그러나 "한 바람에서 다른 바람으로 끌려가며" 물방울은 결국 '그대'를 스쳐버리고 만다. 이 짧은 서정시 안에는 '바람'이라는 생명의 환경과 조건, "젖은 눈"과 "물방울"의 이미지로 '그대'에게 달려가려는 '나'의 욕망, 그리고 결국 '바람'이라는 조건 때문에 '그대'를 그냥 스쳐버릴 수밖에 없는 사랑의 좌절이라는 서사적 계기들이 모두 들어 있다. 이 시의 정교한 이미지들은 이렇게 한 편의 사랑의 드라마를 구성하는 데 유기적으로 참여한다.

　　가을 들면서 잔 비가 뿌려도
　　무지개가 제대로 떠지지 않았습니다.

저녁 안개 가끔 낄 뿐

햇빛 속에서도

보이지 않게 걸을 수 있었습니다.

모르는 새 마음이 조금씩 식더군요,

지하철에서 석간을 읽고

읽던 기사 좌석에 놓은 채 일어서

마을버스를 타고 아파트로 돌아왔습니다.

꽃가게의 꽃들이 풀죽어 웃고 있고,

아무 일도 없었습니다.

((사람 살려!))   ─「비린 사랑노래 6」(전집 2권, p. 75)

　90년대의 황동규의 연애시들은 그 공간이 일상으로 내려와 있는
경우가 많다. 추상화된 자연 공간 대신에 시인은 생활 세계의 한복
판에서 극적인 사랑의 계기들을 발굴한다.「비린 사랑노래 6」에서의
"무지개가 제대로 떠지지 않"는 공간은 낭만적인 사랑의 신화가 더
이상 존재하지 않는 무미건조한 일상의 자리이다. 그 자리에서 "모
르는 새 마음이 조금씩 식"어가는 것은 당연할지도 모른다. "지하철
에서 석간을 읽고/읽던 기사 좌석에 놓은 채 일어서/마을버스를 타
고 아파트로 돌아"오는 생활에서 사랑의 열도와 긴장 따위는 찾아볼
수 없다. "꽃가게의 꽃들이 풀죽어 웃고 있고,/아무 일도 없었습니
다"라고 표현되는 그 생활들은 사랑의 괴로움과 열광도 퇴색되고 무
화된 공간, 어떤 영혼의 통증도 감지하지 못하는 그런 풍경이다. 이
무의미하고 무기력한 일상의 자리에서 이 시의 화자는 "사람 살려!"
라는 외마디 비명을 돌발적으로 토해낸다. 그럼으로써 아직도 시적
자아의 내부에서 살아 있을지 모르는 사랑의 존재를 역설적으로 증

거하는 것이다. 90년대의 황동규의 사랑노래가 '작은 사랑노래'가
아니라 '비린 사랑노래'일 수밖에 없는 이유가 바로 여기에 있는 것
은 아닐까?

그대를 노래에 등장시키지 않으려고
여러 세상을 돌아다녔습니다.
동해에도 가고 남해에도 갔습니다.
해남군 토말에도 갔습니다.
한번은 트럭을 피하려다 차를 탄 채 바로
논 속으로 들어갔습니다.
안경이 벗겨져 차 속에 뒹굴었고
벨트 맨 어깨가 얼얼했을 뿐
정말 아무 일도 없었습니다.
엔진을 막 죽인 상처난 차를
다른 사람들과 함께 서서 구경했습니다.
　　　　　　　　—「더 비린 사랑노래 3」(전집 2권, p. 174)

로미오는 로마 교외에서 펜싱 도장 관장이 되고
줄리엣은 로마 중심 스페인 계단 근처에서
부틱을 열고 있습니다.
조금 비쌌지만 타이 하나를 골랐습니다.
그들 모두 아무도 이제는
소설이나 극 속에 들어가려 하지 않습니다.
고통스런 애인 역보다는
역시 그냥 사는 게 좋겠지요.

정말 좋을까요?

종이 백에 타이를 넣고 나오다 갑자기 되돌아서며,

현기증을 느꼈습니다.

　　　　　　　　—「더욱더 비린 사랑노래 4」(전집 2권, p. 181)

'비린 사랑노래'는 찬란한 연애담이 바래지고 속화되는 그런 시대
의 산물이다. 이런 시대의 사랑노래는 일상적 시간으로부터의 근원
적인 탈주의 꿈과 관련될 수밖에 없다. 극적인 사랑이 더 이상 가능
해 보이지 않는 시대에 시인은 어떻게 다시 사랑노래를 부를 수 있
을까? 그것이 90년대 이후의 황동규의 사랑노래의 밑자리에 자리
잡고 있는 질문이다. 시의 화자는 대개 두 가지 방식으로 사랑의 순
간을 되돌린다. 우선 하나는 그의 수많은 '여행시'들에서 드러나는
바대로 '여행'이라는 이탈의 방식을 통해 일상적 공간에서 찾기 힘
든 영원성과 절대의 순간을 만나려 한다.[6] 「더 비린 사랑노래 3」에
서 "그대를 노래에 등장시키지 않으려고/여러 세상을 돌아다녔습니
다"라는 의미심장한 진술은 '사랑노래'와 '여행시' 사이의 관계를
암시해준다. 그의 사랑노래와 여행시는 모순 관계에 있기보다는 일
정한 상동성을 갖고 있다. 사랑의 순간이 현실로부터 문득 벗어나
극적인 계기를 발견하는 순간이라면, 그것은 여행의 시간과 깊은 연
관성을 맺고 있으며, 사랑노래의 의미론적 궤적은 그의 여행시의 전
개와 상동성을 갖고 있다.[7] 두번째는 일상의 시간 속에서 지극히 사

---

6) 특히 『몰운대행』(1991)과 『미시령 큰바람』(1993)의 세계는 황동규의 극적인 여행시
　　의 한 개화를 보여주고 있다.

7) 황동규에게 있어 여행은 시의 중요한 모티프로 작용하지만, 더욱 문제적인 것은 그
　　것이 일상의 규범을 벗어나 지각의 갱신을 이룩하려는 어떤 '정신적 가출'이라는 점
　　이다. 그리고 그 여행은 초기의 입사적(入社的) 형식과 현실 탐구의 형식으로부터
　　후기의 생체험 속에서 얻어지는 열린 사유를 향한 소요(逍遙)의 형식으로 전환된다
　　(이광호, 「기행의 문법과 시적 진화」, 『위반의 시학』, 문학과지성사, 1993 참조).

소한 우연적 사건 혹은 행위를 통해 현상적 자아의 순간적 이탈을 경험하는 것이다. 「더욱더 비린 사랑노래 4」에서 "비싼 넥타이"를 사는 행위 혹은 "종이 백에 타이를 넣고 나오다 갑자기 되돌아서며,/현기증을 느끼"는 순간 따위가 그런 것이다. 이 현기증의 순간은 일상의 시간 바깥으로 한발 비껴나서 문득 시적 자아의 근원적 정체성을 깨닫게 되는 그런 순간이다. 그런데 이 '여행'과 '현기증'의 순간에는 모두 죽음의 계기가 숨어 있다. 「더 비린 사랑노래 3」에서 화자는 사고를 당하고, 자신의 "상처난 차를/다른 사람들과 함께 서서 구경"한다. 사랑의 순간이란, 죽음에 관한 정화된 의식의 순간처럼 세속적이고 현상적인 자아로부터 근원적인 자아를 대면하는 낯선 시간이다.[8]

『외계인』(1997) 이후에 황동규는 지칠 줄 모르는 시적 활동성을 유지하면서 시의 내부에서 극적인 계기를 부여하는 특유의 작업을 이어가고 있다. 다음과 같은 시는, 여행시와 일상의 시편들과 죽음에 관한 사유가 사랑노래 속에서 삼투되어 있는 흥미로운 장면을 보여준다.

복사꽃 조팝꽃 산벗꽃 싸리꽃
꽃 물결 때문에
길들이 온통 뒤엉켰구나.
그 길에 엉켜 앞뒤 못 보고
아파트 거실의 찌든 살 한 덩이

---

8) 이런 측면에서 황동규의 중요한 시적 성취인 '풍장' 연작이 씌어졌다는 것은 두말할 필요가 없다. '풍장' 연작에서도 여전히 빛을 발하는 극적인 구성은 시를 생의 드라마로 만들고 있다는 점에서 그의 사랑노래의 구성 원리와 연관된다. 삶 속에서 어떤 상징적인 죽음의 계기를 발견하고 그것을 통해 존재의 전환을 이루는 것은 사랑노래 속에서 펼쳐지는 드라마와 다르지 않다.

떠돌지 않고 돌아왔다면
그대를 어찌?

가슴에 주렁주렁 꽃채 매단 큰 재 하나 넘으면
작은 재들 머리에 꽃동이 이고 떠돈다.
처음 보는 재도 낯익은 재 같아
벼랑 가까이 끌려가다 아슬아슬 놓여난다.
발 바로 앞에서 산까치 한 마리 현란히 난다,
벼랑이란 바로 날기 시작하는 곳.
그 날음에 눈 퍼뜩 떠져
벼랑 반보(半步) 앞
살떨림 한번 격하게 격하게 그대 몸 훑지 않았다면
그대를 어찌?   —「그대를 어찌?」(전집 2권, p. 335)

첫째 연에서는 "아파트 거실의 찌든 살 한 덩이"로 묘사되는 일상
적 영역과 "꽃 물결 때문에/길들이 온통 뒤엉"킨 여행의 공간이 마
주하고 있다. 둘째 연에서 화자는 '벼랑'의 순간을 만난다. '벼랑'은
여행의 매혹이 이끄는 어떤 극한적인 지점이다. 그 매혹은 너무나
강렬하여 죽음의 위험마저 도사리고 있다. "벼랑 가까이 끌려가다
아슬아슬 놓여"나는 지점이 바로 그 여행의 한 정점이다. 그런데 화
자는 그 '벼랑'에 "바로 날기 시작하는 곳"이라는 이미지를 부여함
으로써 극적인 의미의 반전을 이룩한다. 물론 그 전환을 가져오게
한 것은 벼랑 앞에서 날아오른 "산까치 한 마리"이다. 그래서 '벼랑'
은 추락의 위험을 숨긴 자리가 아니라 비상의 기점이 된다. 이 순간
에 화자는 "눈 퍼뜩 떠져" "살떨림 한번 격하게" 경험하게 된다. 이
시에서 특히 흥미로운 것은 "그대를 어찌?"라는 교묘한 표현이다.

"그대를 어찌?" 안에는 너무나 많은 진술들이 숨겨져 있기 때문에 그 문장은 독자들의 상상력이 적극적으로 개입되어야만 완성될 수 있다. 그런데 "그대를 어찌?"라는 표현 때문에 이 시는 '일상/여행'과 '추락/비상'에 관한 시이면서도, 동시에 어떤 연애시적 정감으로 감싸이게 된다. 바로 이것이 이 시의 진술에 생기 있는 대화성을 부여하는 장치이다.

내 그대에게 해주려는 것은
꽃꽂이도
벽에 그림 달기도 아니고
사랑 얘기 같은 건
더더욱 아니고
그대 모르는 새에 해치우는
그냥 설거지일 뿐.
얼굴 붉은 사과 두 알 식탁에 앉혀두고
간장병과 기름병을 치우고
수돗물을 시원스레 틀어놓고
마음보다 더 시원하게,
접시와 컵, 수저와 잔들을
물비누로 하나씩 정갈히 씻는 것.
겨울 비 잠시 그친 틈을 타
바다 쪽을 향해 창 조금 열어놓고,
우리 모르는 새
언덕 새파래지고
우리 모르는 새
노란 유채꽃이 땅의 가슴 언저리 간질이기 시작했음을

118

알아내는 것
겁없이.   —「버클리풍의 사랑노래」

　지극히 단조롭고 일상적인 공간에서 가슴 벅찬 사랑의 사건은 이
제 없는 것처럼 보인다. 그러나 사랑은 늘 사소한 일들 속에서 그 사
소함의 힘으로 존재를 갱신한다. "그대 모르는 새에 해치우는" 설거
지와 "우리 모르는 새" 일어나는 자연의 저 소박하고 그러나 장엄한
변화에 기대어 사랑의 자세를 배우는 것. 그런 범상한 생체험 속에
서 벌어지는 극적인 사랑의 순간들을 시인은 여전히 당신에게 일깨
운다.
　황동규의 시력(詩歷) 40여 년이 보여준 시적 여정은 이렇게 현실
과 일상의 영역에서 사랑의 계기를 발견하고 그 안에 숨어 있는 드
라마를 정교하게 언어화하는 작업이었다. 서정시의 일반적 원형이
연가(戀歌)라는 것은 두말할 여지가 없으며, 김소월 · 한용운의 뛰
어난 서정시로부터 그 정체성을 출발시킨 한국 근대시 역시 사랑노
래 속에서 자신의 문법을 완성해왔다. 황동규의 사랑노래는 이러한
한국 서정시의 연가적 전통 속에 현대성의 호흡을 불어넣는다. 극적
인 요소를 극대화시킴으로써 사랑노래를 하나의 연극적 공간으로
전환하고, 그 안에서 벌어지는 존재의 전환을 드러내는 것이다. 이
것은 시인의 바로 앞 세대에 활동한 김수영 · 김종삼 · 김춘수가 탐
색한 미학적 현대성을 연애시의 맥락으로 재구성하는 작업이었다고
할 수 있다. 또한 그의 시 속에 숨쉬는 사랑의 이중성과 복잡성은 현
대적 삶이 껴안고 있는 깊은 아이러니를 표현하고 있는 것이기도 하
다. 황동규의 시 속에 투명한 낭만적 감성과 모더니스트의 지적 절
제와 경쾌한 실험이 공존하는 것은 이런 문맥에서 가능하였다. 질곡
의 현대사를 여린 육체로 통과한 한국 현대시가, 현실에 대한 탐구

를 포기하지 않으면서 언제나 그 안에 깊은 사랑노래를 간직해올 수 있었던 것은, 이런 작업들이 있었기 때문이다. 그러므로 황동규의 연애시들은 한 시인의 은밀한 사랑노래의 궤적일 뿐만 아니라, 연가를 그 기원으로 삼았던 한국 서정시의 자기 갱신의 전위에서 벌어진 문학사적 사건이었다.   〔1999〕

꽃, 심연 속의 내 손가락
— 정현종 시집 『갈증이며 샘물인』

1. 너는 내 속에서 샘솟는다

시인의 말은 때로 아주 단순하다. 새소리나 나무의 푸른빛이 그토록 단순한 것처럼. 그러나, 그 단순함, 그건 측량할 수 없을 만큼 내밀한 의미를 머금을 수도 있다. 살아 있기 때문이다. 살아 있는 것들로부터 뿜어져 나오는 이미지-말들은 아주 신비롭게 단순하다. 시인의 말은 그렇게 자연의 깊은 단순함을 닮아 있다. 가령, 시인은 이 간명한 한 편의 시를 시집의 표제시로 삼고 있다.

너는 내 속에서 샘솟는다
갈증이며 샘물인
샘물이며 갈증인
너는
내 속에서 샘솟는
갈증이며
샘물인
너는 내 속에서 샘솟는다.　　　　　—「갈증이며 샘물인」전문

두 개의 문장으로 구성된 이 시의 의미 맥락은 두 가지 명제를 반복한다. (반복과 행갈이로 발생하는 리듬을 통해 노래는 탄력을 얻는다.) "너는 갈증이며 샘물이다" "너는 내 속에서 샘솟는다." 이 두 가지 명제는 단순하지만 단순하지 않다. 우선 '너'라는 대상이 '나'에게 갈증과 샘물의 의미를 동시에 가진다는 것. 그건 정현종 특유의 모순 어법을 보여준다. 그런데 '갈증'과 '샘물' 사이의 모순에는 좀더 풍부한 의미의 상호 작용이 발생한다. 이를테면 그의 시「고통의 축제」에서 '고통'과 '축제'라는 모순항의 결합은 실존적인 맥락을 구성한다. 그러나 '갈증'과 '샘물'의 조응은 실존적인 것이며, 동시에 생태적인 것이다. 그 차이야말로 정현종의 초기 시와 최근의 작업들을 구분짓는 경계이기도 하다. 경계? 그러나 그 경계는 분리와 차별의 선이 아니라, 초기 시의 시적 인식을 안으로부터 넘어서는 공간이다. 정현종 시의 생태적인 관심은 초기 시의 실존적 관심의 문학적 감싸기-넘어서기라고 할 만하다. 여기서 '갈증'과 '샘물'은 모두 물이라는 조건에 연관된 상황이다. 왜 '물'인가는 많은 설명이 필요하지 않다. 물은 생명의 근원, 생명이 탄생하는 장소이다. 문제는 '너'라는 대상이 그 결핍과 충족의 이중적 기호라는 것이다. 진부한 표현으로 '너'는 병 주고 약 주는 존재이다. '너'는 '나'의 결핍과 충족의 근거이며 조건이다. 다시 말하면 '너'는 '나'의 생의 생태적 조건이다. '너' 없이는 '나'의 결핍도 충족도 없다.

두번째 명제는 첫번째의 그것보다 더 깊은 이해를 요구한다. "너는 내 속에서 샘솟는다." 이건 무슨 전언인가? 거칠게 해석하여 이것은 주체 중심적 혹은 주관 중심적인 발언이라고 할 수 있을지도 모른다. '너' 역시도 '나'에게 환원된다? 하지만 시인의 전언은 사실 그 반대편에 서 있다. '너'는 '나'의 생의 조건이다. 역으로 '나' 역시 '너'의 조건일 수 있다. 더 나아가서 '너'는 '나'의 존재론적 근거이기 때문에, '너'는 '내' 안으로부터의 '너'이다. '너'가 '나'의 근거라는 것을 '나'는 알아채고 있다. '나'는 '너'를 생태적으로 읽고 있다. 그렇다면 이젠 이 시에서 가장 기본적이면서 어쩌면 중요할 수 있는 이야기를 할 수 있겠다. 시적 화자는 지금 2인칭의 시점을 구사하고 있다. 2인칭의 화법은 서정시 혹은 연애시의 가장 전형적인 담화 형식이다. 그런데 이 익숙한 담화 방식이 왜 새삼스러운가? 우선 그것이 정현종 시의 주된 화법이 아니었다는 것을 지적할 수 있다. 정현종에게 인상적인 2인칭 지향의 시는 『사랑할 시간이 많지 않다』에서의 「너는 누구일까」, 그리고 그 이후에, 『세상의 나무들』에서조차도 「그립다고 말했다」와 「밤하늘에 반짝이는 내 피여」 정도를 발견할 수 있다.

나는 너를 사진 찍고 싶고나
너는 항상 네 빛의 우주 속에
네 빛의 눈으로
만물을 사진 찍어 보여주고 있거니와
(촬영과 현상이 동시에 진행되느니)
나는 오늘 아침
너를 사진 찍고 싶고나
아침 햇빛이여   —「아침 햇빛 1」 부분

그외의 목소리-죽은 목소리와
죽이는 목소리 천지에서
내 귀에는 물밀듯이
너의 목소리가 들렸다
나는 새를 더 잘 날게 하는

너의 목소리
진귀한 은총   ——「너의 목소리」 부분

　두 편의 시에서 살아 있는 자연 존재들은 시인에 의해 2인칭의 지위를 부여받는다. 정현종의 대부분의 시들이 1인칭 지향적이거나 '그것' 지향적이었다는 것을 상기하면, 이러한 시적 변화는 예사롭지 않다. 그것은 시인과 시적 대상과의 관계가 '나-그것'의 관계로부터 보다 직접적인 정서적 교류를 환기시키는 '나-너'의 관계로 변모됨을 보여주는 표지이다. 물론 '나-그것'의 관계 속에서도 시인은 대상에 대해 투사(投射)와 동화(同化)의 방법으로 만난다. 극단적으로 말하면 자연 대상에 대한 동화와 투사는 어떤 의미에서 또 하나의 인간 중심적 미적 장치라고 할 수도 있다. 그러나 2인칭을 부르는 공간에서는 대상의 주관화는 약화되고 '나'와 '너'의 대화적 관계가 부각된다. 대화적 공간의 확장은 단순히 어법의 문제 이상의 의미를 함유한다. 그렇다면 이제 문제는 2인칭의 구체적인 내용이다. 「아침 햇빛 1」에서의 '너'는 물론 "아침 햇빛"이다. '나'는 '너'를 사진 찍고 싶어한다. 아침 햇빛은 모든 사물의 빛 속에서 드러나게 하지만, 그 스스로는 사진 찍힐 수 없는, 다시 말하면 구체적인 형상을 갖지 못한 존재이다. 시의 화자는 그 투명한 부재의 형상을 사진 찍고 싶어한다. 흥미로운 것은 아침 햇빛 자체가 사물을 사진 찍는 존재라는 것이다. 사진 찍는 존재를 사진 찍겠다는 시적 화자의 욕망은 모든 사물을 조명하는 아침 햇빛의 권능에 대한 찬탄을 담고 있다. '너'는 그렇게 형상으로 부재하면서 사물들을 드러나게 하는 환경적 조건이다.
　「너의 목소리」를 보자. 이 경우 '너'의 구체적인 대상은 애매하다. 우선 '너'가 이 시에 등장하는 '새'라고 생각해보자. '새의 목소리는

124

새를 더 잘 날게 한다'는 의미가 성립된다. 새의 목소리는 새의 날갯짓을 더욱 힘차게 한다. 그러나 "죽은 목소리와/죽이는 목소리"와 "너의 목소리"를 대비하는 부분을 확장해서 해석한다면, "너의 목소리"는 새의 목소리이면서 동시에 죽음과 죽임에 맞서는 생명 혹은 '생명권(生命圈)'의 목소리라고 할 수 있다. 그러니까 정현종 시의 '너'는 이 우주 속의 사소한 존재들이면서 동시에 생명들, 생명들의 징후들, 생명의 공간 그 자체이기도 하다. 그것들과 '나-너'의 대화적 관계를 맺는다는 것은 그 존재들과의 우주적 교감에 대한 열망의 표현이다.

> 나무에서 물방울이
> 내 얼굴에 떨어졌다
> 나무가 말을 거는 것이다
> 나는 미소로써 대답하며 지나간다
>
> 말을 거는 것들을 수없이
> 지나쳤지만
> 물방울-말은 처음이다
> 내 미소-물방울도 처음이다   ──「물방울-말」 전문

'너'라는 자연과의 대화적 관계는 위의 시와 같은 장면들을 연출한다. 이때 '나무'는 정현종의 시에서 자주 발견되던 3인칭의 '나무'가 아니라 2인칭화된 '나무'이다. 그 '나무'는 '물방울'이라는 매개를 통해 '나'에게 말을 건넨다. 여기서 '물방울'이라는 이미지에 유념하자. 『세상의 나무들』에서도 「이슬」이라는 시가 등장하는데, 그것은 생명의 순환 원리의 한 고리로서의 우주적 형상을 그 안에 머

금고 있었다. 그에 비하면 이 시에 등장하는 '물방울'은 무척 소박하고 단순하다. 그런데 그 '물방울'은 '나'에게 건네는 '나무'의 말-신호이다. 시인은 이렇게 소통과 교감의 주제를 사물(자연)에 대한 시적 관심의 중심으로 삼고 있다. 그런데 왜 그 말 건넴이 '처음'인가? 우선 그것은 그 소통의 생생함을 도드라지게 하는 수사학적 장치라고 말할 수 있다. 그리고 '말을 거는' 다른 것들과 대비함으로써 '물방울'의 선연한 이미지를 부각시키는 것이기도 하다. 하지만 여기에는 보다 중요한 문제, 그 말 건넴의 시간성에 대한 암시가 포함되어 있다. 그래서 우리는 그 말 건넴이 '처음'일 수밖에 없는 이유를 더 깊게 물어야 한다.

2. 세상은 처음으로 돌아간다

시인은 시간의 주제에 관한 많은 이미지와 진술들을 시집 전체에 흩뿌려놓고 있다.

있었던 자리에 없는 건
無의 심연이다.
슬픔이 깊다.
있을 자리에 없는 건 뭐든
무한 공허,
시간이란 비어 있다는 뜻이다.   ─「일상의 빛」부분

시간은 두려움에 싸여 있다.
시간이란 다름 아니라

126

저지를 일과 저지를 일의 연속
채워진 욕망과 채워야 할 욕망의 그림자이기 때문이다
　　　　　　　　　—「시간은 두려움에 싸여 있다」 부분

　우선 시간이란 "있었던 자리에 없는" 것이며 "저지를 일과 저지를 일의 연속"에 불과하다. 시간은 공허와 공포를 낳는 조건이다. 결국 폐허로 돌아갈 뿐이기 때문에, 시간 위에 쌓아올린 모든 것들은 허망하고 불안할 뿐이다. 이러한 시간의 불안전성과 비실재성을 사유하는 것, 이를테면 "지금 쓰고 있는 이 글자도 내가 발견한 화석이다"(「시간은 두려움에 싸여 있다」)라는 발견, 그러니까 죽음의 연속으로서의 시간에 대한 인식은 깊은 허무를 경험하게 만든다. 우주적 리듬의 시간 단위에서 보면 역사적 시간은 순간순간이 폐허의 연속인 허망하고 비실재적인 시간일 수밖에 없다. 하지만 이러한 시간에 대한 사유는 단지 허무에 기대어 생(生)의 시간을 포기하는 것으로 귀착되지 않는다. 이것은 보다 큰 시간, 보다 근본적인 시간, 장조(長調)의 시간에 대한 인식의 하나의 전제일 뿐이다. 그래서 시인은 보다 근원적인 신성한 시간에 대한 이미지를 펼쳐 보인다. 우선 속도의 주제에 관련된 시들.

　　맑은 공기 향기로운 흙
　　눈 가는 데 산과 하늘,
　　사과꽃 복사꽃
　　아무것도 서두를 게 없고
　　서두르는 것도 없으며
　　(가끔 쌩 달려 지나가는 자동차들은
　　우스꽝스럽구나)

서둘러 말할 것도 없다.

마음은 떡잎과 같다

병든 마음들아 이게 시간이다

시골 아이야.   —「마음은 떡잎」 부분

아주 좁은 그 길을

달팽이는

움직이는 게 보이지 않을 만큼 천천히

그런 천천히는 처음 볼 만큼 천천히

건너가고 있었습니다.

오늘의 성서였습니다.   —「어떤 성서」 부분

　두 편의 시에서 보여주는 속도의 문제는 비교적 단순한 이분법에 근거하고 있는 듯이 보인다. 시적 화자는 "저 자본의 토사물 속에서 허덕이는/삶이라는 이름의 재난"(「가짜 아니면 죽음을!」)의 시간들과 '시골 아이'와 '달팽이'의 시간을 대비시킨다. 그것은 문명의 속도전과 자연 공간의 느림을 선명하게 비교해준다. 시적 화자가 이 두 대립항 가운데 어디에 가치를 부여하고 있는가는 더 말할 필요도 없다. 시적 화자는 그 사이에 '진짜/가짜' '성스러움/속됨'의 가치 개념까지를 포함시키고 있는 것 같다. 하지만 정현종 시에서의 '시간성'의 문제는 단순히 속도의 문제에만 국한되지 않는다. 흥미로운 것은 「어떤 성서」에서 나타나는 "그런 천천히는 처음 볼 만큼 천천히"라는 구절이다. 앞에서 이미 본 것처럼 시인은 '처음'이라는 부사를 즐겨 구사한다. 그러면 다시 묻자. 왜 '처음'인가? 앞에서의 논의의 연장선에서 하나의 대답이 우선 가능하다. 그것은 발견의 순간의 현재성 · 현장성을 부각시키는 부사이다. 그런데 그것뿐인가?

하루 종일 자동차 소리뿐인 데서
사람 소리뿐인 데서
무슨 다른(!) 소리가 들리지 않는가
세상의 새벽이 아닌가
옛날과 시골과 자연이 한꺼번에
넘쳐흘러
동트는 이 마음!
〔……〕
여염집 옆 숲그늘 어디서
목청을 뽑는 수탉이여
이 몸 동트고
세상은 처음으로 돌아간다
푸르는 풋시간이여   —「푸르른 풋시간이여」부분

　시인은 문명의 시간과 자연의 시간의 관계를 '빠름/느림'의 문제
가 아닌 진부하고 때묻은 시간과 "푸르른 풋시간"의 대비로 설정한
다. 그 '풋시간'으로 되돌려주는 매개가 닭의 울음 소리이다. 닭의
울음 소리는 새벽 시간을 깨운다. 그런데 '처음'이라니? 닭은 새벽
마다 우는 것이 아닌가? 그러면 새벽마다 "세상은 처음으로 돌아"가
는 것인가? 이 시의 앞부분에서 화자는 "저 닭은 아무 때나 운다./아
무 때나 새벽이다!"라고 선언한다. 그러니까 자연의 시간은 늘 새롭
게 '처음'으로 돌아가 거듭나는 태초의 시간이다.

　오늘 밤은
　달력에 없다!

달력에 없는 오늘 밤!

(흥분하지 말아야지)

나는 날을 찾았다

(달력이 생긴 이래 잃어버렸던 날들…)

춤추는 무한은 취해 있으니

과거 현재 미래

시간의 일들은 없다   ─「오늘 밤」부분

시간 속에 秘藏되어 있는 태초를

나는 숨쉬며

드나든다.

모든 때의 일 또한

꿈꾸며 반짝이며

깃을 내밀기 시작한다.

시간이란 그리하여

싹이라는 말과 같다.

시간의 胎가 배고 있는 모든

내일의 꽃의 향기를

(폐허는 역사의 짝이거니와)

그때들은 꽃피운다.   ─「대지와 공간의 숨결이여」부분

"달력에 없는 오늘 밤"의 시간은 문명 이래로 "잃어버렸던 날들"을 되돌리는 시간이다. '달력'이란 우주적 시간에 대비되는 역사적·세속적 시간의 단위라고 할 수 있다. 화자는 지금 이 순간 역사적 시간으로부터 이탈한 우주적 순간을 경험한다. 그 우주적 시간은 "과거 현재 미래" 따위의 시간의 구획이 없는 "춤추는 무한"의 공간이다.

"시간 속에 비장(秘藏)되어 있는 태초" 역시 같은 문맥에서 이해된다. 역사적 시간은 '폐허의 시간'이라고 할 수 있지만, 화자가 경험하는 우주적 시간은 '싹'과 '태(胎)'의 시간이다. 태초의 순간인 것처럼 다시 피어나는 시간, 꽃피는 시간이다. 여기서 시인이 경험하고 진술하고 있는 것은 원초적 무시간적 순간, 신성한 시간의 얼굴이다. 그것은 역사적 상황을 조건으로 한 일상적·세속적 시간을 넘어서는 시간이다. 그 시간은 그 근원적인 의미에서 '처음'의 시간이다.

3. 움직이는 건 거룩하다

그런데 시인이 꿈꾸는 우주적 시간 단위인 '무한성'은 시간의 개념이면서 동시에 공간의 개념이다. 왜 그런가?

> 어리고 연하고 해맑은
> 그 공간들은 胎內에 나는 있고
> 나와 공간들은
> 서로가 서로를 낳는다
> 서로 품에 반짝여
> 서로가 서로를 낳는 안팎은
> 가없이 정답다.
> 그 공간들을 드나드는 때를 또한
> 나는 사랑한다
> 들어갈 때와 나갈 때,
> 그 모든 때는 太初와 같다.　　―「대지와 공간의 숨결이여」 부분

화자는 공간을 "서로가 서로를 낳는 안팎"으로 이해한다. 공간은 서로에게 생태적으로 매개되어 있다. 모든 공간들은 다른 공간의 '태'가 된다. 공간을 '태'로 인식하는 이러한 태도야말로 환경론적 사유의 한 깊이를 보여주는 것이다. 이 경우 우주는 중심과 주변으로 나누어지는 것이 아니라 큰 공간들이 작은 공간들을 연쇄적으로 감싸는 구조, 혹은 무수한 중심들이 서로 연계되어 있는 구조를 갖는다. 하나의 공간은 다른 공간의 '태'로서 의미를 가질 때, 그 "공간에 드나드는 때"는 "태초의 시간"과도 같다. 공간들은 "항상 태어날 준비가 되어 있기" 때문이다. 그러므로 이런 우주적 공동체의 관점에서 공간은 시간과 마찬가지로 늘 새롭게 생성되어 다른 공간을 탄생시키는 준비된 공간들이다.

> 움직이는 건
> 거룩하다
> 삶과 죽음이 같이 움직이기 때문이다
> 욕망과 그 그림자-슬픔이
> 같이 움직이기 때문이다
> 바깥은 가이없고
> 안도 가이없다
> 안팎이 같이 움직이며
> 넓어지고 깊어진다   —「몸이 움직인다」 부분

몸 역시 하나의 공간이며 하나의 '태'이다. 또한 몸은 움직이는 공간으로 다른 몸에 관계되어 있다. 몸은 여러 가지 생태적 관계들이 함께 작용하는 지점이다. 그리고 움직이는 몸은 시간성을 살고 있다. 시간 위에 존재하는 몸은 '삶과 죽음'을 함께 살고 있다. 개체로

서의 몸은 유한할 수밖에 없고, 그 유한성이 더 큰 몸의 무한성의 조건이 된다. 몸과 몸들의 관계를 중심에 놓고 사유할 때, 몸에 대한 정신의 전일적 지배에 기초한 주체의 동일성은 무의미해진다. 몸은 "나와 한없이 가까운 내 마음"과 "나에게서 한없이 먼 내 마음"이 동시에 작용하는 공간이다. 이런 몸의 시학에서 보면, 주체의 안과 밖은 구별되지 않는다. 몸은 "안팎이 같이 움직이는" 것으로서의 몸이다. 그래서 모든 살아 있는 몸은 관계 속의 몸이며, 경계가 없는 몸이다. "멀리 멀리 퍼지는 이 몸"(「이 바람결」)이라는 이미지 역시 이런 시적 논리로 가능해진다.

　그러나 시인은 개념과 논리로 말하는 것이 아니라, 이미지와 언술의 전략으로 말한다. 그런 의미에서 정현종 시는 몇 가지의 생태학적·환경론적 명제로 환원될 수 없다. 우리가 정현종의 시집을 읽는 것은 그 안에 돋아나와 있는 생태학적 메시지 그 자체 때문이 아니다. 정현종의 시가 강력한 환경론적 문제 의식에도 불구하고 계몽적 담론과 신비주의적 언사로 경도되지 않는 것은, 역시 그 천진스런 시선의 탄력, 발랄한 어법의 탄력 때문이다. 결국 우리가 경험하는 것은 생명의 탄력을 시의 탄력으로 전환하는 미적 경험이다. 우리는 그의 시에서 환경 운동과 생명 사상의 논리가 아니라, 사소한 생명들의 황홀한 운동의 순간들을 발견한다. 살아 있는 것들로 붐비는 공간의 순결한 감각을 우리는 공유할 수 있으며, 시인의 산문을 빌리자면 그 "느낌의 우주"에서 시인과 함께 노닐 수 있다. 그런 경험의 정점에서 당신은 다음과 같은 강렬한 이미지를 만날 수도 있다.

　　지난봄 또 지지난봄
　　목련이 피어 달 떠오르게 하고
　　달빛은 또 목련을 실신케 하여

그렇게 목을 조이는 봄밤.
한 사내가 이 또한 실신한 손
그 손의 가운뎃손가락을
반쯤 벙근 목련 속으로 슬그머니 넣었습니다.
아무도 없었으나 달빛이 스스로 눈부셨습니다.

—「꽃 深淵」전문

시는 자연의 눈부신 관능을 보여준다. "달빛"과 "목련"의 교감은 존재의 상호 조응이라는 정현종 시의 오랜 주제의 생태학적 변용이다. 시인은 이 장면에 "실신" "목을 조이는" 등의 도취적이고 관능적인 정서를 부여한다. 사물들의 에로스적인 친화의 이미지 역시 정현종 시의 한 특장이다. 이때 시의 관능은 자연의 관능을 닮아 있다. 이 장면에서 시의 무대에는 "한 사내"가 등장한다. 그 사내는 이 눈부신 장면을 홀로 발견한 관찰자이며 동시에 그 도취에 함께 참여하는 일원이 된다. 그 사내의 행위에 의해 이 시는 작은 상징 제의적 서사를 품게 된다. 사내가 "가운뎃손가락을/반쯤 벙근 목련 속으로 슬그머니 넣"는 장면은 외설의 정절을 이룬다. 손가락은 인식의 표지이며 동시에 상징으로서의 성기이다. 손가락은 가리키면서 동시에 삽입한다. 그러면 발견자이며 동시에 참여자인 이 사내의 정체는? 3인칭으로 기술되어 있기는 하지만, 우리는 이 시가 바로 그 사내의 시점에서 기술되고 있다는 것을 알고 있다. 사내는 이 시의 화자의 분신 혹은 대상화된 자아이다. 좀더 비약을 무릅쓴다면 이 사내야말로 자연의 관능을 발견하고 그 안에 참여하는 시인의 실존이다. 그렇다면 이 시를 읽는 당신과 나는? 우리 역시 이 시집 속의 꽃의 심연을 발견한 자이며 동시에 도취된 자였다.　　　　　〔1999〕

너라는 죽음, 혹은 움직이는 부재

─ 김혜순의 시세계

    한국의 여성 시인들이 '여류'라는 이름의 굴레를 끊고 여성적 자
의식과 언술에 대한 탐구를 시작한 것은 그리 오래된 일이 아니다.
대문자의 역사가 언제나 남성의 역사, 권력의 역사였던 것처럼, 한
국 현대 문학사를 통해 여성 문학은 억압과 소외의 현실로부터 자유
롭지 못했다. 선진적인 여성 작가들이 없었던 것은 아니지만, 80년
대 이후에야 여성 시인들은 남성적 질서와 맞설 수 있는 미학적 가
능성을 전면적으로 타진하기 시작했다. 바로 그런 싸움의 한복판에
김혜순의 시가 있었다는 것은 시인에게는 피할 수 없는 저주이자 축
복이었으리라. 그러니까 지난 20여 년의 한국 여성시의 미적 투쟁은
김혜순의 시적 궤적과 나란히, 함께 나아간 것이다.

    김혜순을 비롯한 한국의 여성 시인들이 극복해야 했던 문학 제도
적·문법적 장애는 중층적인 것이었다. 한국의 여성 시인들은 크게
보면 세 가지의 부정적 조건들과 대결해야 했다. 김혜순의 시적 고
투를 이해하기 위해서 이 항목들을 우선 짚어볼 필요가 있다. 우선
하나는 재래적인 서정시의 문법을 전복하는 작업이었다. 이 작업은
이른바 순수한 서정시의 '음풍농월'과 미적 관습이 이 세계의 억압
적 질서를 보존하는 데 기여하고 있는가를 드러내는 일과 맞물려 있
다. 자연 풍경에 인간적 관점과 정서를 부여하는 작업이 사실은 풍

경을 남성적 시선으로 체포하는 작업과 다르지 않다는 것을 보여줄
필요가 있었다. 그런 전통적 문법을 변용한 90년대적인 '신서정'에
관해서도 결국은 같은 코드에서 움직이는 좀더 세련된 화법의 시라
는 관점에서 비판적이지 않을 수 없었다. 그것은 또한 서정시의 주
류 문법으로부터 여성시에 대해 가해지는 '난해하고 상스럽다'는 이
념적 편견과 맞서는 일을 의미했다.

두번째, 이른바 민족·민중 문학 이념이 남성 중심적인 이분법적
언술 체계에 물들어 있다는 것을 보여주는 싸움이 필요했다. 이념적
유토피아를 상정하는 대항 문학 담론이 사실은 지배 체제와 같은 방
식의 폭력적인 권력 지향적 담론 체계라는 것을 보여주어야 했다.
그리고 이들로부터 제기되는 요구들, 이를테면 자질구레한 여성적
신변잡기로부터 벗어나 사회와 역사에 관심을 가지라는 명령과 대
결하는 작업이 요구되었다. 사실 이 명령은 한국 현대 문학 100년,
아니 그 이전 봉건 시대 이후 한국 문학의 주류 이데올로기를 형성
해온 것이었다. 이런 거대 담론 지향적인 문학 이념이 어떻게 문학
의 상대적인 자율성을 억압하고 여성 문학을 주변화해왔는지를 비
판하는 작업이 요청되었다.

세번째, 여성 문학 내부의 자해적인 요소들을 걸러내는 작업이다.
이 싸움은 복잡한 양상을 띠고 있기 때문에, 그 전선을 바로 인식하
는 것이 어려울 수밖에 없다. 그것들은 이를테면 페미니즘이라는 어
사를 등에 업고 창궐하는 페미니즘 상업주의와, 권력 지향적인 형태
에 접근하고 있는 슬로건화된 여성 저널리즘의 부정적 양상들이다.
물론 페미니즘이라는 용어 안에 동거하고 있는 수많은 이질적인 입
장과 이론들을 생각해보면, 이런 혼란은 어쩌면 자연스럽고 필요한
것일 수도 있다. 그러나 문제는 이런 여성 담론들이 여성적 언술을
개척하기보다는 페미니즘 이데올로기를 상품화·토픽화하는 데 더

적극적이라는 점이다. 그것은 결국 여성 문학의 전복적 에너지를 약화시킬 수밖에 없다.

　김혜순은 이와 같은 여러 층위의 싸움을 계몽적 차원이 아닌 시적 육체를 통해 밀고 나간 시인으로 평가될 수 있다. 김혜순의 시는 한국의 여성 문학이 남성적 담론 질서와 관습적 장르의 억압으로부터 어떻게 자신의 언술을 개척해 나가는가를 보여주는 매우 문제적인 사례이다. 김혜순의 시가 어떤 궤적을 통해 이 지난한 싸움을 전개해왔는지를 짧은 지면에서 정리한다는 것은 불가능한 일이다. 시인은 이미 6권의 시집을 상재한 바 있다. 나는 단지 몇 편의 시를 통해 그 궤적의 마디들을 성글게 이어가고자 한다.

　　눈물 한 방울 들고 가는 여자 있어.
　　눈물 한 방울 들고 세상을 지우며,
　　지우며 가는 여자 하나 있어.
　　눈물 한 방울 들고 제 얼굴도 지우며 가는
　　여자가 하나 있어.

　　절름발이 여자가 간다.
　　부러진 다리에서
　　부러진 다리를 꺼내며, 꺼내며
　　여자가 하나 걸어간다

　　울음아, 네가 끌고 가는 여자가 있어.
　　그 여자 끌어올리는 뜨거운 리듬이 있어
　　리듬이 지우며,
　　지우며 가는 세상이 하나 흐리어 있어.
　　　　　　　　―「리듬」 전문(『또 다른 별에서』, 1981)

김혜순의 초기 시 속에서 여성적 상상력과 문법은 선명한 형태로 감지되지 않는다. 다만 원형적 이미지와 리듬에 관한 편향은 두드러져 있다. 그러나 몇 가지 점에서 그것은 재래적인 시문법과 차별화되어 있다. 우선 시인은 시적 대상을 객관적 풍경이나 어떤 관념으로 파악하는 것을 거부한다. 이 시 속의 여자는 객관적인 관찰의 대상으로서의 여자도 아니며, 전통적인 서정시 속에 등장하는 상투적인 이미지로서의 여자도 아니다. 시인은 그 대상을 자신의 독특한 상상적 영역 안에서 뒤틀어 새롭게 지각한다. 물론 "눈물 한 방울 들고 가는 여자"라는 이미지가 재래적인 서정시 속의 수동적인 여성상을 떠올리게 할 수 있다. 그러나 "세상을 지우며," "제 얼굴도 지우며 가는" 여자는 이미 '한'이라는 전통적 정서 속에 갇혀 있는 여자가 아니다. 더구나 그 여자는 '절름발이'이다. 이 불구성은 수동적인 의미의 불구성이 아니라, 적극적인 의미의 불구성이다. 그것은 우선 훼손되고 왜곡된 여성성의 자리를 말해준다. 동시에 그것은 그 절름발이가 일종의 싸움의 전략인 것을 암시한다. "부러진 다리에서/부러진 다리를 꺼내며, 꺼내며" 여자는 가고 있기 때문이다. 그러니까 "그 여자 끌어올리는 뜨거운 리듬" 혹은 "울음"은 여자를 주저앉히는 것이 아니라, 세상을 지우며 나아가게 만드는 실존적 조건이자 무기이다.

죽으면 모두 쳐들어온다
일생 동안 먹었던 밥들이
일생 동안 뱉었던 말들이
일생 동안 누었던 똥들이
일생 동안 마셨던 물들이
모두 쳐들어온다

몸 속으로 다시 되돌아온다

되돌아와서는

창자에서

목구멍까지 차곡차곡 쌓인다

그리하여 이윽고 나는

저 바위보다 더 무거운

전 세계를 내 몸 속에

담아들고

저 세상으로 빠져들어간다

　　　　—「전 세계보다 무거운 시체」 전문(『어느 별의 지옥』, 1988)

　김혜순의 시는 80년대 후반으로 오면서 현실에 대한 예각화된 자의식을 통해 죽음과 몸에 관한 사유를 심화시키고 있다. 80년대를 통해 죽음은 대개 '광주'로 상징되는 정치적 죽음이거나 혹은 그 죽임에 대항하는 신성한 죽음이었다. 그리고 다른 한편으로 환경론적 문제 의식을 동반한 생태학적 죽음에 관한 관심이 고조되고 있었다. 그러나 김혜순의 죽음은 정치적인 죽음도 생태학적인 죽음도 아니다. 김혜순의 죽음은 우선 존재론적 조건으로서의 죽음이다. 이 시 속의 시체는 죽음을 통해 단순히 분해되고 해체되는 것이 아니다. 그 시체는 죽음으로 채워진다. 더 나아가 시체는 "전 세계를 내 몸 속에/담아들고/저 세상으로 빠져들어간다." 이 문장은 여성의 몸이 죽음을 통해 어떻게 세계를 껴안고 세계를 낳는지를 보여준다. 김혜순에게 있어 죽음은 단순히 없음의 공간이 아니다. 그것은 무언가가 가득 차 있는 가능성의 공간이며, 모든 것을 받아들이는 공간이다. 받아들이면서 그것은 "저 세상"으로 빠져들어간다. 이때 "빠져들어" 가는 것은 능동적 행위인가? 이 불안정한 문장은 그 행위가 능동적인 것이면서 동시에 필연적인 것임을 암시한다. 그 능동적인 측면을 부각시키자면, 죽음의 저 너머로 세계를 이끄는 것은 바로 여성적인 몸이라고 할 수 있다. 여성의 몸이야말로 모든 것을 채울 수 있는 부재의 공간, 죽음을 살아 있게 하는, 죽음으로써 살게 만드는 것이기 때문이다.

　　미궁의 유리문들이 점점 늘어난다. 길 위에 길이 세워지고, 물길 아래 물길이 세워진다. 너는 늘 떠나지만 멀리 가지 못하고 늘 제자리로 돌아온다. 새로운 길을 개척해보려 하지만, 늘 역시 그 자리로 돌아오고야 만다. 벙어리 네 그림자는 말하리라. 땅바닥에 누워 네 바짓가랑이를 잡고 늘어져서 말하리라. 이 길로 가서는 안 돼요. 그림자 언제나 길은 틀렸어요 말한다. 날마다 복선이 증가한다. 유리벽에 뭘 새길 수 있단 말인가. 그러나 너는 유리벽에 매달려 뭔가 새기려 하고 있구나. 꿈속에 있으면서 꿈속에 전령을 보내려고, 헛되이 허공 중에 고운 얼굴을 새기고 있구나. 미로는 날마다 골목 끝에 유리문을 세운다. 이 몸을 깨뜨리고 어떻게 밖으로 나가지? 내 몸 밖에서 누가 나를 아직도 부르고 있는데……　　─「서울」 부분(『나의 우파니샤드, 서울』, 1994)

90년대의 김혜순은 독특한 몸의 시학을 통해 안과 밖이 구분되지 않는 부풀린 몸집의 현실을 그려낸다. 이제 공간에 관한 시인의 상상력은 한층 폭넓은 시적 설계도를 갖추게 되었다. 김혜순의 몸의 상상력의 독특함은 그가 생태학적 논리에 기대지 않은 채 경험 세계의 구체적인 시간과 공간 안에서 몸의 현실을 묘사하는 데 있다. '서울'이라는 공간에 대한 김혜순의 시적 묘사에는 그로테스크한 죽음의 세계와 묵시록적 징후와 폭발적인 관능의 세계가 뒤섞여 있다.
　　이 시에서 서울이라는 공간은 유리문으로 구성된 미궁의 공간으로 묘사된다. 유리는 투명함을 그 기본적 성격으로 하지만, 그것은 또한 단절과 소외의 공간을 설정하는 이미지이다. 시인은 "욕망의 총체"인 서울의 현실을 유리문으로 이루어진 닫혀 있는 비대한 몸의 공간으로 표상한다. 미궁 안의 방들은 열려 있으면서 닫혀 있고, 입구가 출구이고 출구가 입구인 공간이다. 그 공간에서는 바깥은 존재하지 않는다. 출구가 없는 공간 속의 사람들은 "설탕병에 빠진 개미" "실뭉치 속의 파리"처럼 비대한 서울의 몸 안에 갇혀 있을 수밖에 없다. 김혜순에게 독특한 것은 그 미궁의 세계를 몸의 확장과 중첩이 만들어내는 세계로 보는 데 있다. 그 미궁의 세계는 '나'의 몸 안의 세계의 확장일 뿐이다. 그래서 서울의 공간은 내 몸의 공간이며, 세계의 부정성은 내 몸의 부정성이다. 그에게 있어 몸의 현실은 안과 밖, 나와 너, 주체와 대상, 꿈과 현실이 구별되지 않는 공간이다.

그런데 마지막 "내 몸 밖에서 누가 나를 아직도 부르고 있는데……"라는 진술은 어떻게 해석될 수 있을까? 그것은 바깥으로의 꿈이 불가능하다는 것을 넘어서(나는 그 이전에 이 시에 대해 그렇게 해석한 적이 있다), 서울의 몸 저 바깥을 응시하는 여성적 자아의 목소리라고 할 수 있다. 이때 바깥은 물론 미궁 안에 숨어 있는 바깥들과 다른 차원의 바깥이며, 미궁 전체를 죽음으로 떠메고 갈 수 있는 낯선 공간으로서의 바깥이다.

　　검은 봉투 속에 밀봉된 채 악몽의 풍경 속을
　　기차를 타고 갔었지요 달아났었지요
　　잘려진 손톱처럼 날카로운 산의 나무들
　　핏빛 파도를 닮은 생리대와
　　사각의 푸른 종이 상자에서 툭툭 틀어지던 희디흰 크리넥스
　　처럼 내려앉은 저녁의 날개 없는 새들

머나먼 레일처럼 도르르 말린 필름

내 몸 속 어딘가에서 송출하는 영화

그 어디에 목숨이 숨어 있는 걸까요

몸부림치고 있었어요 검은 쓰레기 봉투 속에서

다시 태어나려고요 나는 아직 태어나지도 않았던 거예요

검은 쓰레기 봉투 속에서 날벌레의 애벌레들이 확 쏟아지자

흠칫 놀란 청소부들이 한 발짝 물러나고

절대로 섞지 않을 꿈의 냄새가

밤거리를 물들였어요 내 몸 속 어디에 목숨이 숨어 있는 걸까요?

십만 개도 넘는 머리칼들이 콱 움켜쥔

검은 쓰레기 봉투 하나가 밤거리에 서 있었어요

              —「이다지도 질긴, 검은 쓰레기 봉투」 부분

                  (『달력 공장 공장장님 보세요』, 2000)

    김혜순의 시는 초기 시부터 일관되게 개념적 진술보다는 대상에 관한 묘사적 관점에 치중해왔다. 그러나 그 묘사는 객관적인 재현을 지향하는 것으로서의 묘사가 아니다. 김혜순의 묘사는 사물의 구체성에 뿌리박고 있으면서 객관성의 신화에 포섭되지 않는 묘사이다. 사물들은 현실 속에 존재하는 사물들이지만, 또한 그것은 시인의 무의식적 현실 속의 사물이며, 시인의 상상적 모험 속의 사물들이다. 그의 묘사들이 때로 극단적으로 대조되는 사물들을 하나의 형상으로 결합하는 초현실주의적 풍경으로 나타나는 것은 그러한 이유에서다. 시인은 풍경을 묘사하는 자가 아니라, 풍경을 해체하고 그 풍경의 바깥을 응시하는 자이다. 그것은 풍경을 상투적인 관념으로부터 해방시키는 전략이기도 하다. 90년대 후반에 와서 시인은 그 풍경의 바깥, 의미의 바깥을 더욱 분열적인 불협화음의 화법으로 드러내고 있다.

비교적 최근작에 속하는 이 시에서 '내 몸-쓰레기 봉투'는 동류의 존재가 된다. 몸이 쓰레기 봉투에 지나지 않는다는 것은 생태학적 상상력과 노장적 사유에 익숙한 시인들에게 간혹 발견되는 상상이다. 하지만 김혜순의 '내 몸-쓰레기 봉투'는 몇 가지 변별되는 미학적 요소를 함유한다. 우선 그 상상력의 폭이다. 시인은 쓰레기 봉투의 이미지로부터 "양의 배"와 기차를 타고 보는 "악몽의 풍경"과 "도르르 말린 필름" 등을 끌어온다. 이 연상은 의미론적으로 설명되는 것이 아니다. 다만 우리는 '기차'와 '필름' 사이의 이미지의 유사성, 속도와 시간의 이미지를 발견할 수 있을 뿐이다. 그것은 쓰레기 봉투가 공간성에 시간적 의미를 끼워 넣어준다. 그러나 중요한 것은 그 쓰레기 봉투 안에 숨어 있는 "목숨"에 관한 진술일 것이다. 그 안에서 "다시 태어나려는" 시적 화자는 죽음과 악몽의 몸으로부터 생을 이끌어내는 여성적 존재이다.

김혜순의 시 속에 등장하는 기괴한 환상들은 때로 이해받을 수 없는 것으로 치부되기도 한다. 그것은 어떤 개념적인 질서 안에서 만들어진 공간이 아니라, 여성적 무의식 안에서 길어올려진 심리적 현실이 창조한 공간이기 때문이다. 그의 시의 주술적 어법과 여성적인 시점들은 근대적 시문법의 '저 너머'에 있는 것들이다. 김혜순의 시 문법과 시적 응시가 근대 이전 혹은 봉건 이전의 구비적 양식들과 근친의 관계에 있는 것은 어쩌면 필연적인 것이다. 근대적인 문학 규범들이 남성 중심적인 언술이라는 것은 더 말할 필요가 없으며, 봉건 시대의 '규방 문학' 역시 어떤 측면에서 유교적 이데올로기의 그늘에 있는 것이라고 하겠다. 그렇다면 원시적 집단 무의식의 에너지가 고스란히 실려 있는 고대 가요와 무가 등의 구비적 장르 속에서 여성적인 화법의 기원을 찾을 수 있는 것은 자연스러운 것이기도 하다. 그것이 의미의 무게에 짓눌린 문자 문학 이전의 음성 언어의 주술적 에너지와 만나는 지점이다. 주술적 언어의 문법이 의미론적 기호 체계들과 구별되는 근거들은 그 언어가 관념의 매개 없이 사물과 밀착되어 있다는 것, 그리고 대상을 3인칭으로서가 아니라 2인칭으로 받아들이는 세계관에 근거해 있다는 것이다. 김혜순의 시적 언술이 이런 반근대적 문법과 관련되어 있다는 것은 분명하다. 김혜순 시의 우화적 상상력과 독백과 방백의 어법 등으로 표현되는 연극적인 설정, 직선적 시간 구조의 교란 등, 탈중심화·탈구조화의 언술은 이러한 탈근대적 미적 인식과 관련되어 있다. 그러나 그것은 신화 시대로의 복귀를 소망하는 신비주의의 언어가 아니라 일상적 현대성과 치열하게 만나는 새로운 리얼리티의 산물이다.

김혜순 시인에게 있어 여성으로서 시를 쓴다는 것은, 자신의 죽음을 응시하고 그 죽음 너머를 예감하며 시를 쓴다는 것을 의미한다. 그것은 죽음을 은폐하고 죽음을 권력화하는 주류 문법에 대한 저항적 언술이기도 하다. 시인은 죽음을 생리적이고 물리적인 상황으로 설정하지 않고, 그의 시의 가상의 사건이자 공간으로 설정한다. 그 죽음에 관한 일종의 상상적 놀이를 통해 그의 죽음들은 그 물리적 자명성의 무게를 덜고 불확실한 어떤 것이 된다. 죽음을 마주하는 여성성은 정치적·생리적 의미의 여성성이 아니라, 존재론적 의미의 열린 여성성이다. 그 여성성에 '움직이는 부재'라는 명칭을 부여하고 싶은 것은, 그것이 어떤 죽음도 받아들이는 공간이며, 이 구체적 생활 현실 안에서 살아 있는 몸의 이름이기 때문이다. 그리고 그 몸은 죽음을 관통하는 들끓는 몸이고, 동시에, 죽음을 통해 무수한 존재들을 낳는 몸이다. 그 몸은 도처에서 문화적 죽음이 자행되는 오늘, 더욱 참혹하고 그래서 더욱 환할 것이다. 당신은 지금, 그 몸이 자신의 텅 빈 내부를 울려 내보내는 불협화음의 사랑노래를 듣고 있다.

[2000]

다른 생의 시간 속으로
―최정례 시집 『붉은 밭』

　여기 '3분'이라는 시간이 주어진다. 짧고 하찮은 시간일 수 있다. 그 '3분'은 그러나 삶의 어떤 가능성에 관해서도 열려 있는 시간의 틈새이다. 시인은 "3분 동안 못할 일이 뭐야/기습 결혼을 하고/아이를 낳을 수 있지/다리가 끊어지고/백화점이 무너지고/한 나라를 이룰 수도 있지"(「3분 동안」)라고 말한다. '3분'은 단지 물리적인 시간의 단위가 아니라, 예측할 수 없는 사건들을 머금고 있는 징후적 공간이다. 최정례의 시들은 그 '3분'의 틈새에서 씌어진다. 그가 응시하는 '3분'들은 모든 다가올 사건들의 기원이며 징후이다. 그런데 일상적인 공간에서 '3분'들이 늘 드라마틱한 사건을 준비하는 것은 아니다. "먼지 낀 베란다에 널린/양말들, 바지와 잠바들/접힌 채 말라가는/수치와 망각들"이라는 진술은 지리멸렬한 일상 속의 저 진부한 '3분'들을 묘사한다. "접힌 채 말라가는/수치와 망각"으로서의 '3분'은 어떤 극적인 동기도 포함하지 않는 닫힌 시간대이다. 시인은 가장 무의미한 '3분'과 가장 드라마틱한 '3분'들을 함께 펼쳐놓는다. 그 사이에서 생은 어떤 의지와 선택이 가능할까?

　　저것 봐
　　날아가는 돌

겨드랑이에서
재빨리 펼쳐드는 날개를

저 날개 접히기 전에
어서 결혼을 하고
아이를 낳아야지
도장을 찍고
악수를 청하고
한 나라를 이루어야지

비행기가 떨어지고
강물이 갇히기 전에
식탁 위에 모래가 켜로 앉기 전에
찬장 밑에 잠든 바퀴벌레도 깨워야지
서둘러 겨드랑이에
새파란 날개를 달아야지   —「3분 동안」부분

    화자는 마치 이 누추한 일상에 파국이 오기 전에 어떤 의미 있는
일을 도모해야 한다고 권유하는 것처럼 보인다. 그러나 과연 이 시
가 그런 전언을 담고 있는 것일까? "날아가는 돌/겨드랑이에서/재
빨리 펼쳐드는 날개"는 그 '3분'의 가능성을 극대화하는 비유이다.
그런데 그 '3분' 동안의 '날개'는 필연적으로 추락을 예비하고 있다.
날아가는 돌이 허공에 떠 있는 순간은 얼마나 짧은가. 극단적으로
말하면, 그 순간의 날개야말로 추락의 기원이다. 그렇기 때문에 "비
행기가 떨어지고/강물이 갇히기 전에/식탁 위에 모래가 켜로 앉기
전에" 해치워야 하는 "결혼을 하고/아이를 낳"고 "도장을 찍고/악수

146

를 청하고/한 나라를 이루"는 일들은 희망의 기획이 아니다. 그건 "날아가는 돌"이 잠깐 "날개를 펼쳐드는" 허망한 작업에 속한다. 3분의 비상은 추락을 이미 그 안에 품고 있는 기획이다. 여기서 최정례 시의 날카로운 아이러니가 발생한다. 이 시의 화자는 "수치와 망각"으로서의 '3분'을 깨고 파국이 오기 전에 '3분'의 가능성을 최대로 실천하라고 권고하면서, 한편으로는 그 가능성이 또 얼마나 허무한 것인지를 암시한다. 이 중첩되고 불투명한 전언은, 마치 예리한 침묵처럼, 삶의 근원적 모순과 결핍을 파고든다. 그렇다면, 모든 '3분'들이 결국 추락을 준비하는 것이라면, 더 짧은 순간 가령,

>   무너지기 전에 무너져야지 하는
>   죽기 전에 가야지 하는
>   그런 생각이 있었을 거야
>   모래알과 뼈와 피의 세포 속에서
>   순간
>   교란이 있기 전에
>   어둠 속에서 더 아득한 어둠 속으로
>   추락하고자 하는
>
>   그 백분의 일 초 동안
>   뼛가루들은 모래알들은 알갱이들은
>   다 짐작하고 있었을 거야   —「무너지기 전에」 부분

"무너지기 전"의 "백분의 일 초"의 시간은 어떠한가? 이 시는 "내가 곧 무너진다는 사실도 모르고" 있는 '나'와 그 붕괴의 예감을 선취하는 존재를 대비시킨다. 이 대비가 말하는 것은 단지 붕괴의 징

후에 무감각한 자신에 대한 한탄이 아니다. 사물들 속에 내재하는 붕괴와 추락의 의지에 관한 서늘한 성찰이 여기에 동반된다. 추락이라는 사건이 있기 전에, 그 사건에 대한 예감과 의지가 먼저 있다. 추락의 의지는 파국의 징후를 감각하게 만든다. "알갱이들은 알갱이 속의 더 작은 알갱이들은/떨지도 않고 자기 의지대로/추락을 향해 가고 있는 거야"라는 진술에서, 미세한 핵의 존재들 안에 깃들어 있는 추락의 의지는 근본적인 존재의 조건이다. 다른 방식으로 말하면 추락이야말로 이 세계의 기본적인 운행 방식이다. "내가 얼마나 무거운지/깜깜하게 잊고 있는" '나'의 망각은 그 추락의 원리에 관한 무지와 관련된다.

그러면 '3분'의 시간과 "무너지기 전의 백분의 일 초"의 시간은 어떻게 연결되는가? 우선 기본적인 전제 하나. 최정례의 시 속에서의 시간은 물리적 실체가 아니라, 시적 자아가 의식하고 경험하는 내적 사건이다. 시간의 현상학이라는 문맥에서 말한다면, 시간은 다만 그것을 의식하는 자의 몫이다. 시간이란 시간에 관한 자의식이 만드는 실존적 사건이다. 좀더 과감하게 말한다면, 객관적 실재로서의 시간은 존재하지 않는다. 과거는 이미 사라졌고, 미래는 보이지 않으며, 현재는 매 순간 저만치 미끄러져 달아나버린다. 다만 기억이나 예감이라는 정신적 체험만이 시간의 시간성을 매만지게 해준다. 실재하지 않는 것을 경험하는 일로서의 시간에 관한 체험은 삶의 아이러니에 관한 체험과 일치한다. 최정례는 시간의 파편들을 통해 생의 모순에 관한 실감을 구체화한다. 그러나 그것은 어떤 시간의 객관적인 실재를 만나는 일을 의미하는 것은 아니다. 시인은 차라리 그 체험의 조각들을 재구성함으로써 다른 생의 시간에 닿으려 한다. '3분'과 '백분의 일 초'는 그런 시간의 파편들을 체험하는 삶의 한 틈새이다. 그 틈새에서 시간의 자의식은 자기에게 묻은 생의 얼룩을 응시한다.

열 살짜리 여자애가 제재소 앞을 지나
주전자를 들고 간다
막걸리를 받아오라는 심부름을 가고 있다
햇빛이 아찔하게 길바닥에 쏟아붓고

방충망 밖으로 여자애가 아른댄다
여자애의 치마가 나풀대고 있다   —「바람결에」 부분

그녀는 지독하게 목이 마르다
우물 바닥에 한없이 가라앉는다
일어설 수가 없다
한때 배꽃이었고 종달새였다가 풀잎이었기에
그녀는 이제 늙은 여자다
징그러운
추악하기에 아름다운
늙은 주머니다   —「늙은 여자」 부분

"열 살짜리 여자애"와 "늙은 여자"가 있는 장면은 생의 기원에 관한 전형적인 이미지들을 제공한다. 3인칭의 건조한 어조로 표현된 이 이미지들 안에는 생에 관한 기억과 예견의 발견술이 포함된다. 여기의 두 존재는 남루한 세월의 무게를 감당하는 이미지들이다. "열 살짜리 여자애"가 있는 풍경은 사실적인 묘사로 시작된다. 함축적인 화자로서의 관찰자는 그 풍경 안의 "방충망"에 매달린 "곤충의 알"까지를 부각시킨다. 이 미세한 묘사를 뒤이어 화자는 "제재소는 없다/ 주전자를 들고 간 아이는/돌아오지 않고 있다"고 진술한다. 화자는

빛바랜 풍경 안으로 우리를 끌어들인 뒤, 그 풍경 안의 한 구석진 곳을 초점화하고, 다시 그 풍경을 무화시킨다. '돌아오지 않는 여자애'는 결코 현재로 귀환하지 않는 기억의 시간을 보여준다. "늙은 여자"는 그 "여자애"의 반대편에 서 있는 것처럼 보인다. 이 시의 화자 역시 늙은 여자의 이미지를 시간의 원리로 설명하려 한다. "한때 연애를 하고/배꽃처럼 웃었기 때문에/더듬거리는/늙은 여자가 되었다"는 명제와 "무너지는 지팡이가 되어/손을 덜덜 떨기 때문에/그녀는 한때 소녀였다"는 명제는 동궤의 것이다. 이 단순한 시간의 명제는 그러나, 삶의 거부할 수 없는 진실에 육박한다. 과거가 현재의 기원인 것처럼, 현재 역시 과거의 기원이다. "늙은 여자"의 이미지는 시간의 아픈 실감을 구체화하는 존재이다. "징그러운/추악하기에 아름다운" 것은 "늙은 여자"가 아니라 오히려, 시간의 주름 그 자체이다.

　　저 티끌을 지나서 왔구나
　　저 벌레를 지나서
　　한없이 지나서 왔구나

　　업은 아이를 내려놓고
　　순두부를 시켜 먹는 동안
　　훌쩍거리며 코를 훔치는 동안
　　아이는 끽끽거리며
　　바닥을 기어다니고

　　너의 나이 나의 나이
　　저 티끌에서부터의
　　나이를 셀 수가 없구나　　　　　　　—「보푸라기들」 부분

'나이'는 생에 관한 시간의 마디이다. 앞의 논리의 연장에서 말한다면, 나이란 생의 시간에 관한 자의식이 설정한 단위들이다. 우리는, 나이에 관한 어떤 자의식도 없이 스스로의 나이를 호명할 수 없다. 이런 맥락에서 모든 나이는 근본적으로 지독한 나이이며, 불편한 나이이며, 불길한 나이이다. 그 나이에는 "티끌"과 "벌레"의 시간들을 통과한 생의 기록이 포함되어 있다. "순두부를 시켜 먹는 동안," 그 구차한 일상의 순간들이 지나가는 동안, 그 '동안'들이 '나이'를 만든다. 이 시는 후반부에 가서 "검은 옷에 악착같이 따라다니는/보푸라기"를 부각시킨다. 왜 하필 '검은 옷'이고 '보푸라기'일까? '보푸라기'는 세월의 흔적을 보여준다는 측면에서 '티끌'과 '먼지'의 연장에 있는 이미지이다. 그 이미지들이 구별될 수 있다면, '티끌'과 '먼지'들이 외부로부터 오는 것이라면, '보푸라기'는 스스로의 표면에서 발생하는 시간의 흔적이다. 그것이 "악착같이 따라다닌다"는 것은 그 흔적들로부터 자유로울 수 없는 현재를 보여준다. '검은 옷'이 암시하는 죽음의 분위기는 그 '보푸라기'들이 어디까지 따라올 것인지를 말해준다. '보푸라기'를 '구렁텅이'와 동일시하는 화자의 진술은, 그래서 흔적들과 그 흔적들이 만드는 위태로운 '구렁텅이'로서의 생의 조건을 드러낸다.

최정례의 시는 시간을 기억하는 시들이 아니다. 시간에 관한 기억의 재현은, 시간에 어떤 통일되고 일관된 인과성을 부여하는 서사적 작업을 동반한다. 그러나 시인은 반대로 그 시간의 균열을 파고들어 그 파편들을 호명해낸다. 그 안에서 시간의 경험은 낯설고, 이질적이며, 조각나 있고, 불분명하다. 이렇게, 시간의 일관된 질서를 구축하는 것 대신에, 그 찢긴 조각들을 노래하는 것은 무슨 의미가 있을까? 시인은 매끈한 시간의 질서 뒤의 시간의 주름과 구릉들을 언어화한다. 그의 시행들 사이의 단절과 한숨은 그 시간의 균열을 닮아 있다. 시는 그런 균열 안에 머물면서 삶의 근본적인 불우를 경험하도록 만든다. 그의 불투명한 전언과 어두운 침묵은 이런 생의 모순을 어루만지는 문법이다. 그런 시간 경험의 끝 간 데서 시간에 관한 자의식은 드디어 무시간성의 공간과 만난다. 어떤 시간성도 개입하지 못하는 절대적인 공간에서의 "처음도 없고 끝도 없고//푸른 흔들림"은 생의 유한성을 눈부신 영원성의 자리로 교체한다. 그런데 그 자리가 이토록 아름다운 것은, 지워진 시간 때문이 아니다. "한 나무에게 가는 길"과 "한 나무의 아름다움"이 다른 나무의 그것과 만나는 자리, 그 자리에서 시는 한 생의 시간이 다른 생의 시간과 닿는 지극한 신비를 이루어낸다.

한 나무에게 가는 길은
다른 나무에게도 이르게 하니?
마침내
모든 아름다운 나무에 닿게도 하니?

한 나무의 아름다움은
다른 나무의 아름다움과 너무 비슷해

처음도 없고 끝도 없고

푸른 흔들림
너는 잠시
누구의 그림자니?   —「숲」 부분

시인은 「비행기 떴다 비행기 사라졌다」라는 시에서, 미겔 에르난데스의 시를 빌려, "사랑하는 자만이 날 수 있다/그렇지만 누가 그토록 사랑하는가?"라고 묻는다. 최정례의 시는 비상의 욕망과 그 불가능성을 동시에 응시한다. 거기에는 시간의 틈새에서 문득 날아오르는 순간의 관능적 희열과 추락의 예감이 동시에 숨쉬고 있다. 자기 생의 무거움을 망각하는 비상은 절망적이고 기만적인 기획이다. 그렇다 해도, 도대체, 누가 날지 않으려 하겠는가? 나는 이 구절을 "노래하는 자만이 날 수 있다/그렇지만 누가 그토록 간절히 노래하는가?"라고 바꾸려 한다. 최정례의 날개는 이제, 이 시를 읽는 당신의 시간 속으로 스며든다.　　　　　　　　　　　　　　　　〔2001〕

그녀의 시는 오래되었으나
─ 허수경의 오래된 편지

　　그녀가 돌아왔다. 정확하게 말하면 그녀의 시가 돌아왔다. 시는 돌아왔는데, 시인은 돌아오지 않았다. 그러니까 그녀의 시는 그녀의 부재가 드러나는 공간이다. 섣부른 비약이 허락된다면, 나는 이 시집의 제목 '내 영혼은 오래되었으나'를 그녀의 미귀(未歸)에 관한 암시로 읽고 싶다. 왜 시인은 '영혼'이라는 내적 인격을 말하는 것일까? 가령, 그것은 육체의 부재를 넘어서는 간절한 마음의 육화를 통해 그녀가 모국어의 공간에 귀환하고 있음을 의미하는 것이 아닐까? 그렇다면 이 시집은 지금 여기에서의 시인의 부재를 채우는 오래된 기억에 관한 시집이다. 그녀가 앞선 시집의 「공터의 사랑」에서 "몸 얻지 못한 마음의 입술"을 노래했을 때, 이미 이런 사태는 준비된 것이 아닌가? 몸의 미귀와 시의 귀환 사이에서 이 시집의 출간이라는 문학적 사건이 발생한 것이다.

　　어떤 경우, 한 시집 속에 모여 있는 시들은 서로를 비추는 불빛처럼, 시집 속의 다른 시들과의 관계 안에서 의미화될 수 있다. 『내 영혼은 오래되었으나』 속의 시들은 한편 한편의 자기 완결성 못지않게 다른 시들을 향해 움직이고 있다. 그 관계는 이 시집 전체를 하나의 열린 텍스트로 이해하는 시읽기를 통해 드러난다.

　　허수경의 시집은 "나는 다시 노래를 할 수 있어요/어느 날 죽은 이의 결혼식을 보러 갔지요, 라고"라는 문장으로 시작하여 "불안한 맑은 빛/서성이는 이미 물빛이 된/내 어린 지친 얼굴//물빛/빛"이라는 시행들로 끝난다. 시인의 실제 의도와는 관계없이 이 두 시구들 사이에서 이 시집의 언어들이 움직이고 있다고 나는 생각한다. 이 구절들을 시적 자아의 행위로 본다면 이 시집은 죽은 이의 결혼식을 보러 가는 장면으로 시작하여, "불안한 맑은 빛" 그 물빛에 비친 자신의 "어린 지친 얼굴"을 들여다보는 장면으로 끝난다. 두 장면은 모두 어떤 기억에 관련된 것들이라고 우리는 쉽게 추측할 수 있다.

그런데 그 기억은 사실적인 묘사로 채워져 있기보다는 행위의 상징성이 부각되어 있다. '기억의 현상학'이라는 관점에서 말한다면, 이 시집에서 기억은 실제적인 과거의 체험 그 자체가 아니다. 그것은 시적인 문맥에서 추상화되고 변형된 어떤 것이다. 허수경의 미학화된 기억들은 존재의 근저에 웅크린 '진정한 기억'을 찾아가는 기억이다. 그 기억들은 이 세계 속의 사건들과 사물들의 '잉여 의미'를 드러낸다. 그것이 노리는 것은 단지 자기 동일성이나 집단적 원형의 회복 따위가 아니다. 허수경의 기억들은 차라리 실존 속에 어른거리는 '오래된 시간'들을 사유하는 계기이다. 그 '오래된 시간'을 호명함으로써 시인은 삶의 불길함과 불우를 재인식하려 한다.

이 시집의 첫 시는 노래의 시작을 알리고 있다. 허수경의 노래는 다시 시작되었으나, 그러나 그 노래의 첫 가사는 "어느 날 죽은 이의 결혼식을 보러 갔지요, 라고"로 시작될 수밖에 없다. 앞의 시집들을 통해 허수경은 이미 시가 간곡한 노래의 차원이 되는 경지를 보여준 바 있다. 이제 그 노래는 "죽은 이의 결혼식"이라는 자리에서 다시 시작되었다. "죽은 이의 결혼식"이라는 사건의 내용은 아주 어둡고 몽환적인 우화를 포함한다. "신랑은 심장을 도려냈어요/자궁만이 튼튼한 신부는 신랑의 심장 자리에/자신을 밀어넣었습니다." 이 기이하고 그로테스크한 이야기는 이 시집을 관통하는 상상력의 일부이다. 이것은 사랑의 사건을 보다 원초적인 비극적 신화의 공간으로 옮겨놓는다. "신랑의 심장 자리에 신부의 자궁은 먹새우처럼 궁글리고 있었습니다//아직 지상에 있을 때 신랑이/소공동 어느 상가에서 산 반지처럼 먹새우처럼//그렇게 궁글려 있던 신부를 나는 보았지요." 이 사랑의 신화는 비현실적이고 초시간적인 공간을 설정한다. 그런데 화자는 그 신화적 공간을 다시 "소공동 어느 상가"의 구체적이고도 세속적인 기억의 자리로 다시 돌려놓는다. 이런 맥락에서 이 자리는 이를테면 예전의 시「불우한 악기」에서의 "불광동 시외버스 터미널"에서의 "술 취해 비 맞고 섰"는 "초라한 남녀"의 공간과 동궤에 있다. 그러나 다시 노래는 "검정 개울에 햇물풀이 자라나고/술 실은 자전거를 타고 밤이 달을 굴리며 결혼식장으로 오고 있었어요//나는 다시 노래할 수 있어요/어느 날 죽은 이의 결혼식장에서 나는/낮잠에 이끌리듯 누런 술을 마셨노, 라고" 하는 몽환적인 기억의 자리로 돌아간다.

여기서 90년대에 산출된 몇 안 되는 시적 성취의 하나인 『혼자 가는 먼 집』(1992)에서의 기억의 노래와 이번 시집이 보여주는 기억의 노래 사이의 두 가지 문법적 변별점을 발견할 수 있다. 우선 세속적인 기억의 구체성은 옅어지는 대신 신화적인 상상력이 그 공간을 채우고 있다. 그 신화적 상상력은 어떤 원초적인 비극의 자리로 우리를 인도한다. 두번째는 기억의 노래에 대한 '메타적'인 관점이다. 이 시가 "어느 날 죽은 이의 결혼식을 보러 갔지요, 라고"로 시작되어 "낮잠에 이끌리듯 누런 술을 마셨노, 라고"로 끝나는 것, 다시 말하면 '라고'라는 자기 인용으로부터 열리고 닫히는 것은, 이 시의 화자가 자신의 기억과 노래에 대해 어떤 메타적인 '초연성(超然性)'의 경지에 진입했음을 암시한다. 여기에는 기억되는 혹은 기억하려는

156

경험에 대한 '거리'의 의식이 작동하고 있다. 직접적인 정서적 감염력이 압도적이었던 앞의 시집에 비해 이번의 시집이 상대적으로 초연한 신화적 기억을 보여주는 것도 이 때문이다.

이제 이 시집의 마지막 장면을 말해보자. 시 「물빛」의 초반부는 "아주 어린 날/세숫대에/물 떠놓고//물빛하고/논다//어른거린다"로 되어 있다. 물빛에 자신의 얼굴을 비추어보면 장면은 낯익은 상징적 장면이다. 이 장면을 원초적인 나르시시즘의 의미 공간으로 환원하는 것은 그리 중요하지 않다. 물론 물이 '진실성을 입증하는 액체'라는 고전적 명제를 상기할 수 있다. 문제적인 것은 이 시 안에서의 보다 구체화된 물을 보는 행위에 관한 형상적 요소들이다. 우선 '논다'라는 시어를 주목할 수 있다. 화자는 '비춘다'는 표현 대신에 '논다'라는 표현을 선택했기 때문이다. 이것은 이 시에 등장하는 행위가 자기 성찰적인 것이기보다는 유희적인 것에 가깝다는 것을 보여준다. 물론 그 어린 날의 유희를 다시 들여다보는 화자의 태도는 성찰적일 수 있다.

또 하나, 이 시의 주요한 이미지들은 '빛'의 성질을 갖는다. '빛'은 색의 차원을 넘어서 있다. 빛은 이미 그 안에 신성 혹은 종교적 인식의 이미지를 각인시킨다. 그런데 이 시에서는 여러 개의 빛이 존재한다. 각각 한 행으로 처리된 "물빛/날빛/낯빛"은 이 시에서의 빛의 세 가지 층위를 보여준다. '물빛'이 이 시의 기본적인 이미지를 이루는 수면이라는 바탕이라면 '날빛'은 그 시간적·공간적 범주이며, '낯빛'은 그곳에 비추어진 내적 자아의 자기 이미지이다. 이 시가 중반에서 "날아간다 그림자/덮친다 날아가는 그림자 위를/다른 빛 하나가//그리고 물빛/내 낯을 어루는 물빛"으로 진행되는 것은 그 자기 이미지가 어떤 불안과 마주하는 사건을 암시한다. 그러나 그 사건이 '물빛'의 공간을 근본적으로 뒤엎는 것은 아니다. 그러므로 "불

안한 맑은 빛/서성이는 이미 물빛이 된/내 어린 지친 얼굴//물빛/
빛"으로 이 시가, 다시 말하면 이 시집 전체가 마무리되는 것은, 기
억의 현상학이 기억의 종교적 차원으로 전화하는 과정 위에 이 시집
의 시들이 놓여 있음을 보여준다. 그러나 그것은 어떤 종교적 관념
으로 기억을 환원시키는 것을 의미하는 것이 아니다. "이미 물빛이
된/내 어린 지친 얼굴"은 그 '지친 삶'을 성화(聖化)하면서 동시에
그 종교성을 관념이 아닌 곡진한 실존의 차원으로 되돌린다.

　　장님인 시절 장님의 시절 술 마시는 곳 기웃거리며 술병 깨고 손에
피를 흘리며 여관에서 혼자 잠, 여관 들어선 자리 밑 옛 미나리꽝 맑
은 미나리순이 걸어들어와 저의 손으로 내 이마를 만지다, 아픔은 아
픔을 몰아내고 기쁨은 기쁨을 몰아내고 장님인 시절 장님의 시절은
그렇게 가고……
　　　　　　─「아픔은 아픔을 몰아내고 기쁨은 기쁨을 몰아내지만」 전문

　　간곡한 기계가 있었다 우리 앞에
　　우린 그 기계 앞에 서 있었다
　　기계는 우리를 온 힘으로 찍었다

　　〔……〕

　　머리칼을 잘라 팔던 날
　　우연히 지나가던 사진사가 날 찍었다
　　어느 날 눈송이까지 박힌 사진이 나에게로 왔다
　　　　　　　　─「어느 날 눈송이까지 박힌 사진이」 부분

158

기억에 대한 이 시집의 시들은 '세월이 그렇게 지나갔다'라는 상투적인 명제 위에 그 시간의 육체성을 새겨넣는다. 그 시간들은 "장님인 시절 장님의 시절"이라는 이름을 얻기도 하고, "어느 날 눈송이까지 박힌 사진" 속의 순간을 호명하기도 한다. 이 시간의 육화를 통해 세월은 실존의 궤적을 새삼스럽고도 아픈 실감의 자리로 환기시킨다. 그 궤적 위의 사소한 한순간을 포착했던 사진기를 "간곡한 기계"라고 표현했을 때, 이 기계는 시간의 단면을 붙들어놓고 그 기이한 영원성을 사유하는 시적 자아의 상상적 인식 그 자체이다. 그 "간곡한 기계"를 손에 들고 있는 것은 차라리 시인이다.

　　사랑은 뜻대로 되지 않았으며
　　입술은 사랑의 노래로 헤어졌네
　　과거는 소멸되지 않았으나 우리는 소멸했네

　　오 오 나는 추억을 수치처럼 버리네
　　내 추억에서 나는 공중변소 냄새
　　　　　　　　　—「그날의 사랑은 뜻대로 되지 않았네」 부분

　나, 아무도 기록하지 않을 나, 그러나 영혼을 믿는 나, 기억들이 섬광처럼 사라지는 것을 낡은 늑대 같은 외투를 입고 내 영혼은 멍하게 지켜보리라　　　　　　—「낡은 들개 같은 외투를 입고」 부분

　추억은 이미 여기에 없는 어떤 것들에 가깝다. 그 모든 것을 앗아가는 시간의 폭력성 앞에서 '나'와 '사랑'은 소멸의 운명 앞에 노출되어 있다. '나'는 아무도 기록하지 않으며 '우리'의 사랑은 소멸했다. 추억은 "수치처럼" 버려야 하는 것이 된다. 그 사라지는 것들에

대해 허수경 시의 화자들은 '영혼'을 말한다. '영혼'은 시간을 불우를 넘어서 있는 혹은 그것을 가로지르는 어떤 정신의 눈에 관련되어 있기 때문이다. "과거는 소멸하지 않았으나 우리는 소멸했네"라고 노래할 때, 그 과거는 한 개인의 실존적 시간의 궤적이면서 그 보편적인 의미에서의 깊은 과거이다. 그래서 영혼은 차라리 아주 "오래된 시간"을 사유한다. 그 "오래된 시간"에 이미 삶의 어두운 원리를 자각하는 '예언'이 포함되어 있기 때문이다.

오래된 시간은 얼마나 고요히 우리를 예언했던가 머리에 흰 꽃을 단 여자아이들이 순한 시간 속에서 사라질 것을 오래된 시간은 얼마나 고요히 예언하고 있었던가
　　　　　　　　　　　　—「머리에 흰 꽃을 단 여자아이들은」 부분

이 시집의 신화적인 상상력은 몇 가지 동물 우화를 만들어내고 있다. 이 시집 속의 '토끼'가 등장하는 시들은 이 시집 전체를 통틀어 가장 난해하고 그로테스크한 장면들을 연출해낸다. 그런데 왜 하필 이런 동물일까?

토끼를 불러놓고 저녁을 먹었네
아둔한 내가 마련한 찬을 토끼는 물끄러미 바라본다
오늘 요리는 토끼고기

토끼는 토끼를 먹고 나도 토끼를 먹는다
이건 토끼가 아니야, 토끼고기라니까!
토끼고기를 먹고 있는 토끼는 나와 수준이 똑같다
　　　　　　　　　　　　—「우리들의 저녁식사」 부분

160

토끼가 등장하는 일련의 시들은 이질적이고 돌발적인 상상의 공간을 보여준다. '토끼'는 낯익은 동화적 공간 안의 동물들이다. 시인은 이 동화적인 세계에 죽음과 같은 더욱 극단적인 환상을 개입시킨다. 가장 친근하게 느껴지는 동물을 가장 끔찍한 우화의 주인공으로 만듦으로써 동화적인 세계는 순식간에 기괴한 공간으로 전복된다. 그로 인해 이 동물 우화의 엽기성은 더욱 효과적으로 발휘된다(엽기 토끼!). 이 우화들은 이 세계의 잔혹함과 공허와 불행에 대한 알레고리로 읽을 수 있다. 토끼를 불러 토끼와 함께 토끼고기로 식사를 하는 장면은 "이 세계에 있는 공허한 식사"에 대한 이야기이다. 이 토끼 우화는 동화적 공간에서의 판타지와 교훈의 결합이라는 등식을 뒤집어 이 세계의 공포와 불우와 허무를 더욱 예각적으로 드러내는 계기가 된다. (동화적 세계의 전복이라는 측면에서 이것은 요즈음 인터넷을 떠도는 '엽기토끼'와 동궤의 것이지만, 그것이 유머로 나아가지 않고 공포로 나아간다는 측면에서 구별된다.)

물론 이 시집이 그런 엽기의 공간만으로 짜여진 것은 아니다. 세계의 불우를 감싸안는 청승스러운 모성적 여성성이라는 모티프는 앞의 시집들과 이 시집을 잇는 국면 중의 하나이다.

> 검은 군인들은 건달들과 함께 쪼그리고 앉아 땅바닥에
> 이름을 알 수 없는 여자의 젖가슴을 그리고 그린 젖가슴에
> 얼굴을 대고 묻는다, 나의 어머니, 당신은 왜 더 이상
> 대지가 아닌가
>
> 〔……〕

노을은 그 자리에 그대로 있고
아이의 어머니인 팔려간 처녀들은 다리를 벌리며
태양 아래에 눕네 오 오
붉은 노래여   ─「붉은 노래」 부분

그런데 그 모성성 혹은 여성성의 모티프는 이 시집에서 더욱 훼손
된 장면들을 보여준다. 물론 "나이 어린 어미들이 해변가를 달린다/
물새들이 달리는 어린 어미들을 들어올린다/부풀어오르는 영혼의
어머니"(「부풀어오르는 어머니」)와 같은 아름다운 모성의 이미지가
없는 것은 아니다. 그러나 그것 역시 "영혼의 어머니"라는 관념을
매개로 하고 있다. 이 시집 속의 여자들은 '전쟁'으로 상징되는 폭력
의 시간 속에 던져져 있다. 이 시집 속의 전쟁은 구체적인 상황으로
묘사되기도 하고 우화적인 공간으로 설정되기도 한다. 이 폭력의 공
간 안에서 여성들의 수난은 역사적인 것이며 동시에 신화적인 것이
다. 이를테면 위의 「붉은 노래」가 '성안마을'이라는 고유 지명을 설
정한 것이라면 "얼굴을 가리고 여자들은 언덕으로 도망쳤네/말을 탄
남자들이 여자들을 몰고 마을로 내려오네/울던 여자들이 어디론가
실려가네"(「검은 노래」)와 같은 상황은 다분히 신화적인 것이다. 시
인은 이 폭력과 희생의 신화에 대해 검은색과 붉은색이라는 원색의
이미지를 부여한다. 이 시집 전체를 통틀어 산견되는 검은색은 죽음
과 폭력에 물들어 있으며, 붉은색은 원초적이고 그로테스크한 분위
기를 연출한다. 어둡고 원색적인 색채 이미지들은 사랑과 죽음 그리
고 문명의 폭력성과 인간 존재의 근원적 불행에 관한 은유의 공간을
마련한다. 그러나 이 모든 참혹한 세계를 감싸고 있는 것은 여전히
아버지의 세계마저도 다시 잉태하는 지극한 여성적 영혼이다.

나에게 편지를 썼으나 나는 편지를 받아보지 못하고 내 영혼은 우
는 아이 같은 나를 달랜다 그때 나는 갑자기 나이가 들어 지나간 시간
이 어린 무잎처럼 아리다 그때 내가 기억하고 있던 모든 별들은 기억
을 빠져나가 제 별자리로 올라가고 하늘은 천천히 별자리를 돌린다
—「어느 날 애인들은」부분

    구름은 썩어가는 검은 건물 위에 우연히 멈추고 건물 안에는 오래
된 편지, 저 편지를 아직 아무도 읽지 않았다. 누구도 읽지 않은 편지
위로 구름은 우연히 멈추고 곧 건물은 사라지고 읽지 않은 편지 속에
든 상징도 사라져갈 것이다   —「구름은 우연히 멈추고」부분

이제 이 시집의 앞부분에 등장하는 '받지 못한 편지'와 '읽지 않은
편지'에 관해 말해야 한다. 이 시집의 몇몇 시편들이 연애시의 문법
에 가깝다는 것을 상기한다면 편지의 모티프는 이 시집의 중요한 요
소들 중 하나일 수밖에 없다. "왜 사람들은 사랑할 때와 죽을 때 편
지를 쓰는가/왜 삶보다 사랑은 더 어려운가"(「내 마을 저자에는 주단
집, 포목집, 바느질집이 있고」)라고 노래할 때, 편지는 실존의 전부를
거는 사랑의 근본적인 소통 방식이다. 받지 못한 편지와 읽지 않은
편지는 시간의 폭력 앞에서 그 소통의 좌절된 상황을 의미한다. 물
론 그 불행은 고통을 동반한다. 그 고통을 달래는 것, 그 편지의 "상
징을 잃는" 것은 다시 '영혼'이라 불리는 것이다. 이때 실존적인 혹
은 육체적인 의미로서의 '나'와 영적이고 정신적인 의미로서의 '영
혼'은 하나이면서 둘이다. 이 시집에는 실존의 시간과 그것을 넘어
서는 영혼의 시간이 대응하고 있다. 그것은 폭력과 공허와 고립으로
얼룩진 짐승의 시간 안에서 오래된 영혼을 믿는 어떤 시적-종교적
비전과 관련되어 있다. 그러나 그 영혼의 관념은 단지 종교적 원리

와 이념형의 차원도 아니며 자기 위안을 위해 설정된 감성적 자아도 아니다. 그것은 세속적 세계의 불우와 아픈 실존의 시간을 응시하는 시적 정신에 관련되어 있다. 이 시집에서 '오래된 것'은 단지 낡은 것, 소멸할 것이 아니라, 잔인한 시간의 폭력을 견디는 시적 시간에 관련되어 있다. 그래서 나는 차라리 이 시집 전체를 현실의 시간을 넘어서는 오래된 시간 혹은 그 모국어의 공간을 향해 띄우는 간절한 편지로 읽고자 한다. 그 편지의 한켠에 숨어 있는 다음과 같은 무서운 고독의 이미지는, 숨이 막힌다. 나는 "숨죽여" 그 편지를 다시 읽을 것이다.

숨죽여 기다린다

숨죽여, 이제 너에게마저
내가 너를 기다리고 있다는 기척을 내지 않을 것이다

버림받은 마음으로 흐느끼던 날들이 지나가고

겹겹한 산에
물 흐른다

그 안에 한 사람, 정막처럼 앉아
붉은 텔레비전을 본다   ──「몽골리안 텐트」 전문
                                                              [2001]

164

말달리자, 말달리자
──유하 시집 『천일馬화』

이번에는 경마장이다. 무림과 압구정동과 세운상가를 서성거리
던 유하의 주인공은 이제 구겨진 마권을 손에 쥐고 경마장을 배회
하고 있다. 시인은 그 경마장 연작에 '천일馬화'라는 제목을 붙여
준다. 그런데 왜 경마장인가? 경마장이 무림과 압구정동과 세운상
가의 연장선에 있는 것은 그것들이 모두 불길한 욕망의 무대이기
때문이다. 그곳들은 한 개인의 사소하고 비루한 욕망이 추억의 빛
깔로 물들어 있는 자리이며, 동시에 비판적인 문맥에서의 사회적·
문화적 의미를 함유하는 공간이다. 유하를 통해 이 하위적인 문화
공간들은 새로운 시적 대상이 될 수 있었고, 그것에 매혹되면서 동
시에 그것을 반성하는 화자는 우리 문학사에서 볼 수 없었던 낯선
서정적 자아의 얼굴을 드러냈다. 경마장 역시 욕망과 추억이, 그리
고 매혹과 반성이 뒤섞여 있는 곳이다. "말들의 탐스런 엉덩이, 나
는 저 뿌연 주로에서 압구정동의 스펙터클을 보지요"라는 시의 진
술은 시인 자신의 목소리에 근접해 있다. 그것은 기본적으로 욕망
의 스펙터클을 보여주는 장소이다. 그리고 여기에는 정치적 알레
고리의 해석학이 동반될 수 있다. 그곳은 "묻힌 삶을 꺼내주는 곳"
이고 "마취제와 각성제를 교대로 투입"하는 국가 권력이 용인하는
합법적인 도박장이다.

그런데 다시, 시인은 왜 그 경마장 이야기를 만화의 제목을 빌려 '천일馬화'라고 했을까? 이 지점에서 경마장은 앞의 장소들과 다른 시적 의미 공간으로 뻗어나간다. 우선, 말[馬]과 말[言]의 운명에 대한 사유가 그 하나이다. 유하의 경마장 연작은 단순히 말[馬]에 관한 시들이 아니라, 말[馬]에 관해 말[言]하려는 욕구에 관한 시이다. '천일馬화'라는 제목은 그 두 가지 말의 층위에 대한 시적 성찰을 동반한다. 또 하나는 갬블러의 욕망과 '부진마'의 운명과 관련된 실존적 상징이다. 그것은 불가능한 꿈의 실현을 위해 생(生)을 베팅하는 삶, 궁극적으로는 죽음을 마주한 삶이라는 실존적 주제에 연결되며, '부진마'들은 거세되고 무기력한 남성성이라는 상징과 연결된다.

마사 박물관에 가면 당신은
한때 뚝섬을 주름잡았던 명마의 박제를 만날 수 있다
경주마 이름은 포경선
생전에 그에겐 많은 돈이 걸렸다
물론 사람들이 원하는 건 바람 같은 질주가 아니었다
그는 시간이라는 조롱 속에 갇혀
끝없이 황금 고래에 대한 이야기를 해야만 했다
그는 알고 있었다
오직 죽음만이 이 저주 받은 이야기꾼의 운명을
정지시켜줄 수 있다는 것을,
죽음은 그의 바람대로
그를, 말의 육신을 멈추게 해주었다
이윽고 그의 몸은 방부제로 가득 채워졌다
그리하여 황금 고래에 관한 이야기는

영원히 썩지 않는 박제가 되었다
──「천일馬화── 명마 捕鯨船」전문

　박제가 되어버린 명마 '포경선(捕鯨船)'은 단지 질주를 위한 말이
아니었다. '포경선'은 달려야 하는 말이면서 동시에 "끝없이 황금 고
래에 대한 이야기를 해야만" 하는 "저주 받은 이야기꾼의 운명을"
살았다. 이때 "말의 육신"이란 '말[言]의 육신'이기도 하다. 그러니
까 말[馬]의 신화는 말[言]의 신화로 존재했었다는 것, 죽음은 그
'말[言]의 운명'을 멈추게 했으나, 그 신화를 "영원히 썩지 않는 박
제"로 만들어버렸다는 것을 의미한다. 이 경우 끊임없이 달려야 하
는 말의 운명은 끊임없이 지껄여야 하는 이야기꾼의 운명과 닮아 있
다. 그러므로 '천일馬화'란 끝없이 달려야 하는 말들의 이야기이면서
또한 영원히 이어져야 하는 이야기의 천형적인 속성 그 자체이다.

　마헤라자드가 말했다. 원수진 놈 있거들랑 경마장에 데리고 가라고
　정권 교체가 '코' 차이로 이루어지던 날
　마헤라자드가 말했다. 이 땅의 정치는 不振馬 게임, 便馬들의 운
동회라고
　똥말들의 특징: 각질이 불규칙하다. 지 꼴릴 때 들어온다. 자주 斜
行한다. 달릴 수 있는 한 절대 은퇴하지 않는다.
──「천일馬화── 걸리버 여행기」부분

　'천일馬화'는 정치 풍자적 알레고리로서의 『걸리버 여행기』의 이
야기와 만난다. 『걸리버 여행기』에 나오는 말들이 다스리는 나라에
서는, 말들은 가장 이성적인 존재로 인간들은 가장 야만적인 존재로
되어 있다. 이 전도된 세계는 '경마장'과 다를 바 없는, 혹은 그보다

야만적인 현실에 대한 풍자의 조건이 된다. 이때 등장하는 화자 '마헤라자드'는 '세헤라자드'의 변형이면서 세상 모든 이야기꾼의 입을 대변한다. "이 땅의 정치는 부진마(不振馬) 게임, 변마(便馬)들의 운동회"라고 말하는 다소 직접적인 비판은 이 시를 「무림일기」의 연장선상에 있는 풍자의 공간으로 몰고 가는 듯하다. 유하는 또 다른 시 「천일馬화——마방 탐방」에서 "허창회" "팔공산 빈배" "감자골 산신령" "자갈치 택배" 등 정치인들을 연상시키는 캐릭터들을 등장시켜 현실 정치를 풍자한다. 이것이 담고 있는 것은 물론 현실 정치가 똥말들의 게임과 다를 바 없다는 비판적 인식이다.

그런데 위의 시의 화자가 겨냥하고 있는 것은 단지 현실 정치의 공간만이 아니다. 화자는 자신을 포함한 동시대의 삶 전체에 대한 야유로 나아간다. 화자는 "나는 거세된 똥말이다. 마방의 밥만 축내며 순위의 바닥을 쓸고 있다. 난 질주하고 싶은 게 아니라 산책하고 싶은 것이다. 거세마의 표시는 ↑이다, 하늘만 보란 뜻인가? 시가 나를 건달(乾達)로 만들었다"고 고백한다. 이 고백은 속도전의 척도로 평가되는 세계에서의 "산책"자이며 "건달"인 화자 혹은 시인의 불우를 말해준다. 이때 화자는 세상을 향해 야유하는 자이며, 동시에 자신을 향해 조소하는 자이다. 자신에 대한 야유는 "말의 어머니여, 난 결국 은유를 포기하지 못할 거예요./저 질주하는 말떼들의 더러운 매혹을 끝내 붙잡진 못하리라"라는 또 다른 고백에 담겨진다. 이 고백에는 두 가지 욕망이 포함된다. 우선은 끝내 "은유를 포기" 못 하는 시에 대한 매혹, 그리고 "질주하는 말떼들의 더러운 매혹"이다. 이 두 가지 매혹은 각기 다른 자리에 있는 것으로 보이지만, 그 매혹이 그렇게 다르지 않다라는 반성적 주제가 거기에 숨어 있다. 잘라내어도 다시 자라는 "욕망의 도마뱀 꼬리"라는 문맥에서 저 욕망은 이 욕망과 닮아 있다.

나를 사랑한 자들은 모두 그랬다. 어디 한 군데는 돌이킬 수 없이 망가진 채 표표히 떠나갔다

그러나 나는 알고 있다. 그는 결코 이곳을 떠나지 않으리라는 걸. 세속의 온갖 말들의 후미에서 해찰하는, 불용 처리 직전의 부진한 말들만을 사랑하는 게 그의 업이기에.

그는 말의 고배당만을 노리다 생을 마감할 것이다.

경주는 새로이 시작되고, 욕망은 지연된다. 나의 질주는 반복되고 누군가는 또다시 나를 기다린다. 결승선 전방 어디쯤 후미 그룹을 형성하다 벼락처럼 치고 나오는 짜릿한 나의 모습을.

두두두두두 똥말은 달려간다 천일마화여, 두두두두 마각을 감춘 채 세상의 똥말들은 쉬지 않는다

나의 왕인 고객이시여, 아직은 칼을 거두소서. 내 말은 아직 끝나지 않았답니다.

나는 여전히 후미 탐색 중이니까요. 기다림을 멈추지 마세요. 언젠가는 대박을 안겨드릴 거예요

그럼요, 멋지게 인생을 역전시켜드리겠어요

　　　　　　　　　　　　　　—「천일馬화 — 변마의 독백」 부분

'천일馬화' 연작들의 문법적 특징을 다성적인 연극성이라고 볼 수 있다면, 그 대화성은 이 시에서도 두드러진다. 이 시는 "돈벼락"이라는 이름의 "변마(便馬)"의 독백으로 구성되어 있다. 그 독백은 경주마로서의 자신의 생에 대한 정보를 자기 모멸을 담아 드러낸다. 흥미로운 것은 "추입" 혹은 "후미 탐색"이라는 주행 습성과 경주 평가에 대한 진술이다. 이것은 이미 경주마로서의 힘과 의지를 상실한 말에 대한 대역전의 꿈이 만들어낸 희망적인 평가이다. 이 평가에는

물론 고액 배당을 꿈꾸는 갬블러의 욕망이 개입되어 있다. 이 부진마의 고백은 그를 지켜보는 시인에 대한 진술로 나아가고, 일종의 시점의 역전이 이루어진다. 그 시인이 이 말에 집착하고 베팅하는 것은 다른 사람들이 베팅하지 않는 똥말만이 단 한 번의 벼락 같은 고액 배당을 안겨줄 수 있기 때문이다. 그러니까 시인에게 이 똥말은 그 불가능한 대역전의 욕망을 매개한다. 변마는 그가 이 무모한 베팅을 그만두지 못할 것임을 잘 안다. "경주는 새로이 시작되고, 욕망은 지연되"기 때문에, 그 욕망의 악마적인 순환은 멈추어지지 않는다. 그러므로 그 변마의 "아직 끝나지 않"은 "말"은 실현되지 않을 대역전의 꿈을 미끼로 자신의 "불용 처리"를, 그러니까 죽음을 연기하려는 세헤라자드 혹은 "마헤라자드"의 목소리이다.

> 38전 2착 두 번, 그 완벽한 무능력과 불모성을 난 사랑한다
> 연봉 혹은 연 수득 상금 백만 원도 안 되는 내 머리가
> 꾸띠 클럽, 춤추는 헤로디아 딸들의 접시에 담겨져 오는 걸 보기는 했으나
> 난 괴사된 살점처럼 신경쓰지 않는다 아니, 그 무감각이 절망스럽다
> 파우스트라는 영원한 '실재'여, 난 전문 예언가가 아니므로, 똥말의 기적만을 기다리는 자이므로
> 0.1%의 가능성에 건다, 파우스트여 들어오라, 이번만은, 그래야
> 아리따운 그레트헨을 만날 수 있다
> ……그럴 가치가 있을까, 맘몬의 악령에 업혀 그녀를 만날 가치가 있을까
> ──「천일馬화──프루프록의 연가」 부분

시인은 이 말들의 이야기에 『파우스트』와 엘리엇의 「프루프록의 연가」라는 텍스트들을 겹쳐 놓는다. 『파우스트』를 끌어들이는 것은

그것이 한 '부진마'의 이름이기 때문이다. 그 부진마는 "완벽한 무능력과 불모성"을 상징한다. 이때 '파우스트'는 단지 우연히 그 부진마에게 붙여진 이름이 아닐 수도 있다. 우선 주제적인 측면에서, 괴테의 『파우스트』는 무한한 지식과 권력과 현세적인 쾌락을 성취하고 그 욕망을 충족시킬 수 있는 힘을 얻기 위해 악마에게 영혼을 팔아버린 인간 드라마이다. 이 인간은 자아를 무한대로 확대하기 위해 노력하고 방황하고 구원받는 인물의 전형이 된다. 부진마 '파우스트'의 이미지는, 시인이 인용한 바의 욕망의 끝을 보고 회한에 젖어 독백하는 『파우스트』의 캐릭터와 연결된다. "2착 내에 들어올 가능성 0.1%도 안 되는" 부진마 '파우스트' 역시 자신을 구원할 순수의 원형으로서의 그레트헨을 욕망한다. 그러나 경마장의 공간에서 '파우스트'는 이미 재물의 신인 '맘몬'에게 자신의 영혼을 팔아버린 자이다.

그러면 「프루프록의 연가」는 어떠한가? 엘리엇의 시에는 한 중년 사내의 '내적 독백'을 통해 무기력한 현대적 삶이 묘사되고 있다. 그곳의 삶은 집단적 유대와 종교적 진실이 제거된 지옥의 삶이다. 그곳에서 화자는 자신의 삶의 실체가 결국 '어릿광대'의 그것에 불과하다는 것을 깨닫는다. 엘리엇의 시와 「천일馬화」 사이에는 무기력한 남성의 삶과 그 삶이 상징하는 현대의 불모성이라는 주제가 함께 하고 있다. 특히 시인은 늙어가는 남자의 자조적이고 자기 모멸적인 독백의 부분에서 그 시의 원전의 일부를 차용한다. 그런데 「천일馬화」와 「프루프록의 연가」를 이어주는 또 다른 요소는 그것들의 어조이다. 엘리엇은 서정적인 내적 독백 사이에 비아냥의 어조를 끼워놓는다. 극적인 내적 독백과 풍자적인 어법의 병치와 그로부터 발생하는 긴장감은 「천일馬화」와 「프루프록의 연가」가 만나는 미학적 계기이면서 유하 시의 형식적 현대성의 핵심적인 양상이다.

이토록 많은 사람을 욕망이 파멸시켰으리라 나는 생각지 못했다

끝없이 돌고 도는 원형 트랙, 내 마음의 변마는 변마답게 진짜 斜行을 하고 싶어요

나는 가끔, 무한의 우주 공간 속으로 영영 사라져버린 보이저 1호를 생각한답니다

"서두르세요, 창구를 닫을 시간입니다"

마지막 경주, 불모지(33전 0/3)란 말을 놓고 한 구멍 박아버려요

"서두르세요, 닫을 시간입니다"

박 터진 당신, 義齒 값은 만들어야잖아요. 왜 이리 밀어, 이 씨발년이, 일단 찍어, 찍어, 찍으라잖아, 원래 막판은 이래요, 모두들 뚜껑이 열려 있거든요

"서두르세요, 닫을 시간입니다"

—「천일馬화 — The Waste Land」 부분

시인은 다시 '천일馬화'의 이야기에 「황무지」를 겹쳐 놓는다. 「황무지」의 다성성(多聲性)과 이미지와 이미지들을 병치시키는 콜라주의 기법과 언술의 다채로운 속도감들은 '천일馬화' 연작의 열린 장르적 성격과 만난다. 물론 주제 의식의 공유도 있다. 「황무지」에서의 정신의 불모성과 무의미한 일상 생활과 성, 재생이 없는 죽음 등의 주제들은 경마장이라는 공간을 매개로 표현되는 현대적 삶의 황폐함과 만난다.

특히 흥미로운 것은 위의 인용에서 보이는 것처럼 「황무지」 2부의 '체스놀이' 편에 나오는 대사들을 차용하는 대목이다. 「황무지」에서 이 부분은 체스놀이하는 유한 부인과 그의 남자가 기다리는 노크 소리가, 술집 바텐더가 문닫을 시간을 알리기 위해 카운터를 치는 노

크로 전환되는 장면이다. 이 장면 전환에서 주인공은 하류층의 인물로 바뀌어진다. 유하는 이것을 마지막 경주를 앞두고 마권 발매 창구를 닫는 시간을 알리는 상황으로 바꾸어놓는다. 그 마지막 경주에 출전하는 말의 이름 역시 "황무지"이다. 이 장면에 등장하는 사내들의 거친 말투는 "막판"의 상황에 처한 인간들의 처절한 악다구니를 보여준다. 여기서 이 시의 어조는 앞의 서정적인 어조로부터 완전히 뒤바뀐다. 갑자기 등장하는 "의치(義齒)"에 관한 이야기 역시 「황무지」의 이 장면에 등장하는 "이 해 박으라고 준 돈"의 이야기와 연관되어 있지만, 「황무지」와 연관시키지 않는다 해도 해석은 풍요로울 수 있다. "의치 값"마저 날려버린 "막판"이라는 막다른 상황의 절박함이 두드러지기 때문이다. '천일馬화' 연작의 이러한 특성은 단지 경마장 이야기라는 소재적인 측면에서가 아니라, 다중의 화자에 의한 어조의 연극적 다성성과 진술과 이미지의 병치라는 구조적 특징에 대한 이해를 요구한다. 이런 측면에서 '천일馬화' 연작은, 욕망의 고현학이라는 의미 못지않게, 그 기법의 열린 연극성이라는 측면에서 새로운 시적 현대성의 가능성에 육박한다. 그럼 이제는 단일한 서정적 목소리로 노래하는 유하의 다른 시편들을 살펴보자.

나 폐허의 콜로세움 안에서, 화신극장에 앉아 있는 나를 보았네
화신극장은 내 마음 속에 끈질기게 살고 있네
살아서 그토록 낡은 삶의 형식에 대해 말하고 있네
하지만 까까머리 아이는 지금도 들창코 미녀의 미소에 붙들려 있어
끝내 극장의 어둠 속을 벗어나지 못할 거네

스크린의 환영이, 살아 함성으로 번성하는 콜로세움을 빚어냈듯
무너진 화신극장이 현실의 나를 상영하고 있네

왜 태어나는 아이는 그리 슬퍼 울고
죽은 육체를 빠져나간 영혼은 너무도 편안하게 웃고 있는가
운명은 어쩔 수 없으므로
지금 이 순간 꽃향기에 몸 전체로 붙들려 있는 것을
그래, 누구도 살아서 이 극장의 어둠을 벗어나진 못할 것이네
　　　　　　　　　　　　　　　—「로마 콜로세움 속의 화신극장」 부분

　유하의 여행시편들은 새롭고 신기한 것에 대한 발견의 기록이 아
니라, 추억과 성찰의 진술이다. 화자인 여행자는 지금 로마의 콜로
세움에 있다. 거기서 그가 만나는 것은 콜로세움 그 자체가 아니라
"할리우드 시대극 쿼바디스"이다. 그 할리우드 영화는 화자를 "70년
대의 찌린내와 함께 종로 화신극장에 앉아 있"게 한다. 그 극장에는
"데미트리아스의 들창코 미녀 수잔 헤이워드에 넋잃던/까까머리 아
이 모습 위로 서른 중반을 넘긴/어정쩡한 몰골의 사내가 동시 상영
되고 있"다. 페허의 콜로세움 안에서 화자가 본 것은 이렇게 "화신
극장에 앉아 있는 나"의 기억이다. 타자들의 유적에서 화자는 식민
화된 주체의 기억을 떠올린다. 화신극장의 스크린의 환영과 콜로세
움의 원형 경기장은 스펙터클에 대한 인간의 욕망 위에 건설된 것이
다. 화자의 시적 성찰은 할리우드 제국의 환영에 사로잡힌 한 시절에
대한 추상(追想)과 만난다. 그 추상은 물론 지나간 한 시절에 관한
것이지만, 그 안에는 극장의 환영에서 헤어 나오지 못하는 자기 실존
에 대한 반성적 성찰이 동반된다. "무너진 화신극장이 현실의 나를
상영하고 있네"라는 날카로운 표현에서 드러나는 것처럼, 화자는 그
환영들이 현실을 있게 했으며, 그것이 현실의 일부였다는 것을 깨닫
는다. 생이 그 환영들을 통해 자기 운명을 만들어갔다는 것을.

나를 움직이는 것은 기계가 아니라 인간이다
인간의 중심이 아니라 인간의 아웃사이더이다
아웃사이더의 서정이다
숲으로 난 샛길을 사랑하는 산책가의 몸이다
산책가는 누구를 추월하지 않는다
그러므로 나는 추억보다 느리게 간다
나를 무수히 추월해간 지상의 탈것들이여
어쩌면 목적지란 시간의 종말 아닌가
나의 시간은 무한한 곡선,
은륜의 텅 빈 내부로 물이 고이듯 시간이 머문다
　　　　　　　　　　—「나는 추억보다 느리게 간다」 부분

　　유하의 서정시편들은 현실에 관한 반성적 질문법을 내장한다. '자
전거의 노래를 들어라' 연작들에서 볼 수 있는 것 역시 서정적 목소
리를 반성적 성찰과 매개시키는 특유의 화법이다. 그 화법 안에는
회한이 묻어 있는 고백과 명상적인 잠언이 교차된다. 이 시에는 '천
일馬화' 연작의 말들의 질주와는 반대편에 위치하는 산책과 명상의
시간이 흐른다. 자전거를 타는 자의 "아웃사이더의 서정"과 "산책가
의 몸"은 기계적 동력과 속도가 지배하는 세계에 대한 비판의 문맥
위에 서 있다. "은륜의 텅 빈 내부"를 흐르는 "무한한 곡선"의 시간
은 종말의 목적지를 향해 달리는 직선적 시간과 대비되며, 이는 탈
근대적인 동양적인 사유와 연관된다. 시인은 그 자전거의 시간 안에
서 목표와 속도로부터 자유로운 "길의 선지자"로서의 시인의 이미지
를 조명한다. 그 선지자가 노래하는 가장 아름다운 이미지 중의 하
나는 다음과 같다.

그대는 무진장한 물의 몸이면서
저렇듯 그대에 대한 목마름으로 몸부림을 치듯
나도 나를 끝없이 목말라한다
그리하여 우리는
한시도 벼랑 끝에 서지 않은 적이 없었다   —「폭포」전문

　유하의 시에는 압축과 혼돈의 코드가 동거한다. 그는 침묵과 수다
의 언어를 모두 사용할 줄 아는 시인이다. 그의 시에서 키치적 상상
력이 발동시키는 현란한 말놀이와 삶에 대한 깊은 서정적 침묵을 함
께 만날 수 있다는 것은 우리의 행복이다. 이 시에서 "무진장한 물의
몸"은 스스로에 대한 목마름으로 벼랑에서 추락한다. 이 실존적 갈
증은 근원적으로 존재의 자기 모순에 속한다.
　유하는 시 「천일馬화—1800M 1군 핸디캡 연령 오픈 일반 경주
발주 10분 전 경마 예상가 金馬氏를 만나다」에서 시적 화자의 입을
빌려 "이제 문학도 막판 경주 같지 않아요? 밑천은 떨어져가고 루머
는 번성합니다. 뚜껑은 열리고 엉뚱한 말들이 배당판을 움직이고 있
어요"라고 말한다. 이 말은 나에게는 각별한 안타까움으로 다가온
다. 새로운 문화적 전위의 전망 위에서 문학적 위반을 꿈꾸었던 90
년대 문학의 불온성은 이제 냉소의 대상이 된 것처럼 보인다. 시장
의 지표가 문학성을 대신하고 루머와 스캔들이 문학적 담론으로 행
세하는 사태 앞에 우리는 직면해 있다. 이 사태는 90년대 문학의 성
과들에 대한 자기 모멸적인 부정과 관련되어 있다. 90년대적인 의미
에서의 전위의 한 상징이었던 유하의 새 시집은 이런 맥락에서 저
지리멸렬하고 어처구니없는 소음들을 걸어내는 시적 소음이 될 수
있겠다. 우리는 문학 안으로부터의 창조적 소음을 듣고 싶다.
　그의 많은 선배 시인들이 그러했던 것과는 달리 유하는, 풍자에서

해탈로 혹은 치욕으로부터 자기 연민으로 나아가지 않고, 자기 시의 불온성에 새로운 호흡을 부여해왔다. 그는 풍자를 포기하는 것 대신에 풍자와 서정이 함께 갈 수 있는 미학적 모색을 계속했다. 그의 시는 풍자를 통해 죽음의 현실과 산문의 세계에 접근하며, 맑은 서정성을 통해 사랑의 공간으로 귀환한다. 풍자가 현실의 낙후성과 부정성에 대한 비판적 인식의 소산이라면, 서정성은 존재의 자기 모순을 껴안는 사랑의 문법이다. 이런 이유로 그의 풍자는 냉소의 차원이 되지 않는 창조적 파괴에 이르며, 그의 서정은 상투적인 감상성을 비껴가는 역동적인 욕망의 드라마를 품게 된다. 그리하여 그는 풍자를 통해 풍자를 바꾸어가고, 서정성을 통해 서정성을 지워나가며, 욕망을 통해 욕망을 해방한다. 그래서 유하는 말[馬]달리고, 말[言]달린다. 그것은 이미 변방에 몰린 시를, 그 '변방성의 극점'에서, 죽음의 질서를 전복하는 불온한 사랑의 동력으로 만드는 마술이다.

> 시는 변방으로 귀양 가버린 노래, 그리고 그 변방 중의 변방에 있는
> 나의 말을 나는 사랑한다 이는 결코 자기 위안이 아니다
> 이제 시의 운명은 그 邊方性의 극점에서 완성될 수 있는 것이므로
> ──「천변 풍경」 부분
> 〔2000〕

전자 사막에서의 유목
─ 이원 시집 『야후!의 강물에 천 개의 달이 뜬다』

"잉크 냄새가 밴 조간 신문을 펼치는 대신 새벽에/무향의 인터넷을 가볍게 따닥 클릭"하고, 이메일의 첨부 파일에서 "붉은 장미들이 이슬을 꽃잎에 대롱대롱 매달고/흰 울타리 안에서 피어"난 시들지 않는 꽃다발을 선물 받고, 지도를 클릭하여 "서울에서 출발하는 길 하나를 따라가니 화엄사에/도착"하는 '나'는 혹은 당신은, "그러나 어디에 있는가"? 이 시집에는 이런 질문이 떠돌고 있다. 이것은 새로운 디지털 문화가 삶이 되어버린 세계에서 제기하는 존재의 처소에 관한 질문이다.

이원은 이 실존적인 물음을 문화적이며, 동시에 시적인 물음으로 빚어낸다. 문화적인 삶의 변화된 조건에 관한 탐구는, 우리 시대 문학의 주목할 만한 현대성-현재성의 일부이다. 그리고 그 문화적인 변동의 핵심에 전자적 커뮤니케이션에 관련된 언어적 차원의 변이가 진행되고 있다. 그러니까 이 세계 속에서 "어디에 있는가"라는 물음은, 미디어 혹은 언어적 층위에도 속한다. 여기에는 오늘의 삶에 관한 어떤 반성적 인식이 전제되어 있다. 이러한 문화 상황에 관한 시적 성찰은 다음에서 발견된다.

검색어 나에 대한 검색 결과로

0개의 카테고리와

177개의 사이트가 나타난다

나는 그러나 어디에 있는가

나는 나를 찾아 차례대로 클릭한다

광기 영화 인도 그리고 **나**………**나**누고

……**나**오는…**나**홀로 소송……또**나**(주)…

나누고 싶은 이야기……지구와 **나**…………

따닥 따닥 쌍봉낙타의 발굽 소리가 들린다

오아시스가 가까이 있다

계속해서 나는 클릭한다 고로 나는 존재한다

　　　　　　　──「나는 클릭한다 고로 나는 존재한다」 부분

　인터넷 공간의 검색 엔진 안에서 '나'에 대한 검색의 결과는 황당하다. 그 세계 속에서는 '나'에 관한 "177개의 사이트"가 존재하지만, 그 안에 '나'의 실체는 없다. '나'는 무수히 산포되어 있고 동시에 어디에도 없다. '나'의 부재에는 적어도 두 가지 층위가 포함된다. 우선 그 세계 속에서 정신적·육체적 실체로서의 '나'는 없다. 기호 혹은 검색어로서의 '나'만이 존재한다. 여기서 '나'는 영원히 익명적인 부유물일 뿐이다. 두번째, 검색어로서의 '나'는 지시 대상이 없는 '나'의 순수 시니피앙일 뿐이다. "나홀로"의 '나'와 "나누고"의 '나'는 이 세계에서는 같은 기호일 뿐이다. 여기서 언어는 자율적인 주체가 객체인 대상 세계를 제어하기 위해 사용하는 도구가 아니라, 끊임없이 스스로를 지칭하면서 외부의 지시 대상을 무너뜨리는 분산적인 언어이다.

　주체의 거처가 이렇게 부유하는 기호의 세계 속에 있다는 것은, 인터넷 주소의 성격에서도 확인될 수 있다. 인터넷상의 주소란 그야말로 대지 위에 실재하지 않는 "허공 속의 주소"(「콘센트에 관한 명상」)이기 때문이다. 나아가 디지털 세계 전체가 실존적인 형태를 갖지 않은 헛것들의 그물들이다. 여기에서 개인적 주체란 확정적인 실체성을 갖지 않는 정보적 흐름의 한 잠정적인 지점일 뿐이다. 또 다른 맥락에서 말한다면, 이미 주체는 '사이보그' 연작에서 말해주는 것처럼, "기계들에 기숙하는 나"(「사이보그 1」)이며, 더 나아가 일상적인 삶의 과정이 이미 그 시스템의 일부로서 코드화되고 프로그램되어 있다.

시인은 이런 사태에 '사막'과 '유목'의 이미지를 부여한다. 전자테크놀로지가 만들어낸 디지털의 공간을 불모성의 세계로 인식하는한편, 거기에 하나의 신화적인 장면을 겹쳐 놓는다. 이것은 이 시집의 주제론적 국면을 이루는 '뿌리 없는 존재'에 관한 성찰과 만난다. 그 공간에서는 유목 중인 '나'만이 있다. '나'는 단지 "클릭"을 통해 "한 세계가 무너지고/한 세계가 일어"서는 것을 경험할 뿐이다. 그러므로 "나는 클릭한다 고로 나는 존재한다"라는 명제는, 자신이 마주하는 객체의 세계를 그 세계의 외부에서 명석하게 인식할 수 있다는 데카르트적인 주체와는 전혀 다른 주체의 성격을 암시한다. 그 주체의 성격이란 사이버 내적 존재로서(세계 내적 존재가 아니라) 끊임없이 유목 중인 존재이며, 이때의 존재감이란 클릭의 과정 안에서만 경험될 수 있는 어떤 것이다.

지고 있는 꽃들은 저희들 각각 지상에
내려와야 한다 나는 업데이트된 애기동자꽃을
연다 그러나 애기동자꽃의 서버를 찾을 수 없다는
그곳에서 나는 갑자기 멈추어 선다 막힌 세계
너머에는 광활한 신대륙이 펼쳐지고 있겠지만 창은

금방 벽이 되어 내 앞에 선다
진공 포장되어 장기 보존되고 있는 것이
나일 수도 있다
오래전 저장된 게임이
나일 수도 있다
그러나 나는 정보가 아니어서 의자에 엉덩이를
놓고 허리를 의자의 등받이에 바싹 붙인다
내 몸이 닿아 있는
세계에서는 여전히 땀냄새가 난다
　　　—「나는 검색 사이트 안에 있지 않고 모니터 앞에 있다」 부분

　이 시에서 '나'는, 우선, 사이버 세계의 공간 안에 있다. 그 세계가
여는 '창,' 즉 window의 세계 안에는 "에덴 동산 약속의 땅 모리아
산 갈보리 산/하늘나라 하늘나라 계곡으로 오르는 산책로"가 있다.
그 산책로는 신화적인 세계가 사이버적인 공간으로 현현된 길이다.
그러나 그 세계를 열어주는 '창'은 '벽'일 수도 있다. 여기에는 두 가
지 가능성이 개입되어 있다. 우선 그 창은 주체의 실천적인 의지 못
지않게 기술적인 문제와 관련되어 있다. "서버를 찾을 수 없다"는
메시지는 물론 이런 기술적인 장애의 층위이다. 그러나 여기에는 다
른 '벽'의 의미 차원이 관계되어 있다. 하나의 '창'은 '벽'의 저편을
열어젖히는 통로가 아니라, 다른 세계를 가리는 혹은 덮어씌우는 하
나의 '벽'이다. 사이버 세계에서의 '창'은 그 자체로 이미 '벽'을 포
함하고 있으며, 이 '창/벽,' '창-벽'의 양면성은 윈도 세계의 기본적
인 조건이다. 가령 「콘센트에 관한 명상」에서 "콘센트의 아래에는
열리고 싶은 문인 벽이 있고/콘센트의 위에는 벽이고 싶은 문인 창
이 있다"고 표현할 때에도, 이런 '창/문'의 이중성은 그 날카로운 묘

사를 얻고 있다.

그럼 다시, 앞의 질문으로 되돌아가자. 이 '창/벽'의 세계 안에 '나'는 누구인가? 이 시에서의 '나'는 앞의 시와는 다른 차원에서 문제화된다. "진공 포장되어 장기 보존"된 '나' 혹은 "오래전 저장된 게임"인 '나'는 자료 혹은 정보의 일부에 불과하다. 그런데, 이 순간이 시의 화자는 매우 이질적인 육성을 낸다. '정보로서의 나'를 부정하고 모니터 앞에 앉아 있는 '육체로서의 나'를 묘사하는 것이다. 이 묘사는 이 시집을 통틀어서는 매우 이례적인 것이다. 이 묘사는 사이버 공간의 바깥에서 여전히 땀냄새를 내고 있는 '나'라는 육체적 현실을 환기시킴으로써 사이버 공간으로부터의 육체적 주체의 외재성을 각인시켜준다. 그리고 이런 묘사는 "컴퓨터를 켜자마자 17인치 모니터가 얼굴을 진공청소기처럼 쭉 빨아 당겼다 눈코입이 딸려 들어가고 가죽만 책상의 모서리로 흘러내렸다 미지근한 가죽을 들어 신년 달력 옆에 걸어놓는다"(「자화상」)와 같은 섬뜩한 묘사와 선명하게 비교될 수 있다. 그러나 이 시집에서 '정보로서의 나'와 '육체로서의 나'는 단순히 이분법적으로 대립되고 있는 것은 아니다.

몸 속이 점점 비좁아지고 있어. 십계명을 새긴 돌이 자궁 속을 굴러다니고 있어. 사막을 건너 아버지가 찾아와. 내 몸이 신전이니 죽은 아버지가 새벽마다 기도해. 몸 속은 무덤이 아니야. 방금 네가 날 검색했잖니. 서른 닢의 은전도 받지 않고. 새벽은 아직 멀었는데. 쉬지 않고 아버지를 부정해. 더 이상 신전은 몸 밖에는 없어. 이제 낮과 밤은 몸 속에서 만나고. 낮과 밤은 몸 속에서 헤어지고. 신들은 내 몸을 로터스 꽃처럼 먹고 꾸역꾸역 자라. 몸은 구멍투성이야. 신들의 취미는 피어싱. 구멍은 신들의 수유구. 아니면 주유구. 세상은 구멍이야. 만개하는 몸이야. 열리고 닫히는 몸 ──「몸이 열리고 닫힌다」부분

"웹브라우저를 내장"한 몸은 온갖 정보와 기억과 자연과 신화가 들끓고 있는 장소이다. 여기서 "구멍투성이"의 "만개하는" "열리고 닫히는" 몸은, 물리적인 실체가 아니라 흠과 균열이 많은 불연속적인 어떤 장소이다. 그 장소를 그려내는 시의 언어들은 무의식적인 진술과 묘사로 이루어져 있으며, 그들 사이의 의미론적 인과 관계를 발견하는 것은 쉽지 않은 일이다. 물론 '신'과 '달'과 '아버지' 사이의 의미 연관을 상상적으로 재구성할 수는 있다. 그러나 그물로서 존재하는 몸을 매끈한 어떤 것으로 만드는 것은 큰 의미가 없다. 여기서 몸은 중심을 갖지 않는 거대한 텍스트이며, "구멍투성이"의 몸은 '구멍'으로서의 '세상'과 일종의 환유적인 관계를 구성한다. 그러나 그것은 몸이 단지 세상의 일부라는 것을 의미하는 것이 아니다. 몸이 세상 속에 존재하는 것이 아니라, 몸이 그 자체로 이미 세상의 사건이라는 것. 그리고 세상으로서의 몸은 끊임없는 사건들의 자리이며, 차라리 사건들 그 자체라는 것. 그러므로 그 몸의 바깥은 없다. 그 몸의 조건을 이해하기 위해서는, 이 시집에서 일관되게 등장하는 '사막'과 '유목'의 이미지를 다시 한 번 문제화할 필요가 있다.

> 몸 속에 자동 응답기를 설치하고
> 버튼은 외출로 눌러놓고
>
> 나는 한낮의 햇빛 속으로
> 양을 치러 간다   ──「사막에서 1」 전문

우선 사막의 이미지. 사막은 일반적인 의미에서 방기(放棄)와 황량함 혹은 불모성의 색채를 거느리며, 신화적인 세계 안에서 그곳은

신의 계시가 내려지는 신성한 묵상의 장소이기도 하다. 이러한 사막의 양가적인 이미지, 즉 부정적인 불모성과 신이 현시되는 순수한 신화적 공간이라는 이중성은, 이 시집에서 더욱 복합적인 디지털적 상상력과 만난다. 앞의 시에서 사막은 현대적인 일상의, 삶의 한 비유적 공간이다. 이런 맥락에서 이때의 사막은, 엘리엇이 그의 『황무지』에서 현대적인 삶의 불모성을 사막에 비유한 것과 동궤의 것이다. 그러나 이원의 사막은 단지 정신적·육체적 불모의 상태만을 의미화하는 것은 아니다. 그것은 '자동 응답기'로 상징되는 전자적 커뮤니케이션이 일상과 몸의 일부가 되어버린 세계의 이미지이다. 가령 "지평선은 허공의 먼 앞쪽에 걸려 있다고 전해집니다/이곳에서는 허공을 만질 수는 있어도/서로의 몸이 만져지지는 않습니다"(「사막을 위한 변주」)에서 시인은 '허공'으로서의 '사막'과 디지털 공간의 이미지를 연결시킨다. 그리고 둘째 연의 "한낮의 햇빛" 속에서 "양을 치러 가"는 '나'의 이미지는, 사막이라는 공간의 신화적인 색채를 다시 복원한다. 사막은 지상의 에너지가 아니라 태양의 영역에 속하는 순수한 빛에 노출된 공간이며, 그 공간에서 "양을 치"는 행위는 그 공간에서 상징화된 유목적인 삶의 한 형태이다.

사막의 달은 차고 환해 내가 들여다봐도 내가 나오지 않는 거울이야: 인공 관절을 두 개 박고 병원 문 앞에서 다시 일어서려는 낙타와 그 낙타가 눈 속에 급히 쑤셔 넣은 모래의 허공과 어제의 표지로 뒹구는 뼈와 사막을 뜯어먹는 바람이야: 나도

거울 속으로 밧줄을 늘어뜨려
거울 속으로 낙타를 산 채로 들여보내
거울 속으로 돌을 떨어뜨려

〔……〕

우리들이 저 거울의 모뎀을 공유하고 있지 않다면
우리들의 몸이 쉴 새 없이 두려움의 속에서 끄집어내는 것이
이 세계가 아니라면
이 한밤에 거울이 대용량의 길을 장착했겠니
　　　—「거울 속에서 낙타는 어디까지 갔을까」 부분

　여기서 사막의 상상력은 좀더 난해하다. 이 사막은 '달'과 '거울'
의 이미지와 반응한다. 이 시의 화자는 우선 '달'과 '거울'을 동일시
한다. 이 은유는 두 사물의 형태적인 유사성과 관련되어 있다. 그러
나 여기에는 보다 복합적인 상상적 의미가 개입되어 있다. 달이 생
명의 순환적인 리듬을 표현하는 여성성에 관련되어 있다는 일반적
인 상징성은, 이 시에서 '사막'과 '거울'과 만남으로써 낯선 상상적
국면에 진입한다. 사막이라는 공간에서 연상되는 뜨거운 태양의 빛
은 이 시에서 '달의 사막'이라는 보다 여성적이며 창백하고 무의식
적인 분위기로 대체된다. 여기에 거울의 이미지가 부여된다. 거울은
사물을 반영하는 도구이며 동시에 자기 인식의 매개이다. 이때 거울
과 달은 수동적으로 사물을 반영한다는 속성을 공유한다. 그러나 이
시에서 '달'은 "내가 나오지 않는 거울"이다. 거울은 자기 성찰의 매
개라기보다는 차라리 전도된 이차원(異次元)의 신화적인 공간으로
들어가는 문이다. 그 공간에는 불구와 불모와 죽음의 이미지가 가득
하다. 그리고 그 거울은 '모뎀'이라는 전자적 이미지, 즉 변복조(變
復調)의 전자 장치가 의미하는 바의, 그 다중성과 변조성(變調性)의
성격과 만난다. 그것은 '달'과 '거울'의 세계이면서 동시에 '디지털'
의 공간이다. 여기에서도 다시, 떠도는 디지털 세계는 신화적인 공

간의 상상력과 결합된다.

　　뿌리가 없다는 사실을 인정한 날 밤부터 잠이 오기 시작했다 두 다
리는 뿌리가 아니라는 사실을 길이 확인시켜준 다음날부터 꿈이 찾아
오기 시작했다 꿈의 뿌리는 몸에 있고 몸의 뿌리는 꿈에 있다는 사실
을 다리가 말한 다음날부터 먼 곳이 보이기 시작했다 어디든 갈 수 있
다는 사실이 나다 세계는 푸르거나 검다는 것을 인정한 다음날 아침
신발을 신었다 누가 원하는지 문밖에는 공기가 지천으로 깔려 있다
나는 푸른 세계의 한 부분에도 속해 있다 문을 열어젖히고 밖으로 걸
어나왔다 나는 모래와 길의 세계에도 속해 있다 나는 어디에서도 접
속 가능하다　　　　　　　　　　　　　　　—「실크 로드」 부분

　　이 시집에서 빈번하게 등장하는 '유목'의 이미지는 뿌리 없는 세
계에서의 존재 방식으로 이해될 수 있다. "뿌리가 없다는 사실을 인
정"하는 것은 유목적인 삶의 첫번째 조건이다. 그리고 더 나아가
"꿈의 뿌리는 몸에 있고 몸의 뿌리는 꿈에 있다는 사실"을 인정하는
것이 필요하다. 그런데 중요한 것은, 그 사실을 인정하게 만든 것이
'길'과 '다리'라는 점이다. 정신과 의식이 아니라, 공간과 육체가 그
유목의 조건을 만들어주었다는 것. 이 육체적 깨달음이 탈영토적인
디지털 세계의 삶의 양식과 만나는 것은 이 시집의 상상적 인식이다.
　　이런 '유목'의 이미지는 들뢰즈적인 의미의 유목 개념을 떠올리게
한다. 거친 요약이 허락된다면, 들뢰즈적인 의미의 유목민nomads
은 정착민적 국가 사회에 내재화되기를 거부하고 국가 외부로 탈주
하는 탈근대적인 주체의 성격을 상징적으로 표현한 것이다. 역사적
실존으로서의 유목민은 정착민들과는 달리 아무런 영토적 공간을
갖지 않은 채 국가 사회와의 충돌을 피하면서 자유로운 유목 운동을

해왔다. 들뢰즈는 이런 유목민의 탈영토화 운동에서 탈근대적인 에너지를 의미화했다고 볼 수 있지만, 이원의 시집에서의 '유목'이 이러한 개념과 반드시 일치하는 것은 아니다. 다분히 사회과학적인 상상력이 포함된 들뢰즈의 유목과는 달리, 이원의 유목은 삶의 실존적인 조건과 디지털 세계의 문화적 특성을 신화적인 상상력으로 해석하는 지점에 서 있다. 그 지점에서 '유목'은 실존적 층위와 문화적인 차원과 신화적인 맥락을 동시에 함유하고 있다. 그리하여 이원의 유목은 긍정적이고 역동적인 에너지보다는 어둡고 몽환적이고 성찰적인 색채를 드리우게 된다. 그리고 이 유목적인 삶의 조건에 대한 시적 탐구는, 이원 시의 현대성을 이루는 핵심적인 모티프다.

오아시스 같은 붉은 간판은 허공에 있다

우리는 언제나 조금 더 길을 가야 한다
지도를 내장한 몸은 어둡고 빽빽하다
미터기가 쉴 새 없이 돌아가지만
사내와 여자의 주유량은 어디에도 표시되지 않는다
판독되지 않는 그들의 그림자가 도로로 흘러넘쳤다

밤의 표면은 접시처럼 미끄럽고 불안하다
서울은 텍스트인 사내와 여자를
퓨즈처럼 갈아끼우기 시작한다
밤의 흐린 불 속에
공기가 철근처럼 삐죽삐죽 뽑혀져 있다
—「서울의 밤 그리고 주유소」 부분

이원의 첫 시집에서 드러난 바 있는 특유의 '신표현주의적' 묘사
법이 다시 발견되는 이 시에서, 도시적 현실은 또 한 번 사막적인 공
간으로 해석된다. "지도를 내장한 몸"은 유목적인 삶의 주체가 '의
식'이 아닌 '몸'이라는 것을 상기시켜준다. 이 시에서 보여지는 흥미
로운 상상력은, 그 사내와 여자를 자동차의 존재로 그렸다는 점이
다. 유목적인 몸은, 정주할 수 없는 달리는 기계일 뿐이다. 그런 존
재를 이 시의 화자는 '텍스트'라고 표현한다. 텍스트는, 바르트적인
의미에서, 저자의 의도, 종결적 의미 따위에 얽매이지 않는 언어 구
조, 더 나아가 기호의 무한 유희를 통해 의미를 산출하는 담론 혹은
기호 체계로 볼 수 있다. 그런데 이 시에서의 중요한 문제는, 그 텍
스트의 치명적인 수동성이다. 이 시에서의 행위 주체는 '서울의 밤'
이며, "사내와 여자"는 그것이 "선택"하고 "갈아끼우는" 대상에 불
과하다. 그러므로 이 공간에서 공기를 '철근'과 같은 금속성의 이미
지로 표현한 것은 '서울의 밤'이라는 거대한 전자적인 시스템의 일부
로서 존재하는 사물들에 관한 묘사로 읽을 수 있다.

　　무덤은 크고 둥글고 푸르다
　　가끔 무덤 안에서도 물 흐르는 소리가 들리고
　　책장을 넘기는 소리도 들린다
　　그곳이 입구인지 알고
　　길을 제 몸 속으로 빨아들이며 날아온 새들이
　　발을 내려놓는다

　　새들에게도 지구는 미끄럽고 둥글다
　　　　　　　　　　　　　　—「지구는 미끄럽고 둥글다」 전문

공간에 관한 시인의 예리한 묘사법은 위 시에서도 간명한 표현을 얻는다. 이 시에서의 '지구=무덤'의 비유법은 물론 그 형태적인 유사성에 기대고 있다. 그러나 거기에는 닫힌 죽음의 공간으로서의 지구라는 인식이 자리잡고 있다. 지구 안의 어떤 존재도 그 무덤으로부터 벗어날 수 없기 때문이다. 그러나 이 시에서 빛나는 부분은 "그곳이 입구인지 알고/길을 제 몸 속으로 빨아들이며 날아온 새들이/발을 내려놓는다"와 같은 묘사이다. 이런 묘사법은 사물에 관한 건조한 묘사와 물리적 전복의 표현을 통해, 오히려 그 의미화의 긴장을 체험하게 만드는 장치이다. 가령 "아직도 권력과 지구는 공처럼 둥글고/골목에 담기는 모든 것들의 콘센트가 집이다"(「아이는 공을 두고 갔다」)와 같은 표현 역시 여기에 해당한다.

이런 묘사는 지구 안에서의 삶의 조건에 관한 어두운 성찰을 포함한다. 물론 그 성찰은 단순히 계몽적인 지혜의 영역에 속하는 것이 아니다. 이원에게 있어 시적 성찰은 언제나 묘사적인 긴장감을 포함하고 있다는 측면에서, 개념적인 인식으로 쉽게 단순화되지 않는다. 이원에게 있어 시적 묘사는 장식적이거나 정서적인 층위에 속하지 않으며, 인간적인 의미로 채색된 것도 아니다. 그에게 시적 묘사는 차라리 세계에 대한 상상적인 분석 혹은 분석적인 상상의 방식이다. 이번 시집에 와서 그 건조한 묘사법이 신화와 디지털의 상상력과 결합되는 것은, 그의 문법이 세계에 대한 보다 확대된 시적 인식으로 전환되는 지점을 드러낸다.

가령, 도시적인 거대 공간들을 신화적인 공간으로 비유하고, 다시 거기에 신화적인 서사성을 부여한, 「미로에서 달마를 만나다」 「실크로드」와 같은 시들은 그 인상적인 사례이다. 이 시들에 관해서는 보다 면밀한 분석이 행해져야 하겠지만, 이 시들에서 시적 자아는 거대 도시의 구석구석을 유목하며 그 공간을 탐색한다. 그런데 이 공간 이동은 단절적이고 비선형적이다. 그것은 마치 웹 서핑에서의 정보 공간의 자유로운 이동을 연상시킨다. 여기에서 뿌리 없음의 세계는 단지 관념의 차원이 아니다. 은유적인 묘사에 환유적인 구성을 겹쳐 놓고, 다시 신화적인 서사성을 부여함으로써 의미의 귀결을 부단히 유예하는, 그의 시의 언술 방식 그 자체에서, 주제는 문법적으로 구현되고 있다. 그리고 이런 공간 탐색적인 언술 방식은, 하이퍼텍스트에서의 공간 이동 방식을, 시적 주체의 시선과 행위와 그리고 시적 구성 그 자체에 적용한 사례라고 볼 수 있다. 이는 시간과 공간이 확정되어 있지 않은 세계에서의 유목의 존재태를 암시한다. 그러나 이런 유목을 말하는 이원의 시는 결코 가볍거나 환하지 않다. 이원의 유목은 무겁고도 어두운 유목이다. 이원의 시는 여전히 저 아프고도 끈질긴 문학적 자의식에 물들어 있고, 그 안에서 디지털의 공간을 들여다본다. 이원의 시는 디지털 공간의 한 특성인 탈영토성을 시적으로 실천함으로써, 자기 반성적 자의식을 내장하지 않는 디지털의 세계를 부정적으로 경험하게 만든다. 동시에 이는 그의 글쓰기가 아직 '문학'의 이름에, 그러니까 자기 반성의 동력으로 살아가는 저 우울한 문학의 전통에 속해 있다는 것을 선명하게 증거하는 부분이다.

오늘 밤 나는 그리고
너는 또 짐을 싸야 한다

별이 뜨면
별을 따라

다시

한 나라가 갈 것이다

별 하나는
그러나 우리의 자리에
묻힐 것이다   ―「한 나라가 간다」 전문

  이제 이 시집을 읽는 나 역시 "짐을 싸야" 할 것이다. 시는 이렇게
한 나라를 거부하고, 한 나라를 세우고, 한 나라를 보낸다. 별의 탄
생과 운행과 죽음은 그 나라들의 피할 수 없는 유목의 운명과 대응
한다. 내가 이 시집에서 읽은 것이란 결국 자기 의미를 뿌리내릴 수
없는 언어들이며, 그 언어들 사이에서의 시선의 유목이 이 독서의
내용이었다. 그렇다면 지금, 이 해설 역시 스스로를 등져야 할 시점
이다. 우리가 그런 사막의 시간을 살고 있다면…… 바로 이 순간, 익
명의 시간은, 저 '사이트의 시간'들이 그런 것처럼, '비명'처럼, '환
한 비명'처럼, 당신을 스쳐 지나가고 있다.

또 하루가 지나갔다
또 하나의 비명이 보태졌다

비명이 이렇게 환하다니
이토록 많은 비명이
환하다니   ―「사막을 위한 변주」 부분
                                              〔2001〕

제3부

장인성, 혹은 근대의 저편
─ 이청준 소설집 『목수의 집』

1

가령, 비평가는 이런 막막함을 마주한다. 지금 이청준 문학에 대해 새로운 비평을 첨가한다는 것은 불가능해 보인다. 그의 문학에 가해진 다양하고 성실한 해석들은 이미 이청준 문학이 왜 그토록 문제적인가를 충분히 설명해주었다. 이청준 소설들은 우리 소설 비평의 성숙을 견인해온 텍스트라고 할 수 있다. 그의 소설들과 더불어 우리 비평은 소설 작품을 정밀한 분석의 대상으로 바라볼 수 있는 비평적 방법론을 마련해 나갔다. 그런 비평들 앞에서, 이제 이청준 문학은 그 윤곽을 드러낸 듯도 하지만, 그러나 이청준이라는 거대한 텍스트는 아직 그 전모를 노출하지 않는다. 그의 작품들은 근원적으로 '열린 텍스트'이기 때문이며, '활동 중인 텍스트'이기 때문이다. 그래서 이청준 문학은 여전히 다시 읽혀질 수밖에 없다. 이런 맥락에서 비평가는 처음의 막막함을 견디려 한다.

그의 새 창작집 『목수의 집』은 이청준 문학의 개방성과 활동성을 다시 확인시켜주는 계기이다. 나는 이 작품집에서 이청준 문학의 미학적 자의식의 심층을 이루는 '장인성'의 문제에 천착하려 한다. 이청준 문학을 분류할 때, 집단과 역사의 억압을 다룬 소설들과 대비되면서 이청준 문학의 한 축을 이루었다고 평가되는, '혼의 문학'이 창작되기 시작된 것은 대략 1978년에 발표된 창작집 『남도 사람』부터라고 설명된다. 근대화의 추진력이 가속도를 얻기 시작한 시기에 작가가 그것과 가장 먼 거리에 있는 공간으로 소설의 자리를 이동시킨 사실은 이해하기 어려울지도 모른다. 이 시기에 많은 작가들이 근대화와 산업화라는 사회 현상의 전면을 문제화하는 작업들을 밀고 나갔기 때문이다. 하지만 역사에 대한 이러한 시대 착오와 배반에는 타협할 수 없는 미학적 욕망이 숨쉬고 있다. 나는 그것을 '정신주의' 혹은 '한'의 문제와 같은 전통적 의식의 측면에서 문제화하지 않고, '근대성과 장인성의 문제'라는 맥락에서 의미화하려 한다. 사실 장인성의 문제야말로 70년대 후반뿐만 아니라, 이청준의 초기 소설과 최근의 소설을 관통하는 이청준 문학의 심층적 주제의 하나라고 여겨지기 때문이다.

장인성이란 무엇인가? 소박하게 말하면 그것은 자기 작업의 공간 안에서의 자족적 가치를 추구하는 전문가 의식과 태도라고 할 수 있다. 다시 말하면 외부적인 큰 가치들과 관계없이 자기 분야 내부의 자율적 가치를 중시하는 태도, 다른 가치로 번역될 수 없는 고유한 영역의 미적 가치를 절대화하는 것이다. 신발을 잘 만드는 장인은 다른 사회적 가치의 측면에서 보잘것없는 사람이라 하더라도, 그 영역 내부에서는 다른 분야에서의 최고와 같은 장인적 자존심을 가질 수 있다. 이러한 장인성의 문제는 그러나 근대성의 문제와 관련시켜 보면, 보다 복잡한 성찰을 요구한다. 서구의 경우, 근대화란 곧 유일신과 단일한 보편적 규범의 소멸을 의미하는 것이기 때문에, 개별적인 가치 영역으로 분화하는 것으로 귀결된다. 하버마스의 통찰대로 문화적 근대화의 중요한 특징을 문화 영역이 각기 독자적인 논리를 따르는 가치 영역으로 분화하는 것에서 찾는다면, 문화의 전문화는 사회적 근대화와 나란히 나아가는 미적 근(현)대성의 한 가지 전제일 수 있다. 하지만 한국의 경우, 이러한 분석은 그대로 적용되지 않는다. 우리에게는 사회적인 근대화가 미완의 과제였고, 효용론적 문학관과 문사(文士)적 전통이 뿌리 깊었기 때문에, 사회적 근대성과 분리되는 미적 근(현)대성의 영역 혹은 장인 정신의 추구는 억압되거나 은폐된 미의식일 수밖에 없었다. 서구에서의 미적 합리성이 사회적인 층위의 그것들과 일종의 공모 관계를 이룰 수 있었던 것에 비해, 우리의 경우 장인성의 추구는 파행적 근대화와 이중으로 싸움하는 것을 의미하였다. 대량 생산과 효용성을 중시하는 집단적 가치와 대결하는 것이 그 하나라면, 예술의 사회적 역할에 대한 소명 의식과 맞서는 것이 다른 하나이다.

이청준 소설에는 근대화의 현실과 세속적 가치들을 거절하면서 자기 영역의 장인성을 극단으로 밀고 나가는 인물들이 등장한다. 그 인물들은 장인성의 꿈 안에서 자기 운명을 산다. 이때 그 장인성이 '꿈'이라는 차원으로 드러나는 것은, 장인성의 가치가 근대적 제도 질서 안에서 결코 충족되거나 실현될 수 없는 성격을 띠기 때문이다. 근대적 질서는 집단적인 생산과 소비의 메커니즘으로 움직이며, 그것이 장인성을 인정하는 것은 그 기술적 효용성의 측면에서일 뿐이다. 그러나 기술적 효용성은 도구적 가치 체계 안에서 장인성을 인정하는 것이며, 그것은 장인성을 단순히 기술의 차원으로 격하시킬 뿐이다. 근대의 세계 혹은 근대 이후의 세계가 인정하는 개인성은 익명성으로서의 개인성이며, 이때 장인성의 추구는 이청준의 표현을 빌리면, "이 풍요로운 익명 시대의 같잖은 기명 작업"이다. 극단적인 개인 작업을 통해 집단적 · 익명적 세계와 맞서는 장인적 추구는 그래서 늘 절망을 예비한다. 이청준 소설의 인물들이 대개 현실 안에서 패배자의 길을 걷는 것은 그래서 필연적이다. 이청준 소설은 장인성의 꿈이 어떻게 현실에서 패배하는가를 보여줌으로써 사회와 예술의 관계에 대한 반성적 질문을 이끌어내고 있으며, 궁극적으로는 작가 이청준 자신의 투철한 장인성을 보여준다. 이청준 소설에서의 장인성의 주제는 다중적 차원에서 탐구되는데, 그것은 우선 장인적인 인물의 현실적 패배의 궤적으로 그리는 서사의 층위를 통해서, 그리고 소설쓰기의 자의식을 드러내는 서술자의 시점을 통해서, 그리고 마지막으로 이청준 소설 텍스트 자체가 갖는 장인적인 완성도를 통해서 드러나고 있다.

2

소설 「목수의 집」은 위와 같은 맥락에서의 장인성의 문제를 특유의 다층적인 문맥과 격자적 구조를 통해 질문한다. 여기에는 적어도 네 가지 층위의 '집'에 관한 이야기가 등장한다. 첫번째, 북에 두고 온 고향 마을과 같은 곳을 찾아다니는 김승조라는 노인이 있다. 그는 지도들 속에서 '4차원의 독도법'으로 고향 꿈을 꾸다가 고향 마을과 흡사한 남쪽 땅을 찾아 나서는 답사 여행을 한다. 그 여행은 그러나 현실적으로 절망을 예비한 여행일 수밖에 없다. 두번째 소설의 층위는, 그 김승조 노인을 취재했던 소설가 허세훈의 실존적 궤적을 보여준다. 소설가 허세훈은 "30년 가까운 소설 집필 일을 마감하려" 한다. 이 소설가의 꿈에 나타난 김승조 노인의 고향찾기는 소설쓰기의 좌절에 직면하여 고향에 집짓기를 소망하는 소설가 자신의 꿈이기도 하다. 그래서 그는 실재하는 고향을 찾아간다. 하지만 고향은 이미 예전의 모습이 아니다. 그가 고향에서의 집짓기가 불가능함을 안 뒤 해남의 변두리에 살고 있는 지인들의 동네를 방문하게 된다.

거기서 그가 본 것은 "각자 따로 깃들어 살아가는 별개의 집이 아니라 서로간 공유의 집이었고, 그 모든 집들이 서로 함께 어우러진 하나의 큰 동네 집"이었으며 "그 집은 사람의 손으로 지은 집이 아니"라 "척박하고 궁벽한 곳에 사람의 마음을 심어 세운 집"이었음을 알게 된다. 그것은 "노년의 넓고 아름다운 집은 그 혼자 힘으로나 사람의 손으로는 지을 수 있는 것이 아님을 깨닫"는 과정이다.

여기에 세번째 집 이야기의 층이 겹쳐진다. 그것은 한평생 목조 살림집만을 지으며 자신과 가족을 위해서는 집 한 채 짓지 않은 목수에 관한 것이다. 세속적인 가치와 일신의 안일을 철저히 배격하는 치열한 장인 정신을 보여준 목수의 이야기는 이 소설가를 사로잡은 소잿거리이다. 이 목수에게 있어 자신이 지은 집이야말로 바로 자기의 집이며, 그것은 "세상에서 가장 크고 아름다운 집"이라고 할 수 있다. 그 아름다운 집은 목수의 장인성에 대한 당찮은 의심과 숨은 욕심을 가져온 소설가를 부끄럽게 만든다. 네번째 집에 관한 이야기는, 자신의 시신을 해부학 실습용으로 사용하고 그 뼈대는 교실에 표본으로 남기라 유언한 한 노교수와 그 표본 앞에서 가족 사진을 찍은 가족들의 이야기다. 소설가의 아들인 해부학 전공의는 실습용 사체의 부족을 우리의 사자 숭상 정서 탓으로 이해하며, 아버지 역시 사후에 시신을 기증해줄 것을 바라는 눈치이다. 아들은 아버지가 공동의 선에 이바지하는 차원에서 보다 합리적으로 노년의 집을 생각하고 죽음을 맞이하기를 바란다.

그렇다면 이 네 가지 집 이야기 사이에서 주인공인 소설가의 소설 쓰기는 무엇인가? 우선 그가 고향에서의 집짓기를 꿈꾸게 된 것은 소설쓰기의 지겨움과 어려움 때문이다. "사람의 심성과 공동선의 질서를 함께 읽어 나가야 하는 소설쓰기 일이 그에겐 늘 천형처럼 버거웠다. 그것은 그의 허약한 정신태에 대한 끊임없는 고문이자 감당하기 어려운 육신의 노역이었다. 더욱이 나이 오십 줄로 들어서면서 급속하게 밀어닥친 정보화 사회의 물결과 몰개성적 가치관은 그의 창작 욕망과 세상 읽기의 의욕을 무참하게 소진시켜갔다"라는 진술에서, 소설쓰기의 어려움은 이중적인 것이다. 우선은 개인의 내면과 집단의 가치 체계의 관계를 문제삼아야 하는 소설쓰기 자체의 근원적인 혹은 근대적인 과제이고, 다른 하나는 이른바 '정보화 사회'와 '대량 모방 복제 위주의 획일적 생산성'이라는 후기 산업 사회적인 징후 안에서의 소설쓰기의 곤혹스러움이다. 소설쓰기의 이러한 두 겹의 좌절은 현실적인 집짓기의 꿈을 낳는다.

소설가가 김승조 노인의 고향찾기에 대해 이야기앓이 증세를 갖게 된 것은 그것이 실현 불가능한 꿈이기 때문이다. "소설질이라는 게 현실로 이루기 어려운 일을 꿈꿔보는 짓거리였다면, 그래서 한때 승조씨의 그 불가능의 소망을 글로 써볼 생각을 했다면, 그가 실재의 고향길을 나선 이 마당에 승조씨의 사연은 이미 소설이 될 수도 없는 때문"이다. 또한 그 자신이 고향에 "실제로 집을 짓게 된다면, 애초부터 소설 따위 필요 없는 것이 될 터이기 때문이다"라고 말하고 있지만, 그러나 그 실재의 꿈은 실현되지 않는다. 노년의 집에 대한 꿈이 좌절된 뒤, 주인공 소설가는 다시 소설로서 집을 지을 수밖에 없게 된다. 소설쓰기는 그러니까 근대화의 현실을 거슬러가는 고향찾기와 집짓기의 꿈, 그리고 시신 기증이라는 합리적인 공동의 선 사이에서 이루어진다. 소설쓰기는 고향찾기의 좌절과 사체 기증서에 서명하지 못하는 땅에 대한 결벽증 사이에서 탄생한다. 그 소설쓰기가 좀더 투철한 장인성을 띨 때, 그것은 목수의 작업에 가까워질 수 있다. 그러나 이청준은 그의 다른 소설들이 그런 것처럼 어떤 해답과 결론도 유예하는 열린 끝을 보여준다. 소설은 대답의 형식이 아니라, 질문의 형식이기 때문이다. 다만 어느 정도 분명한 것은, 소설쓰기의 좌절이 현실 속의 집짓기를 꿈꾸게 하고, 다시 그 집짓기가 실패한 자리에서 소설이 시작되고, 소설 자체가 또 하나의 집짓기의 꿈이 된다는 점. 결국 집짓기의 꿈이 실현되지 못하는 한 소설은 계속 씌어질 수밖에 없다는 것뿐이다.

3

    상황과 장인성의 긴장 관계는 그의 다른 소설 「날개의 집」과 「시인의 시간」에서도 다루어진다. 「날개의 집」에 나오는 주인공 소년은 엿장수, 우체부, 형사 등으로 미래의 꿈을 바꾸어간다. 그 꿈들은 소년의 눈에 비친 현실 속에서 어떤 특정한 능력을 소유한 사람들의 얼굴이다. 엿장수로부터 형사로 올수록 그들이 가진 사회적인 힘은 강해진다. 그러나 소년은 결국 화가의 길로 접어들게 되는데, 그것은 그 꿈들이 모두 좌절된 뒤에 가능했다. 팽나무 위에 올라가 보이는 마을 밖으로의 신기한 풍경에 매료되던 그는 급기야 그곳에서 떨어져 불구의 몸이 된다. 고향을 떠나 쇠고삐와 지게의 운명으로부터 벗어나기를 바랐던 아버지의 꿈이 좌절되고 그가 다시 그 "짐승의 삶"으로 돌아갈 무렵, 그는 들판과 하늘과 솔개를 그리기 시작한다. 아버지는 다시 그를 낯선 당숙의 집으로 보내어 그림 공부를 하도록 만든다. 그러나 당숙으로부터 배우는 그림 공부의 길은 기다림과 고난과 좌절의 연속이다. 스승은 그에게 몇 년 간 그림은커녕 힘든 농사꾼의 일만을 시킨다. 그림은 "손으로 그리는 것이 아니라, 마음과 몸 전체로 그리는 것이다"라는 것이 스승의 지론이었고, "손 공부가 급한 것이 아니라 마음 공부, 사람 공부, 세상일 공부가 더 소중한 것이"라는 것이다. 스승 유당에게 농사일은 "손 공부보다 더 바르고 큰 그림 공부"에 해당된다.

　이렇게 스승과 제자 사이의 긴장 관계는 결국 그들의 관계를 파탄으로 몰고 간다. 스승은 제자의 그림을 전혀 인정하려 들지 않고 변덕스러운 나무람으로만 일관한다. 그리하여 주인공은 그곳을 떠날 수밖에 없게 되고, 그곳을 벗어난 주인공은 보다 세련되고 다양한 그림의 세계를 만나게 된다. 아버지의 죽음 때문에 다시 고향으로 돌아온 그는 다시 시골집의 농사일에 얽매이게 된다. 힘든 농사일을 다시 하면서 그는 육신의 괴로움으로부터 소의 꿈과 쇠짐승의 화신을 만나게 된다. 결국 그는 "흙이나 삶에 대한 사랑 역시 어떤 법식이나 방편이 아니라 피할 수 없는 삶 가운데에서 배우고, 배움에서가 아니라 살아감에서 움이 돋고 자라가는 것임이 분명했다. 아픔을 배우는 것이 사랑이 아니라 그 아픔을 앓는 것, 그 아픔을 숙명의 삶 속에서 앓아가는 것이 사랑이었다"는 것을 깨닫는다. 그후로 그는 "새의 비행을 더욱 아프게 꿈꾸고 누워 있는 소, 그 꿈마저 괴롭게 앓고 있는 소"의 형상을 그릴 수 있게 된다. 그러나 그의 그림에서 사람들은 소의 절망이 아니라 낙원 같은 평화를 읽는 것이다.

　여기에는 예술의 기원과 태도에 관한 두 가지 질문이 숨어 있다. 우선 하나는 소설의 전반부에 나오는 것처럼, 현실적이고 세속적인 꿈의 좌절이 예술의 탄생을 조건짓는다는 점. 소년은 불구가 된 이후에야 그가 어린 시절 품었던 꿈들을 버리고 그림을 그리게 된다. 그렇다면 예술은 현실적인 장애와 불구로부터 시작되는 것일까? 두 번째 질문은 스승과 제자 사이의 예술에 대한 긴장 관계로부터 시작된다. 스승이 가르치려 했던 것은 "삶의 법식이 바로 그림의 큰 법식"이라는, 다시 말하면 예술과 삶의 일치에 관한 것이다. 세상과 사람살이의 아픔과 사랑을 배워야만 진정한 그림을 그릴 수 있다는 스승의 태도는, 예술의 문제가 결국 삶의 문제와 닿아 있음을 역설하는 것이다. 그러나 주인공은 오랜 후에야 스승의 가르침을 자기화할 수 있게 된다. 예술가는 세상의 아픔을 그냥 드러내는 사람이 아니라 "이 땅과 사람살이의 아픔을 다 그림으로 앓아버려서 다른 사람들 눈에는 오직 충만한 평화와 기쁨의 빛만 남아 보이도록" 하는 사람이다. 이때 예술이란 중생의 아픔을 앓는 것이되, 그것을 예술의 형식 안에서 철저하게 녹여 내적으로 앓아내는 것이다. 그렇다면 예술이란 삶에 일치하는 것이면서, 동시에 그것을 넘어서는 자리가 아닌가? 그래서 작가는 이 소설의 제목에서 집에 날개를 달아준 것일까?

「시인의 시간」에 나오는 주인공 시인은 누님의 권유로 주식 투자의 세계에 빠져들게 된다. 처음에 그는 주식 투자 덕분에 "생활에 활력을 띠기 시작했고, 연일 그 기분 좋은 긴장감과 가슴 부푼 기다림 속에 모처럼 자신의 생산성마저 실감"한다. 그는 세속적인 현실들에 민감해지게 되고 세상을 빠르게 읽지 않을 수 없게 된다. 주식이란 "세상 전체를 상대로 서로간에 온갖 지혜와 책략을 다투어야 하는 피투성이 싸움"이고, "사람들의 숨은 마음 읽기요 끊임없이 살아 움직이는 세상 읽기"였다.

소설의 후반부에 가서 결국 시인은 "당찮은 허욕과 오기스런 집착"으로 주식을 팔 기회를 놓쳐버려서 주식 투자에 완전히 실패한다. 그의 실패는 주식 투자가 "원래 마약처럼 인격이 없는 중독성 게임"이고, 회사를 하는 자형이 말하는 대로 주식 시장은 "시장 자체의 욕망"에 의해 움직이며, "최신 첨단의 하드웨어와 모든 인간의 지식 심리 지혜를 다 망라한 무한 상상성 소프트웨어의 결합 위에 더없이 정밀하고 거대하게 구축된 주식 시장의 정보 시스템은 우리 개인은 물론 기관이나 외국 자본 누구도 어쩔 수 없는 거대 욕망체로서 모든 개인과 기관, 외국 자본, 심지어는 그 시장 자체의 자율적 욕망까지도 무한정 욕망하면서 그 모든 것들, 종국엔 이 세상 전체를 욕망하고 지배하"게 된다는 것이다. 이런 주식 시장의 불가항력적 구조를 깨닫기까지 시인은 비싼 대가를 치러야만 했지만, 이 소설이 보여주는 것은 주식 시장에 함부로 뛰어들어서는 안 된다는 교훈의 차원이 아니다.

우선 문제는 주식 투자를 통해 주인공이 느낀 '성취감'과 '현실적 생산성'의 가치이다. 그가 "거기서 힘들게 얻어낸 승부의 결실은 현실에서 아무것도 보여줄 수 없고 증거할 수 없는 내 시 작업보다 훨씬 더 안전하고 확고한 삶의 생산성을 보증"해주었다고 말한다. "눈앞에 볼 수 있고 손으로도 잡아볼 수 있는 확실하고 생생한 방법"으로서의 주식 투자는 손에 잡히지 않는 시 작업과 비교될 수 없는 직접적인 성취감을 선사한 것이다. 그렇다면 주식 투자의 실패 뒤에 그는 다시 시인으로 돌아갈 수 있을까? 그를 주식 투자로 안내한 누님은 "시인은 현실에 늘 패배할 수밖에 없는 운명"이니 다시 시를 쓰면 되잖겠느냐고 말한다. 시인은 "효율적이고 조직적인 정보 언어 시대 속에서도 부질없이 자기 시간과 삶을 낭비하는 비효율적이고 비집단적 개인 언어에 매달려 지내는" 사람이다. 그것은 "저주받은 운명의 업보"이다. 하지만 그는 이제 "그런 남루하고 초라한 시인 노릇조차 더 이상 감당할 수 없어진 참담스런 처지"에 놓여 있다. 소설의 마지막 부분에서 주가는 다시 상승했지만 그는 주식을 살 수도 없었고 "시를 쓸 수는 더욱 없었다." 이 작품에서 시쓰기와 주식 투자는 물론 대립적인 항목이다. 그러나 그것은 이미 선택의 문제가 아니다. 더욱이 주식 투자가 보증하는 그 직접적인 생산성이라는 것 역시 시쓰기와 다른 맥락에서의 허구성에 기초한 것이 아닌가? 이 현실에서 패배한 이 작품 속의 주인공은 앞의 두 작품에서처럼 다시 글쓰기로 귀환하지 못한다. 그러나 그것은 사건의 층위에서 그렇다는 것이다. 이 소설의 제목처럼 시인의 시간은 주식 시장의 시간과 다른 층위에서 움직이는 것이고, 주식의 세계를 통해 오히려 시인의

204

시간이 갖는 반시대적 의미는 더욱 깊어진 것이 아닐까? 그러니까 주식 투자가 보여주는 첨단의 현실 세계는 시쓰기의 자기 의미를 보다 깊게 되돌아보게 만드는 조건이 된다.

4

이청준 소설의 숨은 서술자는 한 인물이 장인성의 지향을 갖게 되는 것을 운명의 범주로 이해하고 있는 듯하다. 장인성의 세계는 단순히 선택과 취향의 문제가 아니라, 일종의 실존적 형벌이다. 가령 「빛과 사슬」이라는 소설에서 산골 분교의 여선생은 수업이 끝난 뒤 남도 소리 연습에 몰두한다. 여선생의 남도 소리는 그녀의 가장 은밀하고 이해할 수 없는 영역에 속한다. 이 여선생이 십리 밖의 남자 선생님의 방문을 받고 그와 함께 남도 소리를 주고받은 뒤, 같은 학교의 남자선생을 마다하고 자신의 소리 공부를 중단한 채 그 소리꾼 선생과 결혼해버린다. 그녀는 그 소리꾼 선생과의 소리 시합에서 그에게 매료되었고 자기 소리를 멀리한 채 남정의 소리만을 자랑스러워하게 된다. 작중 화자는 "은선생과 그 소리가 남정 앞에 꼼짝없이 잡혀 먹혀버리기라도 한 것처럼 아쉽고 애틋한 느낌"이 들고 심지어 "그 철석같은 여자의 믿음과 행복감에 내심 진저리가 쳐지"면서 "어떤 두려움"을 느끼게 되고, "소리의 보이지 않는 마력과 숨죽인 비극의 그림자 같은 것을" 감지하게 된다. 결국 그 여선생은 6·25와 함께 사라져버린 소리꾼 남자를 마을에 남아 기다리는 비극적 생애를 연출한다. 그러나 그녀는 "그 기다림으로 여전히 행복하게, 아무 후회도 없이 조용히 늙어가고 있"다.

작중 화자는 "도대체 그 남자의 소리가 그녀의 삶을 자유롭게 해준

것인가, 노예처럼 운명처럼 속박하고 만 것인가? 그녀에게 그 소리
는 축복인가, 저주인가?"라고 묻고 있지만, 이것은 장인성과 삶의 관
계에 대한 이청준의 지속적인 탐구의 일부이다. 산골 여선생에게 남
도 소리가 자신의 가장 은밀한 장인적 영역이었다면, 그녀가 소리꾼
에게 매료된 것 역시 그 장인성에의 매혹의 연장이라고 할 수 있다.
이 장인성의 매혹은 축복인 동시에 저주여서, 그녀는 그 안에서 자신
의 삶을 견딜 수밖에 없다. 세속적인 가치 기준에서의 그녀의 불우
는, 장인성의 영역에서 보면 벅찬 행복일 수도 있다. 장인성의 영역
을 이렇게 운명의 범주에서 이해하는 것은 단순히 그것을 '팔자'의
문제로 치부하는 차원이 아니라, 현실적이고 합리적인 척도에서는 이
해되고 평가될 수 없는 인간 정신의 심미적 영역을 상정하는 것이다.

운명의 범주에 대한 작가의 탐구는 「내가 네 사촌이냐」와 같은 작
품에서도 지속된다. 역병을 앓아 집을 나가야만 했던 한 많은 형의
아들이 아버지를 대신해 다시 고향을 찾는 가슴 아픈 이야기는 운명
의 질곡과 고향의 의미에 대한 질문을 담고 있다. 고향에 묻히기를
바라는 부모의 소망 때문에 할 수 없이 부모의 고향을 찾아온 조카
가 보여주는 바깥 세상에 대한 깊은 불신은 그 가족의 운명을 껴안
고 가야 할 남은 사람들의 책무를 환기시켜준다. 그 책무는 결국 타
자의 운명을 깊게 이해하는 일과 관련되어 있다. 이를테면 「돌아온
풍금 소리」에서 해변가 분교 학교에서 풍금을 치던 여선생이 6·25
중 당한 의문의 죽음, 「오마니」에서 늙은 단역 배우가 형수의 불은
젖문을 빨게 된 후 가슴속 깊이 품게 된 젖품내의 기억, 「나이의 짐」
에서 57세의 노인이 온갖 잡동사니들을 지니고 다니다가 결국 죽은
뒤에야 그 숙명의 짐 무게에서 벗어날 수 있게 된 것, 「아우 쌍둥이
철만씨」에서 유명한 재담가와 그 쌍둥이 동생을 이웃에 두게 된 주
인공이 그 이웃의 내밀한 삶을 엿보고 싶어하는 충동, 「뚫어」에서의

고령의 노인이 중국 여행 중 변비에 걸려 고생하다가 고향 가까운 백두산을 본 뒤 목욕탕 구석에서 그것이 "뚫리게 되는" 기이한 행동 등을 이해하는 것이 그것이다.

이때 타인을 이해하는 길은 타인의 운명을 이해하는 일, 얼핏 이해되지 않는 타자의 삶의 비밀스런 곡절을 받아들이는 일과 연관된다. 소설에서 그것은 세 가지 층위에서 진행된다. 소설 속의 한 인물로 등장하는 관찰자적 화자가 타인의 삶을 이해해가는 과정이 그 하나라면, 작가와 내포적 서술자가 그 소설 속에 등장하는 인물들의 운명을 그려내는 과정이 두번째이고, 텍스트의 바깥에서 독자의 독서 행위가 그 타인들의 삶을 읽어 나가는 문학 행위가 세번째의 층위이다. 우리는 여기서 이청준 소설에 있어서의 개인의 삶과 공동체적 가치 사이의 내밀한 관련을 이해할 수 있다. 이청준의 소설은, 개인성에 대한 무조건적 옹호나 공동체적 선에 대한 배제를 넘어서, 개인의 삶이 가진 독자성을 인정해줌으로써 타자를 억압하지 않는 실존적 소통에 대한 요청을 담고 있다. 이것은 이청준 소설의 주제적·형식적 특질과 만나는 테마이기도 하다. 소설이 결국 타자의 삶을 이해하고 타자의 삶을 대신 살려는 충동의 소산이라면, 이청준은 타자의 삶을 깊게 들여다보고 그 타자들의 세계 속으로 들어감으로써 이 충동을 구조화한다. 그의 소설이 바흐친적인 의미에서의 다성악을 품고 있다면, 그것은 그의 소설이 타자들의 세계를 받아들이고 그 운명의 목소리들이 제각기 울려퍼지는 축제적 공간이 되기 때문이다.

그의 소설 속의 주인공들은 귀향에의 내적 요청과 욕구를 품고 있다. 귀향이란 무엇인가? 고향이 일종의 원죄 혹은 원형으로 의미화될 수 있다면, 귀향은 그 고향이라는 운명으로 돌아오는 것을 말한다. 고향은 실존적 삶의 궤적을 규정해왔던 원초적인 인력(引力)이다. 따라서 그곳으로 귀환하려는 인물의 내적 욕구는 자신의 삶을 있게 한 운명의 구조를 들여다보는 것, 가장 본래적인 시간의 자리로 돌아가는 것이다. 그것을 통해 보여주는 것은, 고향 이후의 시간에 대한 반성이다. 그 반성은 물론 윤리적인 차원이 아니라 문학적인 차원이며, 고향 이후의 시간들은 근대적인 시간과 일치한다. 귀향의 욕구는 세속적이고 근대적인 경험의 시간을 거슬러 올라가 원형적 기억과 만나려는 충동과 겹쳐진다. 그러나 우리가 도대체 근대를 거슬러 어디로 갈 수 있을까? 근대적 현실 저편의 순결한 시간은 이제 남아 있지 않다. 그런데, 바로 그것이 남아 있지 않다는 것을 쓰라리게 깨닫는 순간 소설은 탄생한다. 귀향의 꿈이 좌절된 자리에서 소설쓰기는 시작된다.

여기서 다시 장인성의 문제를 상기하자. 장인성은 물론 한국적인 근대화의 현실 속에서는 잊혀진 혹은 패배한 가치일 수밖에 없다. 그리고 우리는 그 장인성의 지극한 공간을 온전히 재현할 수도 없다. 하지만 귀향의 충동처럼, 그것이 미학적 에너지를 갖는 것은 근대적 시간에 대한 반성적 성찰의 계기가 되어주기 때문이다. 장인들의 시간은 근대적인 시간을 거슬러 혹은 가로넘어, 근대의 저편을 꿈꾸게 만든다. 바로 그 장인의 꿈이 우리의 근대적 삶에 대한 치열한 반성적 지표일 수 있다는 것을 이청준 문학은 질문의 형식으로 드러낸다. 90년대적 현실이 경제적 합리성의 이데올로기와 익명과 풍문으로서의 개인성의 문제로 규정되었다면, 그가 이 소설집에서 보여준 것은 결코 익명의 차원이 될 수 없는 장인성과 소설성의 운명이다. 이제 이청준 문학은 어떤 거대한 현대 문학사에도 편입될 수 없는 이청준만의 문학사를 이루었다. 작가는 자신의 문학사를 통해 그가 왜 계속 쓸 수밖에 없는가를 우회적인, 그러나 첨예한 방식으로 증거해왔다. 이런 이유로 우리는 다시 이청준 문학을 기다린다.   〔1999〕

치명적인 사랑의 실험
— 이인성 소설집 『강 어귀에 섬 하나』

1. 그에 관한 몇 가지 풍문들

당신 앞에는 작가 이인성에 관한 몇 가지 풍문들이 가로놓여 있다. 그 무거운 풍문들은 그의 작품을 '가까이 할 수 없는 서적'으로 만든다. 먼저 이른바 '실험성'의 문제. 그 실험성은 미학적 자의식의 문제이며, 문학적 실존의 문제이다. 미적 자의식은 자기 예술을 다른 범속한 작품들과 구별시키겠다는 자존의 의지와, 문학 언어의 한계에 대한 반성적 성찰을 동시에 담고 있다. 문학사의 갱신이란 어쩌면 이 투철한 자의식의 에너지가 없다면 불가능하다. 『낯선 시간 속으로』 이후 그가 산출한 소설 언어들은 근대 소설 문법의 지배적 규범들을 교란하면서 소설을 쓴다는 것, 혹은 소설을 쓰는 의식이란 무엇인가 하는 근본적 질문들을 소설의 몸을 통해 재인식시켰다. 소설 문법에 대한 그의 예각적인 탐구와 첨예한 실험들은 우리 소설의 문법적 지도를 다시 그리게 만들었다.

이런 실험들을 형식의 문제로만 이해하는 것은 안이한 비평적 관습의 답습일 뿐이다. 작가의 언어 실험이란 자기 실존의 문학적 투기로서만 미학적 전율이 될 수 있다. 어법과 문체는 단지 형식의 문제가 아니라, 삶의 형식에 관한 문제이다. 이인성 소설 언어의 치열성은 소설 형식에 대한 파괴의 당위성에서 오는 것이 아니라, 상황과 소설적 욕망의 긴장 관계를 실존의 언어로서 대면하고 살아내려는 문학적 투지의 소산이다. 그런 의미에서 그의 문체 실험은 어떤 특정한 문학 이념으로부터가 아니라 작가 의식의 내적 필연성의 요구에 응답하는 것이다.

이것은 또 하나의 풍문인 '난해성'의 문제에도 해당된다. 그의 소설이 난해하다는 것은 근대 소설의 일반 문법에서 벗어나 있다는 측면에서는 그러하지만, 독자와의 소통을 근본적으로 봉쇄하는 자폐적인 미학이라는 측면에서라면, 그렇지 않다. 이른바 객관적 현실의 실재와 사건의 경험적 인과 관계를 미학적 원리로 하는 리얼리즘 소설의 규율에서 보면 그것은 난해하지만, 독자와의 새로운 상상적 관계를 모색한다는 측면에서는 낯선 소설의 즐거움을 동반한다. 그의 작품들은 독자들을 동일시의 공간으로 유인하기보다는 '자의식을 동시에 자의식'하는 언어 기호로 가득 차 있다. 그것들은 특정한 메시지를 정답으로 갖고 있지 않다는 측면에서 억압적이지 않다. 그는 자기 의식 내부에서의 경험을 변형·해체하고 그 안에서 현실을 재구성하려는 시도를 일관되게 보여주었다. 그의 소설 속에 등장하는 복수의 시간·시점·화자들은 혼돈 그 자체를 드러내는 것처럼 보이기도 한다. 그러나 그것은, 혼돈이라는 실존의 조건을 무화하고 그것을 매끄럽게 질서화하는 제도화된 문학 규범을 거절하려는 의식의 소산이며, 삶과 그 의식의 자기 모순에 대한 전면적인 성찰의 결과이다.

2. 소설집의 짜임새가 말하(지 않)는 것

    이인성의 소설집은 소설로서도 말하지만 소설집으로서도 말한다. 소설집의 구성 자체가 장편소설의 플롯처럼 특정한 문학적 전략과 미적 의식을 담고 있기 때문이다. 이번 창작집의 짜임새는 어떤 전략을 품고 있을까? 이 창작집은 「유리창을 떠도는 벌 한 마리」(1982)에서 「무덤가 열일곱 살」(1999)의 작품들이 한자리에서 만나고 있다는 측면에서 독특하다. 그러나 이 작품집은 대표작을 모아놓은 선집은 아니다. 그의 소설집들은 대개 연작의 형태를 갖추고 있어서, 그곳에 편입될 수 없었던 작품들과 신작들이 이곳에 모아진 것이라고 볼 수 있다. 그렇다고는 하더라도 이 작품집 역시 나름의 구조적 완결성을 내장하고 있다고 보아야 한다. 그렇다면 이것 역시 특정한 경향과 주제의 작품들을 모아놓은 작품집이라는 짐작이 가능하다. 우선 아주 단순한 추측 하나. 「유리창을 떠도는 벌 한 마리」에서 「마지막 연애의 상상」까지에는 주인공의 연령층의 편차가 있다. 「유리창을 떠도는 벌 한 마리」와 「무덤가 열일곱 살」에 대해 작가는 '철들 무렵'이라는 부제를 붙여주고 있는데, 그것은 사춘기의 '성장'에 관한 기록이라는 것을 말해준다. 그런데 「순수한 불륜의 실험」「마지막 연애의 상상」에서는 중장년의 탈제도적인 사랑이 등장한다. 그러면 이 소설집의 짜임새는 인물들의 연령적인 성장을 기준으로 했다는 해석이 가능하다. 더구나 이 작품집 속의 각 장의 제목은 '메마른 강줄기'에서 출발하여 '강 어귀에 섬 하나'를 거쳐 '강 어귀 바다 물결'로 흘러 들어가고 있지 않은가? 그런데, 그것뿐인가?

    '성장'은 초기작에 나타난 이인성 소설의 중요한 주제 중의 하나이다. 그러나 거기에는 교양소설적 의미의 성장은 없다. 우선 이 소설집에는, 연작의 형태로 구성된 앞의 두 편을 제외하고는 동일한 주인공이 등장하지 않는다. 이인성의 주인공들은 성장하지 않고 단지 그 실존적 시간을 자기 의식의 모순 안에서 살고 있다. 그들은 '전인적 인간'으로 나아가려 하기보다는 상처와 욕망에 대한 투철하고 집요한 응시를 통해 살아 있다는 의식의 실감을 드러낸다. 그렇다면 이 작품들은 성장의 연대기에 의해 묶이고 배치되어 있다기보다는, 어떤 특정한 실존적 상황에 대응하는 소설 언어의 공간을 보여주고 있다고 할 수 있다. 우리는 그곳에서 인물의 성장과 노화를 보는 것이 아니라, 작가가 상황과 대면하면서 자기 형식의 운동을 살아온 문학적 매듭들을 볼 수 있다.

「강 어귀에 섬 하나」「순수한 불륜의 실험」「마지막 연애의 상상」이 비교적 최근에 씌어진 욕망의 형식에 대한 소설적 탐구라면, 앞의 네 편의 작품들은 그 욕망의 기원에 대한 삽화를 보여준다. 그래서 이 소설집은 욕망과 상황의 긴장 관계에 대한 성찰이 다양한 미학적 방법론을 획득해가는 과정을 볼 수 있는 독특한 작품집이 되었다.

3. '그'와 '나,' 실존적 시간의 뿌리들

「유리창을 떠도는 벌 한 마리」「무덤가 열일곱 살」「문밖의 바람」「편지 쓰기」는 '나'와 '그' 사이의 실존적 관계를 탐색하고 있다는 측면에서 유사한 소설 공간을 이룬다. 「유리창을 떠도는 벌 한 마리」의 소설 언어는 한 여자의 행위에 대한 세밀한 묘사를 "시선의 집요함"으로 이끌고 간다. 그 묘사들은 그녀의 상처 안으로 조금씩 진입해 들어간다. 그녀의 상처 안에는 십 년 전 "돈 벌러 간" 혹은 그렇게 여기고 싶어하는 남자가 있다. 그 얼굴에 대한 그녀의 기다림은 그녀의 삶의 조건이며 병이다. 기다림은 겉으로는 고요하지만 그 안은 불길한 욕망으로 들끓고 있다. "출구를 찾지 못하고 유리창을 떠도는 벌 한 마리"는 그녀 "마음속에 떠도는 벌 한 마리"일 수 있다. 서술자가 그녀를 보는 시선은 집요한 관찰자의 그것이지만 서술자는 "그녀는 무엇을 기다리고 있을까?" "그녀는 왜 술로 몸을 데울까?" 따위의 궁금증을 노출한다. 소설의 마지막 부분에 가서야 관찰자는 바로 그녀의 아들이었음을 고백한다.

　　나-나? 나!-는, 그녀에게서 어머니를 느끼는 나를 억누르며, 아무것도 못 들은 척 뻔한 거짓을 꾸미며, 책을 펴놓았던 밥상 밑으로 손을 뻗쳐 주머니칼을 칼집에 꽂는다. 나는 그녀를 '그녀'라 부르지만, 그녀가 저 병든 고요함을 두 손에 파묻는 눈물에서만은 어머니를 느낀다. 그러나 그녀에게서 어머니를 느껴서는 안 된다. 나는 칼집을 만지작거리며 마음을 다문다. 나는 주머니칼을 주머니에 넣는다. 그리고 아까부터 노리던 기회를 여기서 찾는다. 아까부터 나는 저 유리창의 벌을 잡아 그 날개를 뜯어낼 결심이었다.
　　　　　　　　　　　　　　──「유리창을 떠도는 벌 한 마리」, p. 24

'나-나?'에서 '나!' 사이에는, 물음표에서 느낌표 사이에는, '그녀'에 대한 관찰자이며 서술자인 '나'에서 그녀의 아들인 '나'로의 전이가 이루어진다. 그런데 왜 서술자는 마지막에 가서야 그녀의 아들로서의 얼굴을 드러내는 것일까? 인용문에서 나타나는 것처럼 '나'는 "어머니를 느끼는 나를 억누르"는 나이다. 서술자는 그런 '나'의 내적 억압을 그 어법으로 보여준 것이다. 어머니는 '나'에게 억압과 상처의 기표이다. 그래서 "유리창의 벌을 잡아 그 날개를 뜯어낼 결심"은 '그녀'에 대한 '나'의 억압된 감정의 상징적 해소 방식이다. 그러나 이때 '벌'이란 실체가 아니라 억압과 상처가 만들어낸 상징 혹은 환상일 뿐이다. "벌은 없다. 벌이 보이지 않는다. 벌이 빠져나갈 출구도 없다. 그렇다면, 벌은 애당초 없었단 말인가?"(p. 25) 벌은 '주머니칼'로 상징되는 "대상 없는 적개심"으로 몸을 떠는 '나'의 내부에 있었다. 그러니까 어머니의 병은 곧 '나'의 병이었다. '내'가 그 병을 치러내는 방식으로 계집애와 살을 섞고 있을 때에도, "계집애 젖가슴을 빨며… 엄마… 엄마…"라고 신음을 토해낼 수밖에 없다. '그녀-어머니'는 '내' 실존의 뿌리이기 때문이다.

'아버지'의 부재 안에서의 '나-어머니'의 억눌리고 뒤틀린 관계는 최근작 「무덤가 열일곱 살」에서도 재현된다. 이 작품은 '철들 무렵 (2)'라는 부제가 말해주는 것처럼 「유리창을 떠도는 벌 한 마리」의 후속편. 앞의 작품과는 달리 "아버지의 무덤"을 찾아다니는 '그'가 처음부터 등장한다. 아버지의 무덤이 있는 공간은 "불안한 야생"으로 들어찬 "망우산"의 숲이며, 그것에서 무덤은 "신비한 짐승"처럼 느껴진다. 아비의 무덤이라는 상징적인 공간에 '그녀-어머니'가 등장한다. '그'의 의식과 행위에 초점이 맞추어진 이 소설에서 '그녀'를 묘사할 때, 서술자는 '그'의 시점이 된다. 소설은 '그녀'를 추적하는 '그'의 내적 의식을 묘사하려 한다. 앞의 소설에서 '그녀-나'의 내적 관계의 매개적 상징이던 '유리창을 떠도는 벌'은 이 작품에서는 '뱀'으로 나타난다. "그녀의 저 몽롱한 오솔길에 유난히 뱀이 자주 출몰하는 것은, 아무래도 그녀를 휘감고 있는 그 무엇인가와 관련이 깊은 듯하다." "뱀띠인 그는" "자기가 그녀의 허물인 모양이라고 자책할 때가 많다." '그녀-뱀-그' 사이의 관계는 '그녀'의 상처 · 욕망과 '그'의 "술, 담배, 짐 모리슨, 『화사집』"으로 표상되는 퇴폐와 불길한 성장의 상징적 관계와 상동성을 갖는다. '벌'이 그랬던 것처럼 뱀은 '그녀'의 내적 의식 속에 있으면서 동시에 '그'에게도 있다.

'그녀-어머니'는 "뱀과 마주치는 날이면 '그년'이 되는" 몸짓을 보여
주는 것과 마찬가지로, '그-아들'의 내부에 역시 '뱀'의 원초적 욕망
이 꿈틀거린다. '개옻나무' 잎새들을 몸에 비비며 '그-아들'이 치르
는 처절한 성적 의식은 그 욕망의 발로이다. 그 의식은 아비의 부재
와 어미의 방황 사이에서 '그'가 '나'가 되기 위해 치러야 하는, 혹은
'나'가 '그'가 되기 위해 감당해야 하는, 통과 제의라고 할 수 있다.

  두 편의 소설에서는 이른바 오이디푸스 콤플렉스로 명명되는 '아
버지-나-어머니' 사이의 사랑과 적대의 욕망 관계를 볼 수 있다. 아
버지는 부재의 상태로서 '나-어머니'의 관계에 그늘을 드리운다. 적
의의 대상이어야 할 '아버지'의 부재 속에서 '나'는 '어머니'에 대한
적개심과 성적 욕구를 동시에 갖는다. 그러나 이 두 작품이 이런 정
신분석의 개념들에 대한 소설적 표현에 머무르는 것은 아니다. 작가
의 소설적 탐구는 '오이디푸스 콤플렉스'라는 개념의 억압으로부터
도 자유로우려 한다. 소설은 욕망의 일반 이론을 말하려는 것이 아
니라, 어떤 특정한 실존적 상황에 대한 소설적 삽화를 보여준다. 아
버지의 부재는 '나-어머니'와의 근친상간적 욕망에 일정한 왜곡과
변형을 가져오는 조건이 된다. 편모 슬하라는 상황 자체가 일반적인
오이디푸스 콤플렉스의 조건으로부터의 변형을 의미하고, '나'는 그
것을 극복하고 사회적 상징 관계 속에 편입되기보다는 어머니의 공
간 혹은 일탈의 환상 속에 더 깊게 들어가려 한다. '나-어머니' 사이
의 변형되고 억압된 욕망은 이 소설에서 '그'라는 3인칭의 자리에
'나-아들'의 존재가 억압되는 것으로 나타난다. 따라서 '그'가 '나-
아들'로 전환되는 어법과 시점의 변화 과정은, 자신의 실존적 상황
을 받아들임으로써 스스로의 상처를 이해해 나가는 한 인간의 내적
의식을 섬세하게 드러낸다.

  「문밖의 바람」은 가족의 삼각형 안에서의 억압과 욕망을 보여주지

는 않는다. 하지만 이 소설 역시 '그'의 의식과 '나'의 의식의 관계에 대한 소설적 탐색을 담는다. 뮤직 박스 안의 DJ로 등장하는 이 소설의 주인공은 음악이라는 매개로 저편의 세계와 관계 맺는다. 그러나 그가 세상과 온전한 방식으로 소통하는 것은 아니다. 그가 머무르는 좁고 폐쇄된 공간에 대한 집착은 세계와 자신에 대한 의식의 불안을 보여준다. 그 공간은 "노래의 소리벽이 실제로 저곳의 다른 소리들을 차단하고 있는" "말이 없는 공간"이며, 그 사이의 소통이란 "일방적인 요구와 봉사"일 뿐이다. 그 공간에서 보이는 유리벽의 "전도된 글자"들은 일종의 "불구의 기호"로서 주인공으로 하여금 "배면체의 언어에 대한 열등 의식"을 자극한다. "배면체의 언어"에 그의 집착은 그로 하여금 그런 방식의 글쓰기를 시도하게 만든다. 이런 글쓰기는 세계에 대한 단절과 소통의 욕망 사이에서 자신을 견디는 방식이다. 소설의 후반부에 가서 "더 이상 '그'의 몸이 아닌 듯싶다. 그렇다면, 이 몸뚱이가 설마, '나'의 것이란 말인가? 아무래도 '그'를 잃어버린 듯싶다"(p. 68)와 같이 기술할 때, 서술자는 이제 '그' 안에서 '나'를 발견하고 인정하는 것이다. '그'에서 '나'로 가는 길은, 「유리창을 떠도는 벌 한 마리」에서 그랬던 것처럼, 자기 의식의 외재적 관찰자에서 내재적 입장에 서게 되는 과정이다. 그 과정에서 주인공은 "'그'가 아닌, 이곳의 '나'가 겪어야 할 다른 불안의 징후"를 감지한다. 그리하여 배면의 공간 너머로 대면했던 '저 여자'에 대한 '나'의 의식은 "저 여자가 나를 부르듯이. 나 또한 어쨌든 저 여자와 정면으로 마주쳐볼 수 있지 않을까? 이제 나만의 몫이던 그 갇힌 시간을 한번 벗어나볼 수 있지 않을까?"(p. 82)라는 의식으로 변모된다.

「편지 쓰기」에 나타나는 상황 역시 '나'와 '세계'의 일그러진 소통의 방식을 보여주는 예이다. "행운의 편지"를 받아본 주인공은 그것에 대한 불안과 분노 때문에 불행과 저주의 편지를 쓰기로 한다. 소설은 그 편지를 써 나가는 주인공의 의식의 추이를 추적한다. 그 의식 내부에서 그가 겪는 악몽과도 같은 환상들. 집 안의 물건들이 그에게 가하는 치욕적인 폭력은 그의 닫힌 실존적 상황과 불안을 반영한다. 소설의 마지막 부분에서 그 모든 장면들이 그가 꾼 '꿈'이었다는 것이 밝혀지는 듯하다. 그러나 편지를 태우기 위해 켰던 가스 레인지의 푸른 불길과 "난필로 끼적거려진 편지지"는 남아 있다. 그렇다면 그 꿈이란 무엇인가? "눈뜨고 꾼 그 꿈"은 "그저 텅 빈 시간을 죽여버리기 위해 쓸데없이 늘어놓은 공상"이 아니라, 그가 마주했던 심리적 현실이라고 할 수 있다. 그것은 현실이기도 하고 환상이기도 하다. 그렇다면 여기서의 좌절된 편지 쓰기는 세상에 대한 적의와 소통의 욕망 사이에 갇혀 있는 인물이 자신의 상처를 드러내는 방식이라고 할 수 있다. 편지 쓰기의 좌절이란 어쩌면 이 소설의 주인공이 앞의 다른 소설들과는 달리 여전히 '그'의 인칭 속에 머물러 있는 것과 연관되지 않을까? '그'가 '나'의 의식으로 진입하지 못할 때, 세상과의 교섭은 불가능하니까.

4. 탈의 놀이, 욕망의 신화적 차원

이 소설집의 표제작인 「강 어귀에 섬 하나」는, 「마지막 연애의 상상」(1991), 「순수한 불륜의 실험」(1996), 그리고 『미쳐버리고 싶은, 미쳐지지 않는』(1995)에 이어지는, 욕망에 대한 소설적 탐구의 한 결정판을 이룬다. 결정판이라고 말할 때, 그것은 단순히 이 작품의 미학적 완결성을 의미하는 것이 아니라, 그 형식과 시선의 첨예함을 말한다. 그 첨예함이란 무엇인가? 앞의 소설들이 욕망과 상황의 실존적 관계에 대한 추적을 보여주는 것들이었다면, 이 작품은 욕망의 인류학적인 신화에 대한 탐색이다.

우선 소설의 공간들을 살펴보자. '강 어귀에 섬 하나'라는 낭만적 이미지는 이 소설에서 탈낭만적인 것으로 전도된다. 이 공간은 인물의 내적 의식이 다다른 한 지점에 관한 메타포이다. '강'과 '바다' 사이에 있는 '섬'은 환상과 현실, 의식과 무의식, 실제와 상상, 삶과 죽음 사이의 어떤 공간일 수 있다. 이때 섬은 유토피아적인 환상이며 동시에 유기되고 고립된 장소이다. 그 공간은 "신비롭다면 신비롭기 이를 데 없는" 곳이지만, 그 신비는 기이하고 그로테스크한 분위기를 뿜어내는 신비이다. 그리고 섬의 "그 집." 그 집의 위치는 소설의 초반부는 현실적인 지도 위에 존재하는 듯하지만, 그 집은 점차 기괴한 환상성을 띠게 된다. "그 집은 갈 때마다 한 층씩 더 높이 올라가"는 집이며 "엘리베이터를 쓸 수 없어 나선형의 계단을 빙글빙글 돌며 한없이 오르는 길은 거의 지옥으로 떨어지는 길"이다. 이 "거미줄 같은 그 집의 공간 구조" 혹은 "기형적인 공간"은 중세적인 그로테스크함을 연상시킨다. 그 공간들의 비현실성은 주인공의 의식이 어떤 카오스적인 환상의 자리로 이끌림을 보여준다. 그러나 그 환상의 공간을 묘사하는 소설 언어의 집요함은 그 공간에 전율적인 리얼리티를 부여한다. 그래서 그 공간은 "말이 환상을 부르고 환상이 곧 현실인 그런 공간"이 된다.

그 집의 주인인 '그녀'는 누구인가? 이 공간의 유일무이한 존재인 '그녀'는 마녀와 제사장의 캐릭터를 동시에 갖는다. 그녀가 나에서 '너'라고 부를 때, "그 집에 오는 '너'가 워낙 많아서인지, '나'는 '나'로 구별되지 않았다." 그리고 "애당초 '나'는 없었다. 그녀가 자신을 가리켜 '나'라 말할 때, 그 대명사는 고유명사나 다름없는, 그 집에서 오로지 그쪽 그녀에게만 해당되는 유일무이한 것"(p. 112)이다. 그 집의 공간에서 그녀는 절대적인 고유명사로서의 지위를 가지며, '나'는 일반적인 '나'일 뿐이다. 그녀가 내게 '처용(處容)'이라고 부르고 자신은 '만희(滿喜)'라고 소개할 때, '처용'은 역신에게 아내를 빼앗기고도 노래와 춤으로 그것을 물리친 처용, 혹은 그 처용의 얼굴을 닮은 수많은 처용들의 하나이다. 처용이란 그 집의 여러 탈들과는 달리 "아직 미완의 탈"이다. 그러니까 주인공은 아직 자기의 얼굴을 갖지 못한 일반적인 '나'이다. 반면 그녀는 "삼십 개쯤"의 이름을 가진, 그리고 카오스적인 쾌락의 공간으로 그를 인도하는 마녀적인 존재이다. 그 집과 탈들의 놀이가 뿜어내는 흡인력은 결국 "그녀가 지닌 흡인력"이다.

그녀의 동작과 행위는 제의적이고 관능적이며 악마적이다. 그녀는 지독한 통과 제의의 과정을 통해 '나'를 다른 차원의 세계로 인도하는 주술의 힘과 예지력을 가진 제사장이다. 소설의 마지막에서 그녀는 뱀과의 흘레 뒤에 "형상 없는 몸"이 되며, 다시 주인공을 바다로 안내하는 새의 환상으로 전환되는데, 그것은 성스러운 희생적 안내자로서의 그녀의 마지막 역할을 보여준다.

소설의 무대 위에는 그녀의 연출에 의해 일종의 가면극이 상연된다. 그 집의 가면들은 그 공간을 장식하는 소품이 아니라 살아 움직이며 한바탕의 카오스적인 악몽을 선사하는 분신(分身)의 주체들이다. 탈의 놀이가 벌어지는 자리는 일종의 악마적인 카니발을 연상시킨다. 그 카니발은 주인공의 의식을 근본으로부터 뒤흔드는 주술적인 힘을 과시한다. 끊임없이 이어지는 흘레의 의식들은 주인공을 다른 세계로 진입시키는 제의적 의식이다. 이때 가면이란 무엇인가? 그녀가 소개하고 인도해주는 각각의 탈들은 주인공의 의식 내부의 여러 겹의 욕망들을 자극하고 폭발시키는 이미지들이다. "처용의 탈은 분명 아주 여러 겹이었을 거야. 여러 얼굴이 쌓여 하나가 된 거지"라고 그녀가 말하는 것은, 이 주인공의 내부에 그 욕망의 얼굴들을 가지고 있음을 암시한다. 연극에서의 가면은 비예술적인 목적의 가면과는 달리 얼굴을 숨기는 장치가 아니라, 새로운 얼굴을 드러내는 장치이다. 전통적인 연희에서 등장하는 가면들은 인간의 원초적인 욕망들을 양식화한 얼굴들이다. "탈들이 여러 가지 다른 생김새를 하고 있긴 해도, 그 이름들은 다 일반명사"라고 그녀가 말해주는 바대로, 그것들은 실존적 주체 이전의 양식화된 욕망의 표정들이다. 주인공은 그 탈들을 겪어내야만 한다.

주인공이 겪는 그 탈들과의 교접은 그녀의 유도로 이루어지는 것이지만, 자기 안의 욕망들이 그것을 가능하게 했다고 할 수 있다. 그 탈들의 난장은 주체가 자신의 얼굴을 찾기 위한 한바탕의 통과 제의이다. 그 악몽과도 같은 난장을 겪은 뒤, 한사코 인칭을 드러내지 않던 주인공-서술자는 소설의 마지막 장면에서 멀었던 눈을 뜨면서 "이 세상에 '나'가 있었다면, 아마도 그때의 그 눈이야말로 바로 '나'였을 것이다"(p. 155)라고 진술한다.

그리고, 이 소설의 흥미로운 행갈이의 구조. 우연에 의해 문장의 가운데가 뚝 잘려나간 것 같은 행갈이에 대해서는 두 가지 분석이 가능하다. 그것은 우선 서술자인 주인공의 의식의 흐름의 단속적인 연속성을 보여주는 장치이다. 주인공은 이 카오스적 공간에서 합리적인 논리의 진술들과 의미의 마디들을 유지할 수가 없으며, 환상과 난장은 끊임없이 이어지고 증식된다. 그러니 규범적인 문법이 만들어내는 문단의 행갈이는 불가능하다. 또 하나, 이런 행갈이는 이 소설의 시간 의식과 밀접하게 연관되어 있다. 주인공은 그 집에서 여러 날을 통해 기이한 의식을 치러냈지만, 명확한 물리적 시간을 가늠할 수 없다. 뒤에 주인공은 앞의 많은 날들이 "망각 속에 추락해버린" 것을 경험한다. 다만 "시간의 구멍 혹은 심연에 의해 갈라진, 그 앞쪽과 그 뒤쪽 사이의 시간적 거리"만이 감지되는 시간들은, 서술자의 의식 속에서 며칠의 시간이기도 하고 "천백년"의 시간일 수도 있다. 그곳의 시간은 세속적이고 물리적인 시간 단위를 넘어서는 자리이다.

　　인과의 매듭은 불확실한 채 기이한 행적만이 때로는 환상처럼 때로는 사실처럼 툭툭 던져져 있는 그 집에서의 시간, 그건 전설의 시간이 아니던가. 그 집에 온 날수만을 치자면 서른을 꼽을까말까였으나, 그리고 그 집의 계절로는 항상 가을이었으나, 그 집 밖의 계절로는 아마도 지난 겨울부터 사계절을 돌아 가을을 맞은 것이어서 한 해 정도는 될 법한 그 시간이, 한 판의 전설적인 마당놀이였을 뿐이란 말인가.
　　　　　　　　　　　　　　　　　　　——「강 어귀에 섬 하나」, pp. 149~50

　이 전설의 시간과 공간들은 단지 헛것들의 난장에 불과한 것일까? 그 난장은 합리적이고 제도적인 공간 너머의 카오스적인 공간을 통해 욕망의 인류학적 원형들을 경험하는 자리이며, 동시에 욕망의 근원적 자리에 대한 반성적 거울의 자리이다. 그래서 이 소설은 "영상이 서로를 겯고 트는데도, 어질머리가 더 나는 것이 아니라 어지러우면서도 정돈된 느낌이 드는" 뛰어난 환상소설의 구조를 얻게 된다.

5. 불길한, 사랑의 상상적 실험

　「순수한 불륜의 실험」은 이른바 '불륜'을 소재로 한 소설이다. 하지만 그 소설은 두 가지 측면에서 불륜의 문학을 낯설게 한다. 우선 하나는 그 영화적인 기법. 소설은 두 인물들의 대화체로 구성되어 있다. 그 대화는 불륜의 참여자인 인물과 그것의 관찰자인 인물과의 대화이다. 불륜의 참여자인 화자는 관찰자인 화자로부터 불륜의 장면들에 대한 묘사를 요청받는다. 그 묘사들은 마치 영화의 장면들을 엿보고 그 '시각의 틀'을 설정하는 시선으로 진행된다. 이 소설의 이런 기법은 영화적인 문법이 소설 문법의 자기 갱신과 어떻게 만날 수 있는가를 보여주는 사례이다. 불륜의 참여자이며 묘사자인 화자는, 그 영화적인 장면들 속에서 '나'와 '그녀'를 들여다본다. 두 화자의 대화는 그 '시각의 틀'의 구성에 대한 메타적인 진술들을 포함한다.

　너? 네가 너를 보고 있는 거야?
　응.
　푸… 뭐, 그럴 수 있지. 그것도 일종의 기법이니까.
　실제로 언제나 그럴 수밖에 없었어. 그건 그저 기법이 아니야. 그게 사실이고 진실인 거지.
　아니, 그런데 다시 보니, 돌아선 너는 네가 아니잖아?
　내가 아닌 그가 바로 나야. 말을 바꾸면, '나' 역할을 맡은, 배우와 같은 존재라고나 할까. 이건 말하자면 영화 비슷한 거니까. 그걸 통한 실험이니까.　　　　　　　　　—「순수한 불륜의 실험」, p. 162

　불륜의 실험틀 안에서 사실과 허구는 구별되지 않는다. 실제의 삶과 "영상 실험"은 그 경계를 지워 나간다. 그 실험은 인물들의 욕망을 반영하는 실험이기 때문에, 실제의 현실 속에서 가능하지 않을 수도 있지만, 그러나 그 영상 실험 속의 행위가 단지 허구의 차원이라고 말할 수도 없다. 그 실험은 일상과 제도의 틀을 부수는 카니발적인 욕망의 실험이다. 그 실험의 마지막이 가설 무대와 같은 공간에서 벌어지는 "철저하게 비현실적인 혹은 초현실적인 축제"라는 것

222

은 흥미롭다. "유리의 방"에서 이루어지는 집단적인 "육체적 유희"와 풀밭 위의 군무와 몸으로 만드는 제단은 그 실험의 절정을 이룬다. 불륜의 영상 사이로 삽입되는 뱀과 새와 물고기가 등장하는 또 다른 몽환적인 환상들은 그 불륜의 장면들에 대한 메타포적 영상일 수도 있고, "고통에서 더 멀리 도망치려고 꿈속에서 다시 잠들어 꾸는 꿈속의 꿈, 그 꿈속의 꿈이 떠올리는 환각"이며, 그래서 "읽는 사람에 따라 읽히는 내용도 달라질 수 있"(p. 193)는 영상이기도 하다.

소재로서의 불륜의 문학을 넘어서는 두번째 국면은, 불륜의 사랑에 대한 성찰적 지점이다. 두 화자는 사랑과 불륜의 주제에 대해 논쟁적인 대화를 주고받음으로써 흥미로운 사유의 공간을 제공한다. 불륜의 참여자인 화자는 불륜이라는 말의 억압으로부터의 일탈을 꿈꾸는 반면, 보수적이고 냉소적인 또 다른 화자는 제도적인 선입관과 억압을 대변한다. 하지만 불륜의 자의식이 가장 첨예하게 드러나는 것은 그 실험 속의 '그녀'를 통해서다. 이 소설에서 가장 강력한 캐릭터를 소유한 그녀는 '나'에게 다른 남자와의 육체적 관계를 일부러 보여주려 하는 "악마적인 사랑의 사상을 갖춘" "악녀"이다. 그녀가 보여주는 "불륜의 사상"은 무엇인가? 그녀는 "낮과 밤의 저 더러운 구별을 없애려 하는" 여자이며, "원천적으로 자유롭고 싶은 여자"이다. 그 안에서 "낡은 삼각 관계의 파기"가 이루어진다. '나'는 그 여자의 행위들을 받아들이며, 그것을 "불륜이라는 말의 덫"에서 해방시킬 수 있는 하나의 가능성으로 보며, 그래서 '그녀'처럼 불륜의 증식을 도모한다.

소설의 마지막, 축제 장면에 등장하는 반사회적이고 히피적인 '가족 실험'은 제도적 억압에 저항하는 '대항 사회'의 모습을 구체화한다. 그것은 "불륜의 사랑과 순수한 사랑의 차별을 지우"는 실험이다. 물론 그 실험은 제도적 현실 속에서 필연적으로 파국을 예비하는 실험일 수밖에 없다.

　그러면 도대체 그 불가능한 환상의 실험은 무슨 의미가 있는가? "만들어지는 건 환상이더라도 그걸 만드는 행위는 현실이니까, 그리고 아무튼, 그걸 보여줌으로써 현실을 조금 꿈틀하게는 할 수 있으니까"라고 한 사람의 화자는 말한다. 과연 소설의 마지막 부분에서 보수적 냉소주의자였던 또 다른 화자는 그 실험의 의미를 이해하게 되고, '나'에게 '새'의 이미지의 변신인 '비행기'를 타고 "사랑이 불륜으로 연계되지 않는 어떤 곳"으로 떠날 것을 권유한다. "뱀의 배를 열고 나온 새"(p. 221)의 이미지와 비행기의 이미지는 그렇게 겹쳐진다. 그러나 불륜의 주체인 화자는 "다른 극단적 환상을 꿈꾸게 하는 사랑도 지극히 구체적인 현실에서 싹트는 것 아닐까? 그 현실을 버린다면 사랑 자체를 잃는 것 아닐까?"라고 되묻는다. 그 물음은 그 "순수한 불륜의 실험"이 결국 현실 안에서 배태되었으며 현실 안에서 추락할 수밖에 없음을 환기시켜준다.

　「마지막 연애의 상상」 역시 사랑이라는 이름의 욕망과 제도적 상황의 억압의 관계를 문제화한다. 닫힌 제도적 공간에서의 억압적 상황과 물리적 시간을 가로지르는 상상의 움직임이 묘사의 중심이 된다. 억압과 욕망의 긴장이 처음 드러나는 것은 '나-그'의 실어증이다. 실어증은 "언어 자체가 날아가버리거나 파묻혀버린 것은 아니었고, 오히려 그의 입으로 빠져나가지 못한 언어들은 내 머릿속 회로에 고스란히 남아 혼탁하게 들끓고 있"는 상태이다. 그것은 이중적인 근원을 갖는다. 우선 그것은 제도적 억압과 금기의 결과이며, 동시에 그 제도화·체계화된 언어 규범으로부터 이탈하는 상상의 욕망이 만들어낸 질병이다. 서른아홉에 작동된 상상력이 "예순아홉 살의 연애"로 나아가고 그 상상 속의 "행복의 감각"으로 남아 있는 종소리를 듣는 것은 그의 실어증과 동시적인 현상이다. 글과 말을 잃어버린 대신, 실어증은 '나-그'에게 상상의 감각만이 남아 있게 했다. 이때 그 상상이란 무엇인가? 그것은 경험에 대한 기억이며 동시에 미래에 대한 몽상이다. 다음과 같은 진술은 그것의 성격을 비교적 구체적으로 밝혀준다.

아니, 혹시 모든 것이 거꾸로는 아닐까, 갑자기 모든 것이 혼란스럽고, 아니 아니, 그래, 혹시 미래의 상상이 거꾸로 과거의 영상을 각별히 끌어내 흩뜨리고 일그러뜨리는 것은 아닐까, 혼란 속에서, 어쩌면 예순아홉 살을 의탁할 미래의 양로원의 상상이 거꾸로, 서른 살에 스친 그곳을 수용소로 변형시켰는지도 모른다는 의혹이 들고, 그렇다면 환상과 실제가 제멋대로 맞물려 있을 내 기억, 의 사실성, 을 보장해줄 것, 이라곤 아무것도 없다는 생각이 치달린다.

——「마지막 연애의 상상」, pp. 237~38

그러니까 그것은 "과거의 기억의 영상이 미래의 상상의 얼룩"이라는 맥락에서의 상상이며, "환상과 실제가 제멋대로 맞물려 있는 기억"으로서의 상상이다. "미래뿐만이 아니라 과거까지도 상상해온 것일 수 있다. 달리는, 미래야말로 분명히 닥치고야 말 실제이고, 과거는 모두 시간의 허공에서 지워져버린 환상에 불과할 수"(p. 239) 있는 것이다. 인칭의 문제와 연관해서 말한다면 '그'의 상상적 글쓰기와 '그'에 대한 자의식으로서의 '나'는, 과거와 환상의 관계처럼 맞물려 있다.

상상 속에서 그가 경험하는 것은 통제된 공간 속의 폭력과 공포이다. 통제된 공간은 십 년 전에는 "연수원"의 모습으로 그리고 이십구년 후에는 "양로원" "노인복지원"의 이름으로 나타난다.

두 공간은 제도적 억압이 상존한다는 측면에서 동일하다. 그 억압은 육체적 차원과 언어적 차원을 동시에 갖는데, "미래의 상상 속에서, 그 나의 공포의 거죽은 육체적이기보다는 언어적"이며, 젊은 시절의 연수원에서 "공포의 거죽은 언어적이기보다는 육체적"이지만, "그 배면에는 언어적인 공포"가 드리워져 있다. 이 "언어적 공포"란 무엇인가? "말에 그늘이 생기지 않게" 해야 한다는, "말에서 모든 부정적 사고를 제거해야만" 한다는 억압. 그 억압은 말을 빼앗아가지만, 동시에 그 언어적 공포는 '육체적'이며, '현재적인' 공포이기도 하다. 그 공포가 상상의 글쓰기의 조건이 되었으며, 동시에 상상의 글쓰기는 그 공포의 지점으로 자꾸 돌아가려 한다.

미래적 공간에서의 상상의 글쓰기는 마지막 연애를 꿈꾼다. 그 연애는 성욕까지 통제하는 공간에서 치르는 것이기 때문에 매우 위험하다. 그 연애의 징벌의 자리에서 상기되는 악몽. 그가 자신의 가족들을 죽였다는 악몽은 "악몽 속에서 악몽에서 깨어 꾸는 다른 악몽"과 "추문의 위협"으로 그를 끈다. 그러니까 그 상상 안에도 외부적인 폭력의 조작이 있다는 것. '나'는 그 상상마저도 "능동이 아니라 피동이며, 개진이 아니라 수락"일 것이라는 우울한 진실을 마주하지만, "그래도 피동이고 싶지 않은 욕망이, 수락하지 않으려는 의지"가 상상을 두텁게 하리라는 것을 믿으려 한다.

그 믿음은 그러나 "말로 말을 뚫고 나가고" "문법적이면서 문법적이 아니고자 하는" 말의 전략이기 때문에, "암세포나 에이즈 균이 꿈꾸는 소통"처럼 치명적인 것일 수 있다.

그러면 무엇이 남는가? 성욕마저 통제하려 드는 공간에서 육체가 꾸는 꿈, 혹은 그 상상이 불러일으키는 육체의 감각은 드디어 죽음의 추문을 넘어선다. 그 상상의 끝자락에서 늙은 육체들이 기어이 "서로를 피워올려" "불가능해 보이던 한 몸의 기적"을 이루게 된다.

그 기적은 고통과 죽음을 동반하겠지만, 그 치명적인 사랑의 실험이 "나뉨의 경계를 지우"게 되리라는 꿈은, "메마른 강줄기"에서 "강 어귀의 파도"로 나아가려는 의지의 내용이다. 그 실험은 모든 제도적 경계를 돌파하고 죽음마저 살아내며 '너'와 몸 섞으려는 '나'의 꿈이기도 하다. 작가의 실험은 그 꿈의 운동과 그 욕망의 밑바닥에 있는 어두운 심연까지를 드러내준다. 그래서, 이 소설들은 그 꿈의 매혹과 치명성, 그리고 그것을 탄생시키고 또한 그것을 불가능하게 하는 현실의 조건들, 그리고 인간 실존 밑바닥의 어둡고 깊은 구멍에 대한 성찰을 동시에 보여주는 깊은 텍스트이다. 거기서 당신은 욕망에 대한 욕망의 반성적 자의식을 만난다. 그러면, 다시 그것을, 자신의 죽음을 들여다보는, 욕망의 문학적 정화라고 불러도 될까?

이제 고요하다. 당신과 내가 치른 카니발의 아침처럼.　　〔1999〕

배설의 서사와 분열증적 글쓰기
─정영문의 소설은 무엇인가?

1. 그는 지움의 방식으로 글을 써 나간다

　도대체 그것이 가능한가? 한 작가가 '지움의 방식으로 글을 써 나'간다는 사실이 말이다. 아니, '가능한가'라는 질문이 그렇게 중요한가? 혹은, '가능한가'라는 질문은 가능한가? 그러면 차라리 '가능성/불가능성'의 조건들을 물어보자. '지움의 방식'이란 우선, 경험을 유기적으로 배열하여 전체성의 구조를 건축하는 소설쓰기를 거부한다는 것이다. 정영문의 글쓰기는 건축술이 아니라 해체술이며, 통합의 글쓰기가 아니라 차이화의 글쓰기이다. 무엇에 관한 해체와 차이화? 먼저, 전통적인 소설 문법과 구조에 관한 위반이다. 그런데 그의 소설은 단지 허무는 소설이 아니라, 세우는 동시에 허무는 소설이다. 아무것도 건설할 수 없다는 것을 보여주기 위해 끊임없이 세우면서 삭제하는 언어적 퍼포먼스가 상연되는 무대. 이것은 플롯과 의미화 과정의 층위 모두에 해당된다. 플롯은 사건의 전말과 후관계의 설정을 교란하고 있으며, 텍스트는 어떤 의미도 담지 않기 위해 무수한 언어들을 배설해낸다.

　나는 도대체 이 추저분하고 불쾌한, 내 존재의 퇴조에 관한, 모호한 환멸을 유발하는 이 이야기를 통해 무엇을 말하려는 것인가? 다시 말하지만, 내가 말하고자 하는 것은 아무것도 없다. 사실 나는 의미있는 것들과는 오래 전, 서로 아무런 애석함이 없이, 결별을 했다. 내가 어떤 의미 있는 것을 말하리라곤 기대하지 말자. 어쩌면 내가 이 이야기를 통해 나아가고자 하는 지점은 내 언어가 효력을 잃는, 사유가 그 무력한 작용을 끝내는 곳인지도 모른다. 단지 이 이야기들로 나의 지루함을 달랠 수만 있다면 그것으로 충분하다. 끝내 나는 아무것에 관해서도 얘기하지 않고 나의 이야기를 끝낼 것이다. 그럼으로써, 나는 내 삶이, 내가 생각하는 세계가 모호한 환멸의 덩어리 이상의 그 어떤 것도 아니라는 것을 보여주려 하는지도 모르겠다.

　　—『핏기 없는 독백』, pp. 142~43, 이하 같은 책에서 인용

　그의 장편 『핏기 없는 독백』(문학과지성사, 2000)은 그의 이러한 소설쓰기가 극단으로 나아간 소설이다. 이 소설은 소설을 쓴다는 행위 자체에 대한 반성적 자의식을 드러내고 소설의 제작 과정 자체를 노출시킨다는 측면에서 '메타소설'이다. 그의 소설적 자의식은 작품의 미학적 구성에 관한 관심을 넘어서, 소설이 어떤 자명한 현실과 진실을 담는 용기가 아니라 불투명한 의식의 구성물이라는 것을 드러내기 위한 텍스트이다. 이 공간 안에서는 소설의 창작과 비평이 동시에 진행된다. 그래서 화자는 위의 예문처럼 이야기의 내용과 이야기하는 행위에 대해 끊임없이 회의하고 야유한다. 화자는 그 이야기가 아무 의미도 가치도 없다는 것을 부단하게 상기시켜주려 한다. 심지어 "이것은 자명하다. 의미라는 게, 그런 게 조금이라도 남아 있다면 그것마저 삭제해야 할 것이다"라고 선언한다.

　사실 이 모든 이야기는 아무것도 아닌 것에 이르기 위한 방법일 뿐

이었다. 그리고 상당한 노력의 결과로 마침내 나는 내가 아무런 말도 할 수 없는, 아무런 생각마저도 할 수 없는 상태에 이르게 된 것 같다. 나는 여기에, 나의 끝이 있는 게 틀림없다는 생각을 한다. 나는 삶의 의미로부터 벗어나 그것의 무의미의 깊은 터널 속으로 빠져든다. 잠시 조금만 더 집중을 하자. 이제 나의 생의 마지막 페이지를 넘기자, 아니, 그것을 찢어 불 속에 처넣자, 바람에 흩어질 재로 남도록. 더 이상 아무것도 말하고 싶지 않다. 이제 정말 모든 것을 남김없이 말해버린 것 같다. 나의 말 또한 바닥을 드러내고 있는 것처럼 여겨진다— 하지만 이것은 아무것도 말한 것이 없다는 반증일 것이다. 아니, 실제로 나는 아직 아무것도 말한 것이 없다. 아직도 내게는, 이런 이야기라면 수백 개도 더 지어낼 수 있는 분량의 이야기의 자원이 있다. 하지만 그 모든 얘기를 다한다고 해도 뭐가 달라질 것인가?

(pp. 246~47)

본질적으로 관념과 무관할 수 없는 언어 행위를 통해 의미를 지워 나간다는 것은 불가능한 것처럼 보이기도 한다. 그의 소설의 화자가 아무리 의미 없음을 주장한다 해도 결국 남게 되는 '의미 없다'는 관념 혹은 메시지는 이미 의미의 차원에 있다. 그렇다면 그의 작업은 처음부터 불가능한 모순의 기획일 수밖에 없는가? 어느 정도는 그렇다. 그러나 그런 소설적 기획은 그 반소설적 파괴력의 맥락에서 평가될 수 있다. 정영문의 소설에서 의미를 지워 나가는 방식은 화자가 그 자신의 의식과 언술 행위를 끊임없이 패러디함으로써 실천된다. 소설 속에는 꼬리를 물고 생산되는 무수한 언어의 증식이 있다. 하지만, 문장들은 앞의 문장을 딛고 나아가는 것이 아니라, 뒤의 문장이 앞의 문장을 지우면서 나아간다. 뒤의 문장은 앞의 문장의 끈질긴 부정문이 된다. 이런 식으로 소설이 진행된다면 그 소설이 아무리 길다 해도 남겨지는 것은 의미의 함량은 제로가 되는 셈이다. 그러니까 자신의 발화가 바로 그전의 발화를 무화시키는 발화가 되는 자기 삭제의 담론.

『팻기 없는 독백』에서의 자기 삭제의 분열증적 독백은 그의 또 다른 소설 『하품』(작가정신, 1999)의 무의미한 대화들과 잘 대비된다. 이 소설은 우연히 동물원에서 만난 "한때 알고 지내던" 두 사람이 만나 벌이는 무의미하고 지루하며 지리멸렬한 대화들을 옮겨놓은 소설이다. 이들의 대화는 소통의 언어가 아니라, 단절의 소음에 가깝다. 이 소설 속의 끔찍하게 권태로운 수다는 삶에 대한 싸늘한 침묵의 언어이다. 정영문 소설의 독백과 대화는 진실을 나르는 소통의 언어가 그것의 불가능성을 확인하는 언어, 궁극적으로는 침묵이 되기 위한 언어이다.

2. 그는 현실이 자신의 꿈의 경직된 해석처럼 여겨진다

내 앞에서 주저하고 있는 저 유령의 형체를 한 존재는 무엇인가? 내가 꿈을 꾸고 있는 것일까? 그런 것 같지는 않다. 이 상황에는, 꿈에서처럼 모든 것이 실제적인 것으로 여겨지게 하는 사실성이 결여되어 있다. 내가, 이것이 혹시 꿈은 아닌가 하고 의심하는 것이야말로 꿈이 아니라는 반증이 될 수도 있을 것이다. 그 밖의 다른, 이것이 꿈이 아니라는 증거도 있을 테지만, 물론 그것이 어떤 것인지는 생각해낼 수 없지만, 그 한 가지만으로도 충분한 것 같다. 하지만 나는 그러한 추리가 타당한 것인지 잘 알 수가 없다. 아니면 나의 약해진 시력으로 인한 환시가 지어낸 영상일 뿐일까? 아니, 그런 것 같지도 않다. (pp. 11~12)

정영문의 소설에는 현실과 허구의 이분법이 존재하지 않는다. 화자는 자기 경험의 확실성에 대한 확신을 갖고 있지 못하며, 심지어 자기 존재의 현실성도 인정하지 않는다. 그의 소설의 환상성은 『검은 이야기 사슬』(문학과지성사, 1998)에서 하나의 문학적 성취를 이루었으며, 작품집 『나를 두둔하는 악마에 대한 불온한 이야기』(세계사, 2000)에서도 이어진다. 그의 단편들은 일종의 우화들이다. 그 우화들은 환상과 현실의 경계에서 산출되며, 그 의미 내용을 쉽게 거머쥘 수 없는 모호한 알레고리들을 품고 있다. 그것은 현실이란 결국 허구적인 언어적 구성물에 지나지 않는다는 것을 보여주고, 그렇기 때문에 허구와 현실은 호환될 수 있는 것임을 드러낸다. 상상적 세계가 의식에 존재하는 한에서 현실보다 현실적일 수 있다는 것을 제시하는 소설적 모험에 해당한다. 그의 알레고리들은 일반적인 모방적 알레고리처럼 어떤 특정한 대상이나 현실에 대한 비판이나 풍자를 목적으로 하는 것이 아니라, 존재 자체의 부조리에 대한 실감을 제공하는 하나의 악몽이다. 『핏기 없는 독백』에서도 이런 환상은 산재한다. 아니 소설의 내용 전체가 환상일 수 있는 가능성을, 환상과 현실의 구분이 애초에 설정할 수 없음을 보여준다.

나는 그 여름의 빛 속에서 존재하려고 애쓰는 필사적인 그림자로서, 가시적인 부재로서만 존재하는 것처럼 느껴졌다. 나의 모든 의식은 존재의 근거가 아니라 존재를 위한 구상의 근거일 뿐이었다. 나 또한 완벽한 부재를 보충하는 불완전한 존재일 뿐이었다. 나는 기계적으로 발걸음을 내디뎠다. (p. 178)

화자는 스스로를 "그림자" 혹은 "가시적인 부재로서만 존재하는 것"으로 표현한다. 그의 소설 속에 존재하는 것들은 자신의 존재감을 보여주기보다는 부재감을 드러낸다. 그들은 소설 공간 안에서 부재로서 존재한다. 현실과 존재의 자명성이 이미 무너져 있기 때문이다.

3. 그는 그의 부재의 증인이다

제목에서 드러나 있는 것처럼 이 소설은 독백의 형식을 띠고 있다. 그것은 주인공의 내밀한 무의식에 가까운 생각들이 합리적 조작 이전의 직접적인 문장들로 표현되고 있다는 점에서 내적 독백 interior monologue이라고 할 수 있으며, 작품의 모든 내용이 한 사람의 의식을 통해서 비논리적으로 전달된다는 의미에서 의식의 흐름stream of consciousness의 기법을 보여준다. 이와 유사한 개념으로 이 소설을 일종의 고백소설confessional novel로 볼 수도 있다. 그러나 그 고백은 자전적인 체험의 토로라는 의미에서의 고백은 아니다. 이런 의미의 고백의 문법이 성립하려면 그가 고백하는 체험의 진실성이 전제되어야 한다. 물론 그 진실성은 화자의 태도의 문제이다. 그러나 이 소설에서의 고백은 차라리 자신의 삶이 무엇인지 알 수 없다는 자포자기의 고백이다.

이야기를 한다는 이 헛된 노력으로부터 벗어나기가 이렇게 힘이 드는 일인가? 이 이야기를 여기서 끝낼 수는 없을까? 하지만 이것은 내가 마음대로 할 수 없는 문제이다. 내게 이야기를 해달라고 조르는 자, 그것은 내가 아니다, 내가 아닌 누구이다. 어쩐지 나의 이야기를 바닥내지 않는 한 나의 죽음 또한 찾아오지 않을 것만 같다. (p. 197)

화자는 이야기의 구조와 서술의 구조의 양편에 참여하고 있다. 동시에 화자는 이야기하는 화자이며, 이 이야기를 바라보는 화자이다. 위에서 화자는 이 이야기의 주체적 동인(動因)이 자신이 아니라고 말하면서 자신은 다만 죽음을 위해 이야기를 바닥내려 하고 있다고 말한다. 화자가 자신의 얼굴을 드러내고 그 얼굴이 허구라는 것을 동시에 드러내는 그런 화자.

　이쯤에서 나는 나의 얘기를 대신 이끌고 나갈 한 사람의 화자를, 아니 다수의 화자를, 실제로는 하나에 지나지 않지만, 조금씩 다른, 여러 명의 화자를, 왜냐하면 그 누구도 장황한 얘기를 하고 싶어하는 것 같지는 않으니까, 고용하고 싶다, 그에게는 기쁨이 될 나의 고통을 맛볼 수 있게 하는 조건으로. 항상 대리인의 자격으로 살아온 나로서는 이상할 게 하나도 없다. 이것 또한 나의 대리인의 자격으로 말하는 거다. 이제 나는 그들로 하여금 나를 맡게 할 것이다. 전혀 다른 타자들로 이루어진, 나의 강제된 대역인 그들은 나름의 어조와 열의로 얘기를 하게 될 것이다. 하지만 그것은 거의 눈에 띄지 않는 방식으로, 마치 한 사람의 동일한 인물이 얘기하는 것처럼, 이루어질 것이다. 내가 매개가 되어 만들어진, 나의 분열과 함께 무섭게 번식한 복수의 나(들), 나는 나 자신의 내부에서, 벽을 사이에 둔 옆방의 사람들이 얘기를 나누는 것을 듣는 것처럼 그들의 불안한 지위에 놓인 목소리들을 청취하면 되는 것이다. 마지막으로, 이것은 내가 묻히게 될 말의 무덤을 파는 일이 될 것이다. (pp. 27~28)

메타소설적인 형식을 띠는 이 소설에서 화자는 창작자이며 독자이며 비평가이다. 그래서 서술자는 자기 정체성을 가진 존재가 아니라, 분열된 주체이거나 복수의 타자들이다. 그의 화자는 스스로 동일성을 주장하지도 않으며, 독자에게 어떤 동일시를 유도하지도 않는다. 화자는 자신이 허구라는 것을, 자신이 분열된 주체의 일부라는 것을 독자에게 상기시켜준다. 이 소설이 의미 없음을 실현하기 위한 소설이라면, 화자는 그것을 실현하기 위해 등장하는 매개에 지나지 않는다. 1인칭 화자는 주인공의 행위를 바라보는 화자이며, 동시에 자신의 언술 행위를 듣는 자이며, 그것을 지우는 화자이다. 그것은 복수의 분열된 화자이며, 자신의 부재를 드러내는 화자이다. 다른 식으로 말하면 그의 화자는 하나하나의 다른 화자가 모인 화자가 아니라, 이미 하나의 화자 안에 그 복수성이 들어 있는 화자이다. 그의 소설 속의 주체는 차라리 그 복수의 입들, 더 나아가 그 언어들 자체인 셈이다.

　아무것도 초래하지 않는 이 삶은 사실상 끝이 난 것이나 다름없다. 이제 나는 내게 남은 시간이 내게 보내는 냉소를, 나의 운명이 짓고 있는 비웃음을 분명하게 느낄 수 있다. 이것이 잉여분의 삶이란 것은 분명하다. 이 생각은 오래 전부터 나를 따라다닌, 나라는 존재가 누군가의 남겨진 잔유물이라는 느낌과도 일맥 상통하는 것이다. (p. 16)

화자는 자기 존재에 대한 확신을 가질 수 없다. 그는 자신의 삶이 "잉여분의 삶"이고 자신은 "누군가의 남겨진 잔여물"이라는 느낌을 지우지 못한다. 이런 어두운 의식이 화자로 하여금 자신을 삭제하고 비워 나가는 언술을 진행하도록 만든다. 그는 자신의 궁극적인 부재 혹은 죽음을 확인하고 싶어한다.

4. 그는 죽음에 관한 조서를 쓴다

하지만 이 생각은 어디에도 소재하지 않는다는 기분에 싸여 있는 내가, 곧 망설임 없이 나 자신을 타살하게 될 순간에 나 자신에게 되돌려줄 나의 죽음에 관한 진술을 받아적는 조서라고 할 수 있을 것이다. 조서라고? 이를테면 그런 것이라는 의미이다. 또한 이것은 유희가 아니며, 오히려 이것은 유희의 부인이며 유희의 말로에 가깝다. 적어도 이제 나는 유희의 그네를 타는 일 — 그것은 끈이 끊긴, 하지만 아직은 허공에 매달려 있는 그네를 타는 일과도 같다 — 이 얼마나 허튼 수작인지 정도는 알게 되었다. (pp. 20~21)

자, 이제 겨우 이 소설의 '줄거리'를 말할 때가 되었다. 이 소설은 명시적인 의미의 줄거리를 생산하고 있지 않지만 말이다. 이 소설은 죽음에 임박한 1인칭 화자가 그 "죽음에 관한 진술을 받아적는 조서"의 성격을 띤다. 조서란 무엇인가? 조서는 弔書이며, 調書이다. 조서는 조문을 전하는 글이며, 조사한 사실을 적은 문서이다. 소설에서 그 두 가지는 하나이다. 삶은 죽음의 과정이기 때문에 삶의 기록은 죽음에 관한 기록일 수밖에 없다. 그는 자신의 남루한 삶의 몇 장면을 떠올리고 있다. 그리고 그 몇 장면 때문에 이 소설은 경험의 서사적 재현이라는 근대 소설의 틀에 조금은 부합되고 있지만, 그것은 서정적 회고와 반추의 대상이 아니다. 자신에게 의미 있는 경험이기 때문에 그 장면이 재현되는 것이 아니라, 죽음을 기다리는 시간을 메우기 위해 그냥 떠올려진 것들일 뿐이다.

그 장면들은 요양원의 감금과 쫓김과 유랑 등의 사건 내용을 담고 있으나 그 사건들의 유기적인 관계를 찾아낸다는 것은 사실상 불가능하다. 그것은 파편화된 삶의 한 내적 풍경이기 때문이다. 그 풍경들은 늘 죽음의 그림자 안에서 느리게 흐르고 있다. 물론 수용과 축출과 유랑 등의 항목들은 주인공이 일종의 광인이며 반사회적이고 소외된 인물이라는 것을 드러낸다. 그는 타자와의 어떤 소통도 불가능한 조건에 놓인 존재이며, 그 인간적 실체감을 갖지 않는 추상화된 인물이다. 그러나 작가가 이 사회의 억압과 소외를 드러내기 위해 소설을 썼다고 보여지는 근거는 별로 없다. 소설은 사회적인 차원이 아니라, 삶 그 자체의 차원을 겨냥하고 있기 때문이다. 오히려이 소설을 일종의 병리소설로 이해할 때, 그것은 이성적 원칙에서 어긋나는 인간의 행동에서 은폐된 인간 영역을 탐구할 수 있는 가능성을 타진한다.

이 소설의 주인공-화자는 말하자면 죽음에의 의지로 삶을 견디는 자이다. 그에게 죽음이란 "존재에 의해 훼손되었던 무의 완전성을 회복하는 일"이다. 그래서 소설의 후반부, 죽음이 아주 가까워졌을 때, 그는 다음과 같이 다가온 죽음의 느낌을 피력한다.

1) 나의 은밀한 의지가 유도했던, 숨겨진 길이 끝나는, 존재의 여백 속에 있는, 놀라운 완결성으로 출현하는 이 죽음은 내게 거대한 비약처럼 여겨진다. 내가 이런 생각을 하는 동안 모든 것의 경계가 무너지며, 시간의 억류로부터 풀려나온 내가 무한으로 뻗어나가고 있다는, 나의 사라짐이 그 무한을 팽배하게 하고 있다는 느낌이 든다. (p. 246)

2) 그리고 문득 죽어가는 이 순간에 갑자기 이런 생각이 든다. 그토록 애타게 기다렸던 죽음은 여기에 없다는 생각이, 내가 태어난 적이 없었던 것처럼, 나의 시작도 끝이 없다는, 단지 변함없는 무가 존재할

뿐이라는 생각이. 실제로, 태어난 적도, 산 적도, 죽은 적도 없는 나는 그 무한한 세계의 지평선 너머에서 아무런 꿈도 꾸지 않는다. (p. 249)

1)에서 죽음은 무한에 대한 경험을 유도한다. 그것은 일종의 종교적인 체험이 된다. 2)에서 죽음은 다시 또 다른 부재로 되돌려진다. 화자는 죽음을 통해 어떤 절대적인 무의 경지를 이야기하고 있는 듯하다. 주인공의 비루한 삶의 과정과 그 비루함에 대한 야유를 통과한 뒤 이 소설은 이제 어떤 종교적인 지점에 도달하려 하고 있다. 어떤 완결성도 없이 "시간의 억류"만이 있는 누추한 삶에 있어 죽음은 "놀라운 완결성"의 경험이다. 아니 그것조차도 더 큰 차원의 '무'의 관념에 비하면 아무것도 아닌 것이 된다. 이것은 일종의 신비 체험에 해당한다. 정영문 소설의 주인공들이 보잘것없고 추상화된 인물임에도 불구하고 어떤 숭고한 성자의 이미지를 부분적으로 소유하고 있는 것도 같은 맥락에서 이해될 수 있다. 이 소설의 화자는 이제 그 "무(無)의 종교"를 설파하는 사제와도 같다.

앞에서 언급했던 것처럼, 정영문의 문학적 실천은 처음부터 모순에 기초해 있다. 그가 정말 "아무것도 담지 않은 이야기"를 하려면 침묵해야만 하는데, 그럼에도 불구하고 그의 화자는 끊임없이 사변을 쏟아낸다. 그는 관념으로 관념과 싸우고 있다. 그 관념의 놀이에서 '무'야말로 이 세계의 저 너저분한 관념들을 날려버릴 최후의 관념이다. 그러나 그것 역시 하나의 관념이라는 것을 부정하기는 힘들다. 작가는 다른 모든 의미를 잿더미로 만들어버릴 무의 관념에 집착함으로써 오히려 이 소설의 유희와 여백의 공간을 축소시킨다. 무의 관념이 그의 글쓰기의 분열증적 실천을 오히려 제한하는 것이다. 그런 의미에서 그의 소설은 관념적인 차원에서라면 몰라도 소설적 육체의 층위에서는 "끝까지 간 것"이 아니다. 나는 그의 소설이 그 무의 관념에 매달림으로써 해탈과 초월의 길로 나아갈까 봐 두렵다. 소설은 끝까지 모순과 혼돈 안에 머물러야 하기 때문이다. 그런 의미에서 작가는 '유희의 말로'가 아닌 '유희의 진행'을, 그러니까 숭고한 죽음의 결단이 아닌 유쾌한 탈주를 보여줄 필요가 있다. 들뢰즈-가타리의 개념을 빌리면, 정영문 소설의 반소설적 에너지는 편집증paranoia적인 것이 아니라 분열증schizophrenia적인 글쓰기로 실천될 때, 비로소 충전된다. 그것은 축적과 생산의 근대적 이데올로기를 전복할 수 있는 문학적 전위일 수 있다. 그는 이미 그 분열증적 글쓰기의 가능성을 보여주었다. 하지만 그 글쓰기가 '무'에 관한 또 하나의 편집증으로 귀결된다면, 그의 소설은 동어반복의 사변만을 누설하게 될지도 모른다. 무에의 편집증 역시 또 다른 층위에서 절대적 완결성을 지향하는 것이기 때문이다.

5. 그는 화장실 변기에 앉은 채로 죽는다

이 소설에서 가장 흥미로운 장면 혹은 이미지는 배설에 연관된 것들이다.

1) 하지만 남자에게서는 거친 숨소리밖에 나지 않았다. 잠시 그들은 숨을 헐떡이며, 그들이 한 짓을 되새기는 듯 그대로 서 있었다. 더욱 놀라운 일은 그 조금 후에 벌어졌다. 남자가 가고 난 후 여자는 치마를 걷은 후 땅바닥에 쪼그리고 앉아, 마치 산통을 겪는 듯 힘을 주었다. 그리고 잠시 후에는 그녀의 노력의 결과로 누런 똥이 그녀가 앉아 있는 지면 위에 새로 태어났다. 그녀는 그것을 한번 흘깃 보더니, 아무 일도 없다는 듯 남자가 간 뒤를 따라 가버렸다. 그녀가 간 후 나

는 그녀가 남긴 흔적 가까이 가보았고, 그 누런 배설물을 보았다. 이 상한 감동, 아니, 일종의 흥분이 느껴졌다. 똥은, 그것 속에서 나 자신을 느끼고, 찾아보라는 듯 내 앞에 제시되어 있었다. (pp. 117~18)

2) 마침내 포기한 듯, 아니면 잠이 든 듯 조용해졌고, 한참이 지나서야, 거의 저녁때가 되어서야, 이번에는 내가 똥이 마려워져, 화장실 문을 열었는데, 놀랍게도 그는 아직도 그대로 변기 위에, 그대로 주저앉아 있었다. 나는 그가 죽은 후에야 비로소 그에게 진정한 관심을 갖게 된 것처럼, 그의 앞에 쭈그리고 앉아 한참 동안 그를 바라보았다. 그것은 기묘한 것이었지만 동시에 정말 환상적인 장면이었다, 어쩌면 기묘함이 그것을 더욱 환상적으로 보이게 했는지도 모르겠다. 그는 마지막 순간에 엄청난 강도의 힘을 준 듯 여전히 인상을 잔뜩 찌푸린 채였다. 그는 배변의 고통이 아닌, 임신부의 분만의 진통을 겪고 있는 것처럼 보였다. 그리고 그 표정은 분노에 찬 듯했다. (p. 217)

정영문 소설의 배설 이미지는 우선 삶의 부조리에 관한 상징으로 읽을 수 있다. 그 상징은 이 세계는 아무런 내재적 가치와 의미를 지니지 않고, 인간의 삶은 다만 무에서 무로 나아가는 과정이라는 인식을 토대로 한다. 이러한 세계 인식은 그 자체로 창조적이지는 않다. 중요한 것은 부조리의 관념이 아니라, 그 관념을 낯설게 만드는 극화 혹은 육체화이다. 삶의 부조리에 관한 작가의 인식은 그의 첫 장편 『겨우 존재하는 인간』(세계사, 1996)에서의, 아내의 죽음과 행방불명을 "진지하게" 말하는 남자를 아무런 이유 없이 목 졸라 죽이는 이야기에서 이미 드러나 있다. 그런데 『핏기 없는 독백』의 경우, 그 창조적 극화의 계기가 되는 것은 끈질기고 수다스러운 사변이라기보다는, 오히려 위와 같은 낯선 이미지들이다. 이 장면들은 블랙

유머라고 부를 수 있는 고통과 유머가 뒤섞인 그림을 연출한다. 이러한 희극적 요소와 비극적 파토스의 결합은 뛰어난 부조리 작가들의 작품에서 보여지는 것들이다. 1)에 등장하는 수용소의 안내원들의 돌발적인 정사와 그 정사 뒤에 남겨진 여자의 배설물. 화자는 거기에서 일종의 "이상한 감동, 아니 일종의 흥분"을 느낀다. 그것이 삶에 대한 구체적 실감을 제공하고 어떤 여자에 대한 기억을 불러낸다. 2)에서 변비로 고통받던 화자의 아버지는 그 배변의 노력 도중에 숨을 거둔다. 화자는 그것을 "환상적인 장면"으로 표현한다. 그의 몸은 변을 밀어내지 못하고 생을 밀어낸 것이다. 아버지의 다소 희화된 죽음은 '아버지의 이름'에 대한 문학적 야유를 포함한다. 흥미로운 것은 두 장면 모두에서 화자는 배변 행위를 통해 "산통"과 "임신부의 분만의 진통"의 이미지를 읽고 있다는 점이다. 그 이미지들은 삶의 생산성은 결국 배변의 과정과 다름없다라는 것, 혹은 욕망의 추구와 죽음에 이르는 과정이란 배변 행위와 동궤의 것임을 암시한다.

그렇다면 정영문의 글쓰기는 결국 배변의 서사라고 할 수 있지 않을까? 삶이란 생에서 생을 밀어내는 과정에 지나지 않음을 적시하는 것. 글쓰기의 행로가 그 무엇도 아닌 배변의 과정임을 보여주는 것. 하나의 배설물인 언어가 또 다른 배설물을 낳고 그 모두는 무기물로 분해되어버리고 만다는 것. 그 엄연한 배설물들 앞에서 어떤 의미도 침묵할 수밖에 없다는 것. 그 소설 언어들을 통해 우리가 '이상한 감동'에 사로잡힌다면, 그것이 삶과 언어의 무의미성에 대한 전율적인 실감을 구현해주고 있기 때문이 아닐까. 그런데 만약, 그의 소설을 당신이 견딜 수 있다면, 그 언어의 배설물들은 가끔은 이렇게 심지어, 아름답기조차 하다!

다시 침대로 돌아와 자리에 누운 나는 눈을 뜬 채로, 창문 커튼을 넘어온, 맞은편 벽에 가느다란 빛의 띠를 이룬 달빛이 점차 내게 슬슬 다가오는 것을 보았다. 마침내 침대 위에까지 기어올라온 작은 달빛 조각이 어떤 하얀 애벌레처럼 내 복부 위를 조금씩 이동하는 것을 보며 나는 내 내부에까지 스며들지 못하는 그 빛을 손으로, 징그러운 벌레를 털어내듯 툭 털어내지만 그것은 떨어지지 않고 그대로 있었다. 그래서 나는 잠시, 내 위에 떨어진 그 빛을 손바닥 위에 올려놓은 채로, 가만히 있었다. (pp. 161~62)   〔2000〕

그녀들, 우주를 빨아들이는 틈새
─ 천운영의 소설

    그녀의 소설에는 예쁜 여자가 나오지 않는다. 그녀의 그녀들은 늙고 추한 모습을 하고 있다. "툭 튀어나온 광대뼈와 곱추를 연상케 할 정도로 둥그렇게 붙은 목과 등의 살덩이. 눈살을 찌푸리게 하는 목소리, 뭉뚝한 발가락……"(「바늘」), "검은 옷과 흰 머리칼의 그녀가 혹시 유령의 집에 속한 하나의 장식품이 아닐까 생각할지 모릅니다"(「유령의 집」). 혹은 불구의 이미지를 갖는다. "내 몸에서 자라는 것은 머리통뿐이다. 이 순간에도 쑥쑥 크는 소리가 들리는 듯하다. 커다란 머리통은 곱추의 등허리처럼 부담스럽고 거치적거리기만 한다"(「월경」), "몸을 돌리다가 둥그렇게 솟은 어깨와 등의 굴곡을 보고 만다. 등을 잠시 잊고 있었다. 내 등은 수수께끼다. 사막의 비밀을 간직한 낙타의 등"(「포옹」). 못생기고 늙었거나 신체적인 장애를 갖고 있는 그녀들은 숙명적인 일탈성의 자질을 함유한다. 그 불구성은 그녀들이 처한 삶의 지독한 소외를 말해준다. 90년대 소설에서 발견되던 도시적 매력을 가진 전문직 여성은 이 소설들에는 등장하지 않는다. 그녀들의 육체적 비정상성은 그녀들의 삶의 끔찍한 주변성을 규정하고 동시에 상징한다.
    어떤 그녀들은 난폭하기까지 하다. 그녀들은 관습적인 의미의 여성성과는 정반대의 동물적인 공격성을 보인다. 우선 그녀들의 노동.

그녀들은 소골을 손질하거나(「숨」), 꼼장어의 껍질을 벗기거나(「당신의 바다」), 남자의 몸에 문신을 새긴다(「바늘」). 그녀들의 폭력성이 잘 드러나는 곳은 그들의 식성이다. 그녀들은 대부분 육식을 즐긴다. "할머니는 모든 병을 육식으로 치료한다"(「숨」), "나는 양념하지 않은 고기를 먹는다. 손가락 두께로 썰어서 피가 살짝 날 정도로 구운 쇠고기나 마늘과 양파를 많이 넣고 삶은 돼지고기를 좋아한다"(「바늘」), "여자가 뼈에 붙은 살을 좋아한다는 것은 다른 음식을 먹을 때도 마찬가지였다. 닭튀김을 먹을 때 여자는 다리나 날개 가슴살은 거들떠보지 않고 먹기 힘든 부분만을 먹었다. 다리 마디에 붙어 있는 살이나 닭 갈비뼈 따위들"(「등뼈」). 육식에 대한 집착은 그녀들의 본능적인 동물적인 욕구를 반영하며, 외부 세계에 대한 공격성과 적의를 암시한다.

직접적인 물리적 폭력을 행사하는 그녀도 있다. 남편에게 주기적인 폭력을 일삼는 아내의 식욕. "나를 때린 뒤 아내의 식욕은 무서울 정도로 왕성해진다. 소진된 몸을 보강시키기라도 하려는 듯 아내는 막무가내로 먹어댄다"(「행복 고물상」). 서술자는 그녀에게 야생 동물의 이미지를 입힌다. "아내는 야생의 초원을 가졌다. 아내의 몸 속에는 날카로운 이빨을 가진 맹수와 성난 발길질을 하는 암말과 살진 들소가 산다. 맹수의 시체를 향해 덤벼드는 검은머리독수리와 독수리에 쫓기는 연약한 새도 있다"(「행복 고물상」). 폭력과 식욕, 그리고 성적 욕구는 천운영의 소설에서 행위의 기본적인 동기들로 서로 매개되어 있다. 그 비이성적이고 난폭한 행위들은 어떤 내적 억압을 분출하는 것으로 볼 수 있다. 거기에서 그녀들이 부여받은 야수성의 이미지는 제도적 현실에서 억눌린 본능적이고 원초적인 욕구를 표현한다.

그런데 이 동물적 공격성이 암시하는 그녀들의 억압과 소외는 거의 태생적인 것에 가깝다. 그곳에 작동하는 사회적·문화적 동기와 맥락은 소설의 표면에서는 희미하게 나타난다. 천운영의 소설에서 그녀들이 견뎌내야 할 불우는 가족 단위의 어두운 운명론에 기대고 있다. 이 젊은 작가는 그 오래된 운명론에 독특한 미학적 자질들을 새겨 넣는다. 그 미학적 자질들의 선명함과 강렬함 때문에 우리는 그 운명론의 퇴행적인 성격 따위에는 관심을 가질 필요가 없게 된다. 그녀가 부여하는 동물적 관능의 미학은 매우 극단적인 것이어서, 우리는 한국 소설에서 경험하지 못한 그로테스크하고 엽기적인 수준을 경험할 수 있다.

「숨」은 그 미학의 한 절정이다. 소골을 손질해서 파는 늙은 여자와 그의 손자가 있다. 서술자는 그 노파에게 '늙은 마녀'의 이미지를 준다. "이미 나는 그녀의 식성에 길들여져 있다. 그녀는 나를 육식으로 몰아넣고 속박하는 늙은 마녀이다. 길고 흰 머리칼을 산발한 늙은 마녀는 도롱뇽 눈알이나 닭 피 박쥐 뇌 따위의 주술성이 강한 재료들을 모아 커다란 솥에 넣고 묘약을 만들어내고 있는지 모른다." 여마법사는 속박하고 파괴하는, 야비하고 악마적인 여성적 원리를 상징한다. 또한 그녀에게는 늙은 육식 동물의 이미지가 겹쳐진다. "그녀는 느슨하게 땋아 내린 머리 모양으로 여든을 넘기고 있다. 뒷목에서 등뼈를 따라 엉덩이까지 내려온 머리 다발은 늙은 수사자의 푸석한 갈퀴 같기도 하"다. 늙은 마녀이자 육식 동물인 그녀에게 '나'는 사육되는 작은 짐승에 불과하다. 그 늙은 육식 동물은 "어미 뱃속에 들어 있는 송아지"를 말하는 '송치'를 구해오라고 요구한다. 송치의 요구는 그녀의 폭력적인 육식성의 한 극단적 대상이다.

그런데 '내'가 사랑하는 여자 '미연'은 '초식 동물'의 이미지를 갖는다. 여기서 '나'는 육식의 여성성과 초식의 여성성 사이에 처해 있는 힘없는 수컷이다. '나'는 "그녀가 필요로 한 것은 먹을 것을 물어다 주는 사냥개가 아니었을까. 그녀 앞에서 미연은 사나운 맹수 앞에 노출된 한 마리 가젤에 불과했다. 그리고 나는, 그녀에 의해 거세된 수소였다. 고기의 웅취를 없애기 위해 어릴 적부터 거세된 수소"이다. 그래서 소설의 공간은 하나의 밀림이다. 소머리에 물을 먹이다 경찰에 적발되어 도망가는 '나'에게 그곳은 정글의 세계로 변한다. "나는 온 힘을 다해 뛰기 시작한다. 족발집을 지나 내장집을 돌아 수입상회 안으로 들어간다. 갑자기 사방이 가시덤불과 이파리들로 우거진 밀림이 된다. 어디선가 사냥을 알리는 북소리가 들리는 듯하다. 점점 더 강렬해지는 북소리가 내 뒤를 집요하게 쫓는다. 거대한 들소떼가 마구 날뛰며 나를 짓밟고 간다."

그 정글의 세계를 지나 '내'가 찾아가는 곳은 '미연'의 집이다. 그곳은 식물성의 공간이다. "미연의 심장에 귀를 갖다 대고 심장이 네번 뛸 때마다 한 번씩 숨을 들이마신다. 가슴에서 풀냄새가 난다. 숲의 향기를 마시듯 깊게 숨을 빨아들인다. 이렇게 미연의 품속에서 고기 냄새가 아니라 향긋한 바람 냄새를 느끼며 식물처럼 자랄 수 없을까?" 마지막 장면에서의 '미연'과의 정사는 '나'의 식물성에 대한 욕구를 극적으로 대변한다. "알몸이 된 그녀가 이번엔 내 옷을 모두 벗겨낸다. 갑자기 따뜻한 기운이 휘감기더니 온몸이 간지러워진다. 여리고 부드러운 싹이 살갗을 밀고 올라오는 것 같다. 나는 팔과 다리를 활짝 펴고 그녀를 안는다. 가슴팍에서 가늘고 여린 이파리들이 솟아오르기 시작한다. 그녀가 내 수풀을 한입 가득 베어문다." 여기서 '미연'의 '숨'은 할머니의 폭력적 육식성과 비교되는 여린 생명력의 자리이다. 그런데 그 '숨'의 영역은 단순히 할머니의 폭력적인 육식성과 선명하게 대비되는 공간인가? '숨'은 단지 동물성과 대결하는 식물성의 층위가 아니다. "근데 사람만이 아니라 다른 동물들도 그렇대요. 작은 동물이나 큰 동물이나, 육식 동물이나 초식 동물

246

이나, 코끼리나 쥐나…… 모두들 5억 번 정도 숨을 쉰다지요." 여기서 '숨'은 '동물성/식물성'의 평면적인 대립을 넘어서는 생명 일반의 운동이다. '미연'이 상징하는 여성성은 할머니의 난폭한 육식성에 대응하는 식물성의 의미에 한정되는 것이 아니라, 그 모든 살아 있는 것들을 보듬는 원초적인 생명력의 밑자리가 된다.

「월경」의 경우, '나'는 여성성의 발달이 정지된 신체를 갖고 있다. "은행나무가 잘려 나가면서 몸의 생장점 또한 사라졌는지 내 몸은 작정이라도 한 듯 자라기를 멈추었다. 젖가슴은 열세 살 몽우리로 남아 있고 키는 150cm가 안 된다. 열두 살에 시작한 생리도 이젠 하지 않게 되었다." 성장이 정지한 '나'는 지독한 상실과 고립 속에 살고 있다. '나'의 정지된 여성성의 저편에는 은행나무와 보름달이 상징하는 풍요로운 성적 공간이 자리한다. '나'의 아버지는 그런 공간에서 엄마를 만난다. "붉은 보름달이 낮게 뜬 어느 날, 은행나무 아래에서 그와 그녀는 허겁지겁 옷을 벗었다. 어깨를 부풀린 가지 끝에서 은행알들이 떨어져내리고 있었다. 몸을 움직일 때마다 은행들은 다 지난 암내를 풍기며 살 속 깊이 파고들었다. 그가 그녀를 안은 것은 꽉찬 보름달 때문이었을 것이다. 보름달은 사람들로 하여금 경계를 넘어서게 만드는 묘한 힘을 가지고 있으니까." 여기에서 은행나무는 성적인 상승의 이미지이며, 보름달은 월경(月經)과 월경(越境)의 이중적인 상징이다. "더 이상 차오를 수 없는 보름달은 스스로 몸을 허물어 경계를 지우리라"고 말할 때의 보름달은, 월경하는 여성성의 깊은 상징이다. 여성적 원리로서의 달은 끊임없이 몸을 바꾸는 우주적 생성과 순환의 리듬을 표현한다. 보름달은 그 순환의 한 극점으로서의 지점이다. 또한 '밤의 눈'으로서의 달은 또한 이성적인 원리의 반대편에서 비합리적이고 원초적인 충동의 은유이다.

'나'의 결핍된 여성성의 맞은편에는 "은하수 계집"의 농염한 여성
성이 자리한다. 서술자는 그 계집에게 또한 짐승의 이미지를 부여한
다. "계집을 받아들이기로 결정한 것은 계집의 몸에서 풍겨오던 냄
새 때문이었다. 비에 젖은 털냄새. 그건 두려움에 떠는 날짐승의 냄
새였다." "서른이 훨씬 넘은 나이에도 계집은 제법 탱글탱글한 가슴
을 유지하고 있다." "나는 문틈에 대고 소리를 죽인 채 계집의 엉덩
이를 훔쳐보곤 한다. 엉덩이 사이로 손가락을 쑥 넣거나 체벌을 하
듯 엉덩이를 찰싹찰싹 때리는 상상을 하면서." 계집에 대한 '나'의
욕구는 '나'의 빈곤한 여성성으로부터의 욕구이다. 계집은 '나'에게
결핍과 부재의 의미이다. "내가 좋아하는 건 은하수 손님들이 하는
것처럼 계집의 엉덩이를 만지기도 하고 가슴을 주무르기도 하면서
자는 것이다."

계집과 '나'의 여성성의 대비는 성기에 관한 묘사에서 그 정점을
이룬다. 서술자는 계집의 성기를 무덤에 비유한다. "촉촉하고 따뜻
한 무덤 속, 계집의 무덤 속" "계집이 숨을 쉴 때마다 무덤이 들썩들
썩한다. 봉긋하게 솟은 계집의 무덤에서 향긋한 풀냄새가 나는 듯하
다. 두덩에서 안쪽으로 결을 고른 풀들은 윤기가 흐르고 진한 색을
띠고 있다. 계집의 풍성한 풀들에서 비옥한 대지를 엿볼 수 있다."
왜 여성 성기가 무덤인가? 그 시각적 유사성을 넘어서, 여자의 성기
야말로 모든 것을 채울 수 있는 부재의 공간, 죽음을 살아 있게 하
는, 죽음으로써 살게 만드는 곳이기 때문이다. 계집의 비옥한 성기
는 '나'의 빈곤한 성기와 선명하게 대비된다. "계집의 것에 비하면
내 것은 노인의 거죽처럼 볼품없어 보인다. 듬성듬성 제멋대로 뻗은
털들 사이로 보이는 누렇게 질린 두덩과 밋밋하게 뻗은 얇은 틈, 꼭
낙석주의 표지판이 있는 국도와 같다. 메마른 황토와 돌덩이가 후득
후득 떨어지는 잘려진 산허리. 내 무덤 위에는 검은 그물이 쳐져 있

다." 계집의 풍성한 여성성에 대한 나의 일그러진 욕망은 금지된 기억으로서의 "못쓰는 방"과 그 금지의 선으로의 "문지방"을 넘어선 계집의 정사를 훔쳐보는 데서 극에 이른다. 소설의 마지막 장면에서 '나'는 또 다른 금지된 기억의 경계선으로서의 아버지의 철로를 넘어, 다시 한 번 보름달과 은행나무의 농밀한 상징 속으로 질주한다.

「눈보라콘」에서의 아이스크림 역시 에로틱한 의미 자질을 함유한다. 아이스크림에 대한 나의 탐닉은 명백히 성적인 것이다. "손가락 한 마디쯤 되는 부라보콘 뿔을 입에 넣는 순간 정신의 한 부분이 내 몸을 이탈해 무한한 공간 속으로 빨려가는 것 같다. 그러면서도 한 편으로는 어머니의 젖꼭지를 물고 있는 듯 편안해지기도 하는 것이다. 아쉬우면서도 만족스러운 마지막 한 입, 그 허망하면서도 풍만한 달콤함. 별안간 사타구니가 뜨뜻해져온다. 팬티가 축축하다." 부라보콘의 성적 매력은 소년에게는 도발적인 것이라기보다는 어머니의 부드러운 여성성에 닿아 있다. "어머니를 닮은 부라보콘"이기 때문이다. "어머니는 망치를 들고 선박의 녹을 떼어내는 일을 하지만 아직까지 싱싱하고 부드러운 손을 갖고 있다. 그건 어머니가 녹을 이해하고 있기 때문이다." 그런데 어머니가 벗겨내는 녹은 얼음의 이미지를 부여받는다. "녹꽃은 살짝 긁어내야 하는 거야. 성긴 눈처럼. 끌로 긁어내면 사박사박 눈 밟는 소리가 나." 녹꽃을 다룰 줄 아는 어머니의 부드러운 손은 바로 그 안에 얼음을 품고 있는 부드러운 아이스크림과 비유적 관계를 이룬다. 또한 어머니의 목소리는 "공기 속으로 사라져버리는 소리가 아니라 한입 베어문 아이스크림처럼 목젖을 간질이며 내 속 깊은 곳으로 흘러 들어온다." 그래서 이 소설에서는 동물적인 공격성을 가진 여성성은 등장하지 않는다. 그런데 소년에게 있어 어머니의 여성성이 영원히 소유할 수 없는 여성성인 것처럼, 부라보콘의 매력은 영원히 닿을 수 없는 높이에 있다. 어머니와 부라보콘은 그렇게 가질 수 없는 동경과 숭배의 대상으로서 존재한다.

그런데 작가는 이 부라보콘에 또 다른 문화적인 맥락을 겹쳐 놓는다. "부라보콘은 내가 태어난 1970년 4월에 출시되었다. 우리나라 최초의 현대적인 아이스크림과 나이가 같다는 사실만으로도 부라보콘을 운명적으로 여기는 것은 당연하게 느껴졌다." 부라보콘은 최초·최고의 현대적인 아이스크림이다. 그것은 '눈보라콘'이라는 아류를 거느리고 있다. "눈보라콘은 부라보콘에 가장 근접한 콘이다." 그런데 '나'는 부라보콘을 대신해 눈보라콘을 사 먹는다. 모조품을 향한 열정 때문에 '나'의 친구 '하봉' 역시도 "나이키와 가장 비슷한 스티커"를 구하기 위해 헤매다닌다. 왜 소년들은 모조품에 집착하는가? "눈보라콘에는 부라보콘을 향한 욕망과 열망이 들어 있다. 눈보라콘도 나처럼 부라보콘을 숭배하고 있는 것이다. 눈보라콘이 부라보콘의 대용물밖에 될 수 없겠지만, 그래도 눈보라콘에는 다른 가짜들과 구분되는 무언가가 분명히 존재한다." 진짜를 향한 열망이 가짜의 진정성을 만든다. 어머니의 여성성을 향한 '나'의 욕망이 전이된 대상으로서의 소녀는 "가짜 휘발유에 젤 많이 들어간" 것은 "진짜 휘발유"라고 말한다. 그래서 '나'의 행복은 '부라보콘' 속에 있는 것이 아니라 '눈보라콘' 속에 있다. 닿을 수 없는 부재로서의 진짜에 대한 욕망이 인간을 살게 하고, 인간을 성장시키고, 가짜의 문화를 만들기 때문이다.

「바늘」에는 문신을 하는 '나'-여자가 등장한다. '나'에게 문신을 부탁하는 남자들은 "나에게서 협각류의 단단한 외피를 얻으려 한다." 협각류의 외피를 얻는 것은 외부 세계의 위협으로부터 자기를

250

방어하는 힘을 갖게 되는 존재 전환의 의미를 함유한다. 그들은 강인한 외피를 갈망한다. 그래서 그들은 거미나 전갈 따위의 문신을 원한다. 문신을 할 때 남자들은 성적으로 흥분한다. "남자의 성기는 내가 바늘을 댄 순간부터 조금씩 단단해지기 시작해 밑그림이 끝날 즈음이면 주체할 수 없을 정도로 성이 나게 마련이다." 다른 존재로의 전이를 갈망하는 변신의 욕망은 일종의 성적 에너지를 포함한다.

그런데 '나'는 "쌀밥처럼 하얗고 말끔한 남자의 얼굴"을 만난다. '나'의 육식성의 취향에 대비되는 이 남자의 결핍으로서의 남성성은 그로 하여금 강인한 힘을 갈망하게 만든다. 그 남자가 "내 몸을 가장 강력한 무기들로 가득 채워줘"라고 요구했을 때, "나는 그의 가슴에 새끼손가락만한 바늘 하나를 그려주었다." 이때 바늘은 어떤 변신도 가능하게 하는 미지의 강력한 힘이다. 그 미지의 힘에 화자는 여성 성기의 이미지를 새겨 넣는다. "티타늄으로 그린 바늘은 어찌 보면 작은 틈새 같았다. 어린 여자 아이의 성기 같은 얇은 틈새. 그 틈으로 우주가 빨려들어갈 것 같다." 우주를 빨아들이는 틈새로서의 '바늘-여성 성기'는 어떤 무기보다 강하다. 가령, 바늘로 '현파 스님'을 죽인 어머니의 행위는 스님으로 상징되는 제도적으로 거세된 남성적 문화에 대한 살해로 해석될 수 있다. '바늘-여성 성기-틈새'는 변신에 관한 모든 존재론적 가능성을 품고 있는 악마적인 힘을 보유한다. 바늘이 어떤 변신도 실현할 수 있다면, 여성의 틈새야말로 어떤 존재도 태어나게 하는 창조적 부재의 자리이다. 그곳은 우주를 흡수하고, 우주를 거듭나게 하는 틈새이다.

그 틈새로부터 그녀들의 월경(月經)은 월경(越境)이다. 그녀들은 그렇게, 경계를 살고, 경계를 타고, 경계를 넘어서며, 경계를 낳는다. 그녀의 소설들은 제도화된 여성성과 거세된 남성적 문화를 돌파하는 관능과 일탈의 은유들로 들끓고 있다. 천운영 소설 속의 야생적인 여성성은 사회적인 타자인 여성들 내부의 억압된 자질들을 개방하는 공격적인 힘을 포함한다. 그녀들의 시선은 제도화된 여성적 자아의 내부에 머물지 않는다. 그 제도적인 영역의 바깥으로 질주하는 원초적이고 본능적인 여성적 에너지를 드러낸다. 거기에서, 식물적인 여성성으로부터 동물적인 여성성으로의, 혹은 타자로서의 여성성으로부터 창조적인 부재와 이질적인 복수항(複數項)으로서의 여성성으로 탈주하는 존재론적 전환의 사건이 벌어진다. 그런 의미에서 천운영의 미학적 위반은 문화적인 이탈의 의미를 얻는다. 천운영을 통해 한국의 여성 소설은 독특한 야생의 미학을 자기 목록에 추가할 수 있게 되었다. 나는 그 개성이 동어반복의 알레고리와 낡은 숙명론에 머물게 되지 않기를, 소설적 언술의 트임으로 나아가는 한편, 그 문화적 문맥을 확대하게 되기를 바란다. 그녀의 소설이야말로, 한 우주를 빨아들이고 한 우주를 낳는, 바로 그 틈새에서 씌어지고 있으니……   〔2001〕

고백을 넘어서

— 한국에서 유미리를 읽는 몇 가지 이유

1. 유미리라는 신화의 얼룩

아주 단순한 의문이 솟아오른다. 당신은 왜 유미리를 읽는가? 1968년생인 그는 1986년부터 희곡을 쓰기 시작했지만, 소설가로서 데뷔한 것은 1994년으로, 아직 신인 작가에 속한다. 그럼에도 불구하고 유미리라는 이름은 이제 한국의 문학 독자들에게는 그리 낯설지 않다. 그의 작품을 읽지 않은 대중들도 언론 매체를 통해 그의 이름을 알고 있는 경우가 많다. 말하자면 그는 문화적인 스타이다. 물론 그가 젊은 나이에 일본의 권위 있는 문학상인 아쿠타가와 상을 받은 재일 동포 2세 작가라는 것이 주요한 요인으로 작용했을 것이다. 우리는 어린 나이에 세계적인 무대에서 입신하여 한국인의 긍지를 세워준 박찬호나 장한나에 열광하는 것처럼 유미리에 열광한 것일까? 그러나 이런 측면의 대중적 관심은 그리 문학적인 것이 아니며 어떤 측면에서는 다소 우스꽝스러운 것이다.

한국인의 피를 이어받은 어린 재일 동포 여류 작가가 불우한 성장기와 갖은 차별을 돌파하고 일본이라는 큰 무대에서 제도적인 인정을 받았다. 이것은 입지전적인 라이프 스토리이고 '민족 감정'을 자극하는 신화가 될 수 있다. 더구나 그의 작품들은 '자전적'인 성격이

강한 것으로 알려져 스타의 파란 많은 생애에 대한 대중의 호기심을 자극한다. 하지만 이 매력적인 신화에는 결정적인 흠이 있다. 유미리는 한국어를 모른다. 작가의 몸 속에 흐르는 이른바 '피'에 대한 우리들의 깊은 관심에도 불구하고 언어 매체와 문학 공간이라는 관점에서 그의 작품은 문학 제도적으로 '일본 문학'의 일부일 뿐이다. 이런 문맥에서 유미리의 문학은 '타자의 문학'이다. 그리고 그는 적어도 한국인으로서의 정체성에 대한 확신을 가지고 재일 동포에 대한 차별과 맞서기 위해 소설을 쓰고 있는 것은 아닌 듯하다. 그는 그런 정치적 대의에 봉사하기 위해 글을 쓰는 작가는 아니다.

오히려 그의 소설들은 민족적 정체성에 대한 열망보다는 민족·모국어·가족·여성·자아 등의 범주에서의 '찢긴 자기 동일성' 혹은 '허구적인 자기 동일성'에 대한 해소할 수 없는 의문들에서 출발한다. 그의 소설들이 우리에게 의미 있는 것이라면, 그것은 재일 동포 2세로서 자기 정체성의 확립에 치명적인 결핍을 가진 작가의 실존적인 조건이, 작품 '내부에서' 치열하게 문제화되어 있다는 점에서다. 유미리는 망명적이며 탈중심적일 수밖에 없는 경계에 선 자의 불우의 조건들을 역설적인 글쓰기의 동력으로 삼는다.[1] 그리고 이런 '찢긴 자기 동일성'이라는 문제는 당신과 내 몸 안에도 살고 있는 '현대적'인 혹은 '탈현대적'인 질병이 아닌가? 이것이 바로 신화가 아닌 살아 움직이는 문제적 상징으로서의 유미리 문학이 뿜어내는

---

1) 물론 탈중심적이고 탈일본적인 문학은 1980년대 이후 일본 문단에 득세한 무라카미 류, 무라카미 하루키, 시마다 마사히코 등의 문학적 성향과도 연관된다. 그러나 이들의 보편적이고 세계적인 문학 언어의 모색은 '다국적 문화자본주의'의 전략과 연관되어 있다는 혐의를 가진다(윤상인, 「탈식민주의 시대의 일본 문학 읽기」, 『포에티카』, 1997년 가을호 참조). 유미리의 문학이 이들의 문학과 변별될 수 있다면, 그것은 와해된 가족이라는 테마의 설정에서도 드러나는 것처럼 유미리의 탈중심적 성향은 포즈와 전략의 수준이 아닌 보다 절실하고 현실적인, 실존적인 문맥을 함유한다는 점이 아닐까?

문화적 의미이다.

2. 나쁜 모국어에 관하여

유미리의 소설 데뷔작인『돌에서 헤엄치는 물고기』는 '자전적' 성격의 소설로 알려졌다. 27세의 여성 작가가 자신의 데뷔작으로 현재형의 '자전적인' 작품을 쓴다는 것은 한국 문학에서는 쉽게 찾기 힘든 일이다. 어떤 소설 작품이 '자전적'이라는 수사를 달고 있을 때, 독자들은 소설 속의 주인공과 자연인인 작가의 초상을 연계하는 독서에 이끌릴 수밖에 없다. 그러므로 '자전적'이라는 어사가 붙은 작품은, 소설이 단지 허구이며 농담일 뿐이라는 장르 관념에 비추어 볼 때 작가와 독자 모두에게 일정한 부담을 안겨준다. 이 '자전적'인 양식 속에 숨겨진 감춤과 드러냄의 첨예한 심리적 긴장 관계로부터 자유로운 작가는 없을 것이다. 한국에서 자전적이라는 풍문이 첨부된 몇몇 여성 작가의 소설들이 어떤 방식으로 독자들의 호기심을 자극하고 동시에 작가와 독자 모두를 긴장하게 했는가를 여기서 설명할 필요는 없겠다. 사소설의 전통이 깊은 일본에서 그 부담은 한국보다 적을지 모른다. 그러나 중요한 것은 이 '자전적' 작품이야말로 이른바 '자전적'인 것과 '소설' 장르 사이의 길항 관계를 문제적으로 보여준다는 점이다.

작가의 다른 작품도 그러한 것처럼 이 작품에서도 불우한 가족사가 밑그림으로 배치되어 있다. "소라게처럼 빈번히 이사"를 다녀야 했던 가족, "버리고 온 고향"에 관한 죄의식 때문에 허름한 집을 선택하던 아버지, 아버지의 벌거벗은 폭력과 그 끔찍한 폭력의 장면에서 튀어나오는 아버지의 모국어 욕지거리, 부모의 별거와 가족의 이

산, 다시 가족을 모으려는 아버지의 헛된 시도 등이 그려져 있다. 하지만 이 소설의 주된 내용이 되는 것은 주인공의 희곡이 한국의 무대에 올려지면서 겪게 된 일들과 사람들과의 관계들, 그리고 '나'의 내면에서 소용돌이치는 속악한 현실에 대한 공포와 증오, 그것을 넘어서려는 내적 투쟁의 기록이다. 따라서 소설은 '사소설'의 전통이 그러한 것처럼 철저히 1인칭의 문법과 시선에 의존하고 있다. 그러나 이 소설은 주인공 혹은 화자의 행위를 변명하거나 신비화하려는 1인칭 소설의 유혹을 과감하게 떨쳐버린다. 이 작품에서 주인공 자신의 초상은 도취와 미화의 대상이 아니라 치열한 문학적 응시의 대상이다. 속되고 비열하고 이중적인 현실의 일부로서의 '나'를 그릴 수 있는 의지야말로, '아름다운 나'를 그리는 데 열중하는 닫힌 나르시시즘을 돌파하는 진정한 '자전소설'의 문학적 동력이다.

이 작품에서 문제적인 장면 중의 하나는 주인공이 한국에 갔을 때 겪었던 당혹스러운 일들이다. "왜 한국어를 전혀 못 하냐"는 적의 섞인 질문들. 저널리즘의 화제를 모으기 위해 작가 자신이 한국어로 희곡을 번역한 것처럼 한국 언론에 발표하려는 주최 측의 시도에 대해 주인공이 느꼈던 감당할 수 없는 당혹감이 묘사되어 있다. 물론 이러한 사건들은 허구일 수 있다. 그러나 한국에서 아직 완강하게 자리잡고 있는 경직된 민족 국가·민족어·민족 문학 이데올로기를 상기한다면 이것은 충분히 개연성이 있는 사건이다. 이런 장면들은 어쩔 수 없이 작가 유미리와 한국어·일본어의 관계에 대한 우리들의 의문을 불러일으킨다. 한국 극단 주최 측의 부당한 시도를 뿌리치고 혼자 부산공항으로 가려는 주인공이 지하철 구내에서 말이 통하지 않아 봉변을 당하는 장면은 이런 맥락에서 우리를 서늘하게 만든다. 다소 연극적인 분위기를 자아내는 이 장면은 주인공의 한국어와 한국인에 대한 공포와 자기 존재의 고립감을 선명하게 보여주는 동시에, 한국인의 모국어 이데올로기에 관련된 집단적인 히스테리를 적나라하게 포착한다.

그런데 이 찢긴 모국어 문제가 이 소설의 주인공 혹은 작가에게 하나의 장애이며 근원적인 불우인 동시에 어떤 문학적 에너지가 된다는 역설을 보다 '자전적인' 그의 에세이에서 확인할 수 있다.[2] "일본어에도 한국어에도 항상 위화감"을 느낄 수밖에 없지만, "이 위화감이야말로 소설을 쓰는 동기와 무기가 되었다"는 작가의 고백은 그래서 매우 시사적이다. 작가에게 말은 "자신을 상처 입혀 피 흘리게 하는" "어색하고 부자연스러운" 것이다. 바로 이런 모국어에 대한 불화와 불신이 작가로 하여금 '모국어들'의 바깥에서 문학 언어의 근본적인 한계와 가능성을 탐색하도록 만든 것이다. 논리의 차원에

---

2) "조국 사람들이 보면 나는 전형적인 반쪽발이이며, 조국 문화의 근원(말)에 무관심한 삶을 살고 있다고 생각할지도 모른다. 그러나 내가 희곡을 쓰는 근거는 이 나의 삶의 방식 그 속에 있다고 확신하고 있다. [……] 나는 모국어로 쓸 줄도 읽을 줄도 몰라 타국의 말로 희곡을 쓰고 있다. 그것이 나의 말을 극적으로 만든다고 생각하는 것이다. 그리고 현대극을 필요로 하고 있는 나라의 말은, 나의 말과의 기묘한 관계와 같은 문제를 안고 있다고 할 수 있다.

일본어를 예로 들면……, 현대 일본인의 40대 이하 세대는 나를 포함하여 중세는 커녕, 에도, 메이지 시대의 말조차 읽을 줄 모르는 게 틀림없다. 일본어의 근원인 한자는 대부분 사람이 읽을 줄 모른다. 불과 200년 전의 일본인이 현대 젊은이의 대화를 들어도 (내가 한국어를 이해할 수 없는 것과 마찬가지로) 이해 불능일 것이다. 그리고 외국어의 엄청난 범람이 있다. 일본인의 손에 의해 영어에 정통하지 않으면 도저히 이해할 수 없는 문장이 쓰이고 있다.

일본의 현대 연극에 큰 영향을 준 것은 사무엘 베케트의 『고도를 기다리며』이지만, 이오네스코의 『수업』과 『대머리 여가수』도 역시 되풀이되어 공연되었다. 이오네스코의 극작술은 언어의 해체이다. 바꿔 말하면 말의 아이덴티티(나도 영어로 의미를 붙이고 있다)의 상실이다. 이오네스코가 타국의 말을 배웠고, 그것이 그의 극세계에 큰 영향을 미친 것은 널리 알려져 있다. 내가 타국어로 희곡을 쓰고 있는 의미를 이해하는 데 조금은 뒷받침해주는 한 예가 될 것이다. 요컨대 언어는 반드시 아 프리오리à priori한 것은 아니다. 재일 한국인으로서 일본어에 대해 일본인 이상으로 신경을 썼던 것이 나를 작가로 이끌었다고 생각한다"(유미리, 권남희 옮김, 『창이 있는 서점에서』, 무당미디어, 1997, pp. 16~17).

서 말한다면 모국어란 신성하고 본질적이며 자기 동일적인 것이 아니라, 철저히 사회 역사적으로 구성되는 공동체의 언어 계약에 불과한 것이다.[3] 이런 측면에서 문학과 민족어가 일 대 일로 직접적으로 연결되는 문학 형태는 역사적인 의미에서의 '근대'에만 의미 있을지도 모른다. 물론 우리는 유미리가 모국어를 배우지 않는(못하는) 논리에 대해 완벽하게 이해하려고 노력할 필요가 없다. 다만 우리는 모국어가 공포스럽고 불길하고 이질적인 어떤 것일 수밖에 없는 실존적 조건이 함유하는 문화적 상징성을 받아들일 수 있다.

『돌에서 헤엄치는 물고기』가 문제적으로 읽힐 수 있는 또 하나의 층위는 작중인물들의 자립성과 투명성에 관한 것이다. 이 소설에는 '나'와 성적 관계를 맺는 극단의 연출가와 사진 작가가 나오고, 감나무집 남자와 한국에서 알게 된 한국인 친구 '이화'가 등장한다. 앞의 두 남자와 '나'와의 관계가 성적인 애증으로 점철된 뒤틀린 관계인 반면, 감나무집 남자와 '이화'는 신비하고 다소 성스러운 구원의 인물로 그려져 있다. 소설의 마지막 부분에서 나타나는 "나는 이 더럽기 짝이 없는 세계와 증오로 얽매여져온 것이다. 그리고 바로 지금, 태어나서 처음으로 증오를 사이에 두지 않고 사귈 수 있었던 리화와 감나무집 남자. 이 두 사람을 잃으려 하고 있는 것이다"라는 구절은 인물들에 대한 작중 화자의 가치 평가를 명확하게 드러낸다(이런 긍정적이고 신비화된 인물 유형은 그후에 발표된 그의 다른 작품에서 거의 찾아보기 힘들다). 이 문맥을 확대하면 이 소설은, 증오로 얽힌 관계들 속에서 그 상처를 넘어설 어떤 신성한 관계를 찾아 헤맸던 한

---

3) 이와 연관해서 '문학의 진화'라는 관점에서 '민족 방언의 소멸과 국제어인 영어로의 창작 가능성'을 주장한 복거일의 논리는 흥미롭다. 복거일은 이러한 입론을 유미리도 참가한 제3회 한일문학 심포지엄(1995. 11. 마쓰에)에서 발표한 바 있다. 이에 관해서는 졸고,「한일 문학의 교류와 타자의 시선」,『문학과사회』, 1996년 봄호 참조.

인간의 내적 편력과 좌절을 그리고 있다고 할 수 있다. 어린 시절 고양이 새끼를 벽을 향해 내차서 죽이는 장면에서 보이는 "무엇이든지 보호받기를 바라고 있는 존재, 약해 보이는 것, 가엾어 보이는 것, 그런 존재들을 나는 미워하고 용서하지 않았다"라는 고백에서 드러나는 것처럼, 화자의 외부 세계에 대한 극도의 적의와 증오심은 생의 기본적인 조건과도 같다. 그래서 화자의 실존적 편력은 '돌에서 헤엄치는 물고기'라는 제목이 상징하는 바대로 근원적인 비극성을 가질 수밖에 없다.

그러나 이런 인물들의 분명한 이분법이 '자전적'이라는 어사에 갇혀 있는 이 작품의 특성에 관련되어 있을지도 모른다. 이 두 인물의 신비화는 인물들의 실제 모델에 대한 작가의 심리적인 부담과 연관되어 있는 것처럼 보인다. 유미리의 에세이집에는 이 작품에 등장하는 한국인 친구 '이화'의 실제 모델이 제기한 "출판 정지 가처분"의 재판에 대한 작가의 입장을 담은 글이 나온다. 어쩌면 '한국적인' 풍토에 가까울 이 소송이 던지는 문학적·문화적 쟁점은 그리 간단한 것이 아니다. 여기에는 허구와 실제의 경계에서 소설을 쓴다는 것은 무엇인가라는 문제와 소설가는 자신과 실제 관계 맺은 사람들을 어느 정도까지 소설에 등장시킬 수 있는가 하는 다소 윤리적인 문제, 그리고 글쓰기라는 행위의 결과로 쓰는 자와 읽는 자가 모두 상처받게 될 수 있는 우울한 가능성이 동시에 얽혀 있다. 그리고 그것은 필연적으로 '자전적'이라는 형식이 가진 근본적인 위험성 그리고 글쓰기의 투명성과 진정성이라는 경직된 관념이 초래하는 소설 장르에 대한 몰이해 등을 동시에 떠올리게 한다. 그래서 이 '자전적'인 작품은 모국어의 신성함, 글쓰기의 진정성 혹은 누구에게서도 침범받을 수 없는 순결한 자아의 영역 따위의 자기 동일성에 관한 오랜 이념형들이 얼마나 위험한 허구인가를 소설의 상처로서 보여주는 작품이 되었다.

3. 찢긴 가족의 이름으로

유미리의 문학에 등장하는 인물들은 거의 모두 상처받은 인물들이다. 속악한 현실에서 받은 상처 때문에 인물들은 타자와의 건강한 관계를 갖지 못하고 자기 정체성의 정립에 있어서도 심각한 장애를 안고 있다. 『풀하우스』와 『가족 시네마』는 이런 테마의 연장선상에서 씌어진다. 다만 '상처받은 나'에서 '상처받은 가족'으로 단위가 확대되어 있다. 『돌에서 헤엄치는 물고기』에서 후경으로 배치되었던 불우한 가족사는 이제 전면에 등장하여 본격적인 소설적 조명을 받는다. 가족은 개인의 육체와 욕망이 사회와 맺는 관계를 매개하는 틈에 위치한다. 가족이 문학적 관심의 중심이 되는 것은 가족 서사가 찢긴 인간 관계 속에서 새로운 관계를 모색하는 경계선의 담론이 되기 때문이다.[4] 더욱이 재일 동포 가족의 해체와 재회는 역사적인 문맥들을 포함하고 있는 중층적인 의미에서의 경계의 사건이다. 흥미로운 것은 최근 한국에서 창작되는 가족소설들은 '해체'의 양상에 초점이 맞추어져 있는 반면, 유미리의 작품에서는 그것을 '봉합'하려는 이루어질 수 없는 시도를 그리고 있다는 점이다(이것이 가령 일본 사회의 가족 해체가 한국보다 더욱 심각하게 진행되었다는 사회·문화적인 현상의 차이를 반영하고 있는지는 보다 세밀한 사회학적 데이터를 참고해야 밝혀질 수 있겠다). 찢긴 가족이라는 상처를 치유하고 성화하려는 실현 불가능한 인물의 시도는 상징적이고 제의적인 성격

---

4) 졸고, 「왜 지금 가족을 말하는가」, 『소설은 탈주를 꿈꾼다』(민음사, 1998) 참조.

을 띤다. 『풀하우스』에서의 아버지의 새집 짓기와 『가족 시네마』에서의 가족 영화의 연기는 이렇게 의미화된다.

『풀하우스』에서의 갈등의 전선은 새집을 지음으로써 가족이 다시 모여 살 수 있다고 믿는 아버지의 환상과 그것이 불가능함을 납득시켜야 하는 다른 가족들과의 긴장 관계이다. 아버지의 이러한 계획은 "엄마가 가족을 버리고 집을 나간 16년 전부터" 말해오던 것이었다. 이러한 아버지에 대한 '나'의 감정은 '연민'의 그것에 가깝지만, 그렇다고 하더라도 아버지의 계획을 받아들일 수는 없다. 우편함에 가족의 이름을 빼놓지 않고 마련해놓은 아버지의 집은 그러나 위태롭고 불길한 것이다. "어두운 오렌지색 석양에 비춰진 집은 금방이라도 침몰할 지경에 놓인 군함을 닮았다. 뭔가를 공격하려다가 혹은 지키려다가 그렇게 하지 못한 것에 대한 비난을 참고 받아내는 모습과도 같다. 상상을 뛰어넘을 만큼 훌륭했던 이 이층집은 아버지의 등 뒤에서 천천히 쪼그라들기 시작한 것처럼 보인다." 그 집은 가족을 함께 보듬고 책임지지 못한 아버지의 부채 의식와 재결합을 향한 비원을 담고 있는 것이면서, 결코 실현될 수 없는 가족이라는 꿈에 관한 메타포이다. 셔츠에 묻은 얼룩을 세제로 지우며 "이 세상에 지워지지 않는 얼룩은 없다"라고 중얼거리는 아버지의 대사는 상처의 치유에 대한 깊은 열망을 암시한다.

소설의 후반부에서 아버지는 새로 지은 집을 집 없는 비렁뱅이 일가에게 맡겨버린다. 그들 일가의 뻔뻔스러운 행위를 "견디다 못하고 내가 그들을 내몰면, 이곳에서 살 작정이 아니라고 말할 수 없기 때문"에 '나'는 아버지의 관대한 태도에 이러지도 저러지도 못한다. 가족이 다시 모여 살기 위해 지은 집을 다른 가족에게 빼앗기고 마치 초대받지 않은 손님처럼 그 집을 들락거려야 하는 상황은 가족의 꿈이 내장한 아이러니를 보여준다. 집에 불을 지르고 달아나는 그들

일가의 소녀를 '내'가 뒤쫓는 마지막 장면은 학교를 불태우려 한 '나'의 방화의 꿈이 복선으로 작용하는 효과를 발생시킨다. 이때 이 소녀는 그토록 불우한 가족의 시간을 살았던 '나,' 그리고 그 가족의 꿈을 불태워버리고 싶었던 '나'의 분신일 수 있다.

『가족 시네마』는 물론 『풀하우스』의 연장에 있는 소설이지만, 그 기법 면에서는 매우 독특한 작품이다. 앞의 작품과 마찬가지로 흩어져 살고 있는 가족들은 20여 년 만에 가족 영화를 촬영한다는 계기로 카메라 앞에 모인다. 정해진 각본도 없이 진행되는 이 영화는 자연스러운 가족 관계를 찍으려는 것이겠지만, 카메라 앞에 선 가족 구성원들의 연기는 다소 작위적일 수밖에 없다. "가족이란 어느 집이나 다 연극이잖아"라는 여동생의 말은 이미 진부하고 어색한 '연기'가 되어버린 가족 구성원 간의 관계를 암시한다. 가족 영화의 촬영은 흩어진 가족의 연대감을 확인하는 계기가 되는 것이 아니라, 가족이라는 공간이 다만 어설픈 연극 무대였음을 환기시켜줄 뿐이다. "어색하고 답답한 분위기까지 그 시절과 다름이 없다. 우리들 사이에 지금까지도 사라지지 않고 확실하게 남아 있는 것은, 의식이 서로 닿을 때마다 접촉 불량을 일으켜 웅성거리는 증오와 짜증이다." 촬영은 "20여 년 전과는 다른 방식으로" 말하자면 '희극적으로' 붕괴하는 가족을 보여줄 뿐이다.

이 작품에서 더욱 문제적인 것은 소설 기법에 연관된 요소들이다. 가족의 문제를 정면으로 다룬 『풀하우스』와 마찬가지로 이 소설 역시 1인칭 소설의 문법에 의존하고 있다. 하지만 이 소설의 화법은 단순히 1인칭 소설의 규범에 갇혀 있지 않다. 유미리의 소설에서는 시적인 함축을 머금은 대사와 과장되고 상징적인 행위 등의 연극적인 요소들이 일관되게 발견된다. 특히 『가족 시네마』에서 두드러진 것은 서술자의 시점이 카메라의 시선처럼 움직이는 장면들이다. 물론 가족 영화를 촬영하는 장면에서 서술자의 시점이 카메라처럼 이동하는 것은 장면의 현장감과 현재성을 살리는 효과를 발휘한다. 그러나 이런 기법이 갖는 문제적 성격은 여기에 한정되지 않는다. 카메라의 시선으로 포착한 가족이란 부자연스러운 피사체에 불과한 것이다. 이때 가족 구성원 사이의 관계는 카메라와 피사체의 관계가 그러한 것처럼 어떤 정서적인 연대감도 없는 사물화된 것이다. 이런 피사체로서의 존재라는 설정은 김난주의 해설이 적절하게 지적하고 있는 것처럼 '나'와 늙은 조각가와의 일탈적인 관계에서도 나타난다. 여자의 엉덩이를 찍는 도착적인 취미를 가진 이 노인 앞에서 '나'는 차라리 스스로 전라가 된다. 부분적인 피사체로서가 아닌 전 존재로 타인과 만나겠다는 '나'의 의지는 이런 기이한 방식으로 드러난다.

소설의 후반부에서 파친코 지배인으로 30여 년을 일하던 아버지의 실직이 알려지고 그 와중에서 엄마는 아버지의 부동산을 자신의 명의로 돌리기 위해 안간힘을 쓴다. "가족이 함께 살면 잃어버린 것을 되찾을 수 있다고 믿는" 아버지의 실직과 성적인 방종을 일삼아온 어머니의 물욕은 결코 어떤 존재의 교류도 가능하지 않은 가족의 적나라한 현실을 보여준다. 가족의 붕괴는 견고한 비극으로 완성되는 것이라기보다는 웃을 수도 울 수도 없는 우스꽝스럽고도 서늘한 한 편의 영화로 드러난 것이다. 그것이 우리 시대의 가족 시네마이다.

4. 이토록 공허한 악몽

유미리의 신작 『타일』은 놀랍도록 자극적인 작품이다. 이 작품을 통해 유미리는 자기 문학의 한 전환점을 보여준다. 외형적인 측면에서의 이 소설의 두드러진 특징은 '가족 내부에서 상처받은 나'라는 1인칭의 문법을 완전히 벗어나 있다는 점이다. 이 소설을 통해 유미리는 사소설의 전통과 고백의 문법으로부터 결별하는 문학적 갱신을 실천한다. 그 갱신은 고백의 문법이 중심화된 자아 관념에 의존하지 않을 수 없다는 사실을 역설적인 방식으로 드러내는 것이다. 동일성으로서의 자아라는 관념의 허구성은 이 소설에서 아주 불길한 상상력에 의해 폭로된다. 그런 맥락에서 이 소설은 내면의 관념을 중심으로 한 일본 소설의 전통과 일정한 거리가 있다고 하겠으나, 그 엽기적인 탐미성은 일본 소설의 극단적인 미학의 일부이다.

주인공은 익명화되고 사인화된 공간 속의 남자이다. 그 남자는 유미리의 앞의 소설들이 보여주는 바의 가족 구성원에 관한 최소한의 연민마저 없는 철저히 고립되고 단자화된 개인이다. 성적인 무능으로 아내로부터 버림받은 남자의 기이하고도 끔찍한 행위가 소설의 주된 내러티브를 이룬다. 하지만 이 남자의 일탈적인 행위가 갖는 풍부한 문화적 상징성은 도처에서 빛을 발하는 강렬한 메타포들로 인해 한 편의 정교한 사이코 스릴러나 호러 영화 혹은 컬트 영화를 연상시킨다. 연극적이고 영화적인 요소를 과감하게 소설에 도입하는 작가는 이 소설에서 함축적이고 단속적인 대사와 제의적인 행위라는 요소를 극대화하면서 한편으로는 사이코 스릴러의 영화 문법을 차용한다.

남자는 수영복을 입고 자신의 원룸 맨션 전체를 타일로 장식하는 작업을 진행한다. 타일로 된 공간은 원룸 맨션의 공간이 그러한 것처럼 사람과 사람의 관계가 파괴된 지극히 사물화된 현대적인 공간이다. 그는 우연히 알게 된 어린 여자와 함께 '이수스의 전투'라는 장면을 타일로 모자이크한다. 폼페이의 유적지에서 발견된

이 모자이크는 격렬한 한 전투 장면을 담은 것이다. 남자는 왜 그토록 타일에 집착하는 것일까? "엎드려 페니스를 타일에 비벼대"는 남자의 행위에서 암시되는 것처럼 타일은 성적인 상징이다. 타일을 붙이는 것은 거세당한 남자의 상징 제의적인 행위이다. "상상력이야말로 생명의 근원이다. 성이야말로 상상력 그 자체이다"라는 남자의 독백이 암시하는 것은 남자가 이 모자이크를 통해 자신의 성적 환상을 채운다는 사실이다. 아내에 대한 복수로 아내를 강간하는 꿈을 꾸는 남자가 남자들의 잔인한 폭력을 묘사한 장면을 모자이크하는 것은 이런 이유에서다. 이와 같은 맥락에서 남자의 행위는 페티시즘fetishism, 즉 성적인 물신 숭배로 설명될 수 있다. 유미리의 또 다른 인상적인 중편 「콩나물」에는 남편을 다른 여자에게 빼앗긴 아내가 콩나물에 집착하는 기이한 이야기가 나온다.

남자는 또한 아무 관계 없는 특정의 인물에 대해 도착적으로 집착하는 스토커stalker이다. 자신과 직접적인 관련이 없는 여류 작가에 대한 이 남자의 집착은 광적인 것에 가깝다. 남자가 사는 맨션의 늙은 주인 역시 정상적인 형태로 성적인 만족을 얻지 못하고 이 남자를 통해 자극적인 게임을 즐길 수 있기를 기대한다. 이 맨션의 관리인은 타인의 방에 감시 카메라를 장치하기도 하고, 맨션의 주인은 남자의 방을 도청하기도 한다. 맨션이라는 고립과 단절의 공간에서 펼쳐지는 이 소설 속에는 관음증, 사디즘을 포함한 에로티시즘의 현대적인 병리적인 양상들이 거의 모두 등장한다. 원초적인 성적인 에너지를 상실한 채 관음과 자위로밖에 견딜 수 없는 현대의 거세된 에로티시즘이 이 소설의 주요한 모티프가 되고 있다.

남자는 자기 정체성에 장애를 안고 있다. "남자는 알몸으로 침대에 누워 있는 여자가 되어 현실 세계에서 멀리 떨어져나갔다. 이 여자는 며칠이고 침대 위에서 한 남자와 몸을 함께하고 있다. 남자는 소설 속의 여자와 자신의 정신 상태가 흡사함을 다행으로 여기고 숨을 삼켜가며 페이지를 넘겼다"라는 소설의 도입부가 말해주는 바 대로, 남자는 현실과 소설의 세계를 혼동한다. 이 소설 안에는 남자가 숭배하는 여성 작가가 쓴 포르노에 가까운 소설이 불쑥불쑥 삽입된다. 인용된 소설과 전체 소설의 관계는 단순히 액자적인 양식으로만 설명되기 힘든 기묘한 것이다. 주인공 남자와 마찬가지로 인용된 소설의 남자 주인공인 다카시 역시 성적인 장애를 안고 있어서 그의 여자 미카는 다른 남자와 관계한다. 남자와 인용된 소설의 주인공의 상동성은 현실과 허구 사이의 경계를 찾지 못하는 이 남자의 도착된 심리 상태를 소설 구성 그 자체로 보여주는 효과를 발휘한다.

　마지막 장면에서 남자는 아내가 아니라 자신이 숭배하는 여류 작가를 유인하여 살해함으로써 독자들의 상상력을 배반한다. 이 장면은 영화 「미저리」를 연상시키지만, 사이코가 죽지 않고 작가가 살해됨으로써 할리우드의 사이코 스릴러의 저 진부한 권선징악과 사필귀정의 도식을 뒤집는다. 살해의 공포에 직면해서 미친 독자의 요구에 의해 이야기를 지어내야 하는 작가의 처지는, 죽음을 연기하는 방식으로서 이야기를 지어내야 하는 세헤라자드 이래의 이야기꾼의 천형 같은 운명을 상기시킨다. 여류 작가는 "이 방에서 나가기 위해서는 이 남자를 납득할 수 있는 대답을 하는 길밖에 없다, 고 자신의 공포를 쫓아내고 언어를 찾았다. 불능이 키워드다, 이 남자를 치유할 수 있는 언어는 무엇인가," "소설의 주인공과는 180도 다른 이 임포에 상처 입은 얼간이를 구원할 언어"를 생각하기에 골몰하고, 시체를 어떻게 처리할 것인지를 상상해보라는 남자의 요구에 대응하기 위해 자신의 마지막 상상력을 발동시킨다. 여류 작가는 이 잔인한 독자 앞에서 다카시가 미카를 살해하는 자기 소설의 마지막 장면을 완성하려 하지만, 남자의 마음에 흡족한 결말을 찾지 못하고 살해당한다. 이 살해는 뭔가 클라이맥스의 사건이 일어나야 할 것 같은 초조감에 젖어 있는 남자가 저지른 일종의 플롯이다. 남자는 이 현실이 "나쓰우미 가오리의 소설 플롯이고, 자신은 등장인물의 한 사람이라는 생각을 즐기고 싶었"던 것이다. 작가보다 더욱 일탈적인 상상력을 가진 이 남자는 여류 작가의 시체를 타일관 안에 묻어버림으로써 자신의 환상과 플롯을 완성한다. 그러나 소설의 마지막 부분은 잠에서 깨어나는 남자와 그를 돕는 여자의 모습을 보여줌으로써 이 살해의 플롯이 한바탕의 몽상일 수 있는 가능성을 암시한다.

이 소설에서 남자를 이해하는 유일한 인물로 등장하는 사이코로 불리는 여자는 남자에 대해 "태어나서 처음으로 공허한 구멍을 들여다보는 듯한 기분이다. 자기가 알고 있는 사람들과는 다른 모양의 구멍. 모두들 그 구멍을 무언가로 메우려 아등바등하는데, 이 사람은 구멍을 계속 파내려가고 있다"라고 진술한다. "이 방의 타일을 벗겨내면 그 밑은 끝없는 공동일 것 같은 기분"을 느끼는 것도 그래서이다. 타일은 견딜 수 없는 이 세계의 공허 위에 그려진 성적인 환상이며, 남자의 음모는 그 공허를 견디려고 짜내는 플롯이다. 작가는 아마도 "정욕이 사라져도 여전히 사람을 살게 하는 에너지, 생의 근거"에 대해 묻고 싶었는지도 모른다. 성적인 동기보다 더 근원적이고 원초적인 인간의 충동은 무엇인가라는 것이다. 임포인 남자가 행하는 타일의 모자이크를 만드는 제의적인 행위나 그가 보여준 잔혹한 폭력은 그 충동의 한 이미지일 뿐이다.

독자인 당신은 이 소설을 통해 삶의 악마적인 무의미성과 대면한다. 소설은 "이 세상에 있는 타일 아래는 과연 몇 구의 시체가 묻혀있을까"라는 세기말적인 의문, 타일이라는 도시적이고 현대적인 내장재 아래는 얼마나 많은 죽음과 공허가 은폐되어 있을까라는 의문

을 당신에게 선사한다. 그래서 이 매력적인 악몽은 결국 당신에게
이렇게 묻는 것이다: 이 끔찍하게 무의미한 세계에 당신을 살게 하
는 힘은 도대체 무엇인가? 혹시 허구와 악몽의 힘으로?   [1998]